中国抗战题材小说丛书

第一枪

黎 晶◎著

DI YI QIANG

中国言实出版社

图书在版编目（CIP）数据

第一枪 / 黎明著 . -- 北京：中国言实出版社，
2020.11

ISBN 978-7-5171-3598-2

Ⅰ . ①第… Ⅱ . ①黎… Ⅲ . ①章回小说—中国—当代
Ⅳ . ① I247.4

中国版本图书馆 CIP 数据核字（2020）第 218907 号

出 版 人　王昕朋
责任编辑　史会美　赵　歌
责任校对　冯素丽

出版发行　中国言实出版社
　　　　　地　　址：北京市朝阳区北苑路 180 号加利大厦 5 号楼 105 室
　　　　　邮　　编：100101
　　　　　编辑部：北京市海淀区花园路 6 号院 B 座 6 层
　　　　　邮　　编：100088
　　　　　电　　话：64924853（总编室）　64924716（发行部）
　　　　　网　　址：www.zgyscbs.cn
　　　　　E-mail：zgyscbs@263.net
经　　销　新华书店
印　　刷　北京温林源印刷有限公司
版　　次　2020 年 12 月第 1 版　　2020 年 12 月第 1 次印刷
规　　格　710 毫米 × 1000 毫米　1/16　15.75 印张
字　　数　252 千字
定　　价　52.00 元　　ISBN 978-7-5171-3598-2

CONTENTS 目录

日本天皇下诏严惩"反日元凶"
中共领袖通电赞扬"英勇抗战"

　　冯治安，何许人也？现在国人知之者甚少。

　　中华民族抵御外来侵略的历史，尤其是抗日战争的历史，那段闪耀辉煌的篇章中，那条血雨腥风悲壮的历史长河里，还有谁曾记得冯治安？记得住冯治安？

　　为何日本帝国主义在侵华战争的多份文件中提到"冯治安是中国军人反日元凶第一人"？为何中共领袖毛泽东亲自拟电"赞扬与拥护冯治安部英勇抗战"？冯治安，国民党第二十九军三十七师师长，面对日寇挑衅，断然下令反击打响了中华民族全面抗战的第一枪，将他的名字永远刻在了卢沟桥上。

　　这是一部反映抗日战争的文学读物。小说主线，贯串了"反日元凶"冯治安上将的生活轨迹，演绎了那个时代的人物性格，命运构成的一种历史必然。小说采用了传统的文学写作方式，以章回小说模式为结构框架，用新时代的文学修养、哲学理念、价值评判，反映燕赵壮士生死回转的过程，从中体现民族的优秀基因。

　　本部新章回小说，参考了故城老作家尹丕杰先生的《冯治安传》中的史实部分，走访了冯治安上将的亲朋好友，收集了故城县大量的民间传说而定稿。《第一枪》在抗日战争胜利七十五周年之际再版发行，以纪念中国军人在抗日战争中的伟大功绩。

这正是：传奇　传神　传递正能量
　　　　祭天　祭地　祭慰英雄魂

第一回
自古燕赵多豪杰
寒冬故城降武星

京杭大运河纵横南北，时而欢畅百舸争流，时而低沉无一帆影。河北省衡水至山东省德州一段河道，回转蜿蜒，一改坐北朝南之势，一湾向东一湾向西。有民谚道："运河向西流，清官不到头。"

河岸边有座古郡，前人称甘陵郡。东汉始北魏亡，元朝初年设置故城县，隶属河北。故城县的历史随这段运河弯转而沉积，而流逝。但甘陵郡的称谓深受百姓喜爱，渐而成了故城县的别号，至今沿用不衰。当年隋炀帝大军征辽回师，那十万大军就在故城县码头弃岸登舟南下，说书者便戏称故城这段河道为"回銮河"。

清嘉庆以后的百年之中，"回銮河"在故城县境内决堤八次。洪水挟带大量泥沙信马由缰，所到之处，或为沟壑或为沙丘，冬季里望去，沙丘在阳光的照耀之下，连绵起伏金光四射，到了秋春两季，沙丘之间的果树林或繁花似锦或瓜果飘香。

距县城十里有一村落东辛庄，上百户人家坐落在沙丘和果林的环抱之中。土房低矮却星罗棋布、横竖有序。

公元 1896 年 12 月 16 日，清光绪二十二年农历十一月十二，东辛庄有一农民冯元玺，大清早肩挎粪箕遛弯儿。他绕沙丘奔运河，捡些羊粪、牛粪、马粪，然后将这些粪肥直接撒在村东自家几亩冬小麦田里，盼着来年春天小麦返青、拔节、抽穗、扬花、结实，获得丰收，饱饱吃上一顿飘着麦香的白面馒头。

"喳喳……"一阵喜鹊的叫声，让这位名叫冯元玺的中年汉子纳闷吃惊。时值隆冬，往常伴着的总是一群"呱呱"叫的让人心烦的乌鸦，从沙丘果林中飞起，遮天盖日。今天，却是一只灰黑色的喜鹊，站在枝头上，向他叫个不停。冯元玺驻足，仔细端详，喜鹊并不飞走，而是俯首低视，那双黑亮的眼睛望着他，叫声越来越响。冯元玺见状不解，顺手用拾粪的铁勺朝天一指，那喜鹊便停止了叫声，忽地一振翅膀，擦着他的肩膀头飞过。一摊白屎正巧落在冯元玺的肩头。冯元玺是一位头脑机敏、思维活跃的庄稼人，他却不知道这是何故，究竟是福还是祸。

正在冯元玺呆愣之时，只听得一声喊：

"元玺大哥！还不赶快回家，俺嫂子又给你生了一个大胖小子！"这是冯家的叔伯妹子的声音。

冯元玺喜出望外，拎着粪箕子三脚两步就跑回了自家的院子里。东厢房里传来一阵阵婴儿的哭声。他急忙来到屋炕前，只见袁氏满脸的欢喜。接生婆早就等着讨喜钱了。"冯家大爷，恭喜二公子降临，这小子面目国字，鼻直耳阔，看看，看看，啊！这耳朵之上长了一个立天的肉柱，这叫拴马桩，贵人之相呀！将来必是骑马做官之人，这喜钱当给双份！"

冯元玺让接生婆说了个心花怒放。他顺着她的手指望去，可不是，耳垂旁确有一根拴马桩。他看袁氏轻蔑地瞟着接生婆，那意思是说："俺儿又不是皇子，怎能给你双份钱？"冯元玺没有理睬老婆袁氏的暗示，只顾从腰包里摸出一块袁大头，慷慨地打发了接生婆。

两口子见小院里已经是人声鼎沸，冯家是东辛庄的大户，从太爷辈的到侄男外女的都来贺喜，冯元玺便出屋招呼邻居。

冯元玺长子冯兰台一脸得意，他骑着一根桃木棍当马，在东辛庄村的大街小巷里来回奔跑，嘴里不停地喊着："俺娘给俺生了个小弟弟，将来是一个骑马的大官……"

冯元玺听了高兴顺心，长子叫兰台，这二小子就叫个……叫治台，对，叫冯治台，治台和"制台"同音，明清两朝对总督的称谓叫制台，俺冯元玺不就是制台大人的老爷了嘛！冯元玺这个善良的农民有点异想天开了。

驹光如驶，转眼三个月过去了，冯治台就要过百天了。家里穷，满月时只吃了一顿杂和面面条。这百天怎么也得吃顿白面饺子，全家到城里照个合影。今后治台当了官，存照为证。想到这里，冯元玺将儿子交给奶奶，一脚跨出院门，随口和院子里的袁氏说了一声："嘿，俺到集市上割二斤猪肉，给治台过个百天！"袁氏正在洗衣服，随即答应了一声。谁知道这话音未落，袁氏却惊叫起来，一屁股坐在了地上。洗衣服的木盆被袁氏跌倒的身体给砸翻了，肥皂水流了一地。

治台奶奶抱着二孙子闻声而出。冯元玺也急忙从门楼里扭身往里跑，只见一块两三斤重的鲜红的猪肉从天而降，正落在袁氏的后背上，将袁氏砸了一个跟头。

婆媳二人、父子二人八目同望，只见一只硕大的黑灰色老鹰正从正房屋檐掠过，原来那只鹰是趁着村东的大集卖肉的屠夫不注意，叼起肉案子上的一块儿鲜猪肉凌空而起。卖肉的、买肉的、赶集的、凑热闹的，见状齐声呐喊，还有人追赶。这些都无济于事，大家眼睁睁地望着老鹰将肉叼走，众人一片惊叹。

那老鹰虽说体大翅长，但充其量也就三四斤重，它叼着一块儿与自身分量差不多沉的猪肉，一会儿飞得高，一会儿飞得低，艰难地盘旋着。最后，它突然就越过市场，飞过村中房舍，见没了人追赶，这才觉得实在是力不从心。那只鹰的嘴稍一松动，只是想缓口劲，再找个清静之处以享美食。没想到，就这么一松劲，到口的猪肉就从嘴中脱出，白费了力气。

巧的是，这猪肉正好掉在治台娘的后背之上。袁氏回头看见那块猪肉后腔，顿时就忘了惊恐和疼痛，连忙捡起这飞来之肉，衣物也不顾捡了，就像抱着儿子一样，跑进了东厢房。

冯治台就这样出生在河北省故城县东辛庄运河边的一座土宅里。

这正是：运河宛转难辨势
将军是非任军说

第二回
福祸旦夕天意转
师徒杏园结拜忙

　　冯元玺一直想当东辛庄村的里正，冯家既不是名门，又不是望族，一直与这村官无缘。但村里无论谁当政，却都要请冯元玺当村里的师爷。

　　冯元玺是个十分特别的农民，他没有读过书，却能认得几筐字，不懂音律，吹拉弹唱在村里是头把座椅，支应个红白喜事，家家都请他当支客。冯元玺也乐此不疲，图个出人头地受人尊捧。

　　东辛庄有一私塾，执教的王生老先生是运河对岸山东德州府人氏。他家因菜园那点鸡毛蒜皮之事，和冯元玺的叔伯兄弟冯元直犯了些口角，惹得王生一气之下，将冯元直告到了故城县衙。冯元直傻了眼，如果输了官司，不光赔钱还要挨县太爷的板子。冯元直想到了哥哥冯元玺，连忙将家里正在下蛋的芦花鸡抱起，到哥哥家求援说和调解。

　　元玺收下母鸡，心里没有底但嘴上仍旧是理直气壮。教书先生深懂县律，和他在大堂之上叫板，那不是自讨苦吃？可俺冯元玺在东辛庄也是铁嘴钢牙的主。谁家妇姑勃谿或兄弟阋墙他也是闻讯必去。不管人家爱听不听，他总能分别排揎是非，硬行决断，最终都落下个双方满意。当事人都会打瓶散装的衡水老白干，算是谢谢他这个判官。可今天，面对王生一个教书匠，那可是个软硬不吃的主，待俺先弄清了来龙去脉方答应。

　　冯元玺一手抱着那只芦花鸡，一手拉着九岁的二儿子冯治台，来到了王生住的后院，听冯元直诉说经过。

　　冯元直和王生是邻居。王生家的杏树贴着他家的篱笆墙。那树冠长得茂盛，越墙而过伸到了元直的院子里，挂满枝头、黄里透红的杏子摇摇欲坠。冯元直的儿子摘了一土篮。王生虽说生气，但也没有理会，孩子嘛，摸瓜偷枣的不算什么，关键的是，那孩子却用镰刀将越境的杏树枝全部砍断，王生院里的杏子被震落满地，这不是祸害人吗！

按理说，应该是冯元直家的错，他应领着儿子冯福台过去，给王生赔个礼道个歉也就得了。可元直认为，俺儿子福台才六岁，怎么会用镰刀将王生家的杏树砍折？二人便争吵起来互不相让，冯元直还破口大骂了王先生。

冯治台见状笑了起来："爹、二叔，这树枝不是俺弟福台砍的，是他见杏子熟了，想吃又够不着，就叫俺过来。是俺搬了二叔家的长条凳，不小心折断了树枝，碰掉了院里的杏子，俺怕王先生怪罪，索性就拿镰刀将伸到咱们院里的杏杈全给砍了！"

冯元玺、冯元直老哥儿俩此时才恍然大悟。这可如何是好啊。冯治台和冯福台蹲在篱笆墙根，手扒拉着青翠碧绿的小葱咯咯地笑着。

冯元玺说："老弟呀，原来是治台给你家惹的祸呀，鸡俺还给你，这官司别打了。"

冯元直说："大哥，这状子已经递到了县衙，撤回也得花钱，就凭哥哥的三寸不烂之舌，没理也得搅三分，不能输了咱冯家的脸面！"

老哥儿俩商量来商量去，冯元玺心里没谱。这官司没有办法打赢。

"谁说没有办法，好汉做事好汉当！俺冯治台替二叔打这个官司！"平常没有言语、瘦弱矮小的冯治台居然语出惊人。

冯元玺并不奇怪，他一直认为儿子瘦弱是因为家里贫寒，营养上不去发育较晚。但这孩子的脑袋瓜机灵，四方大脸，浓眉之下的丹凤眼，那眼球就像一潭碧水，深不见底，透着英气聪慧。当爹的见儿子敢于承认砍树的事实，心里就十分高兴，冯治台必成大器！

"儿子，你说说看，你怎么打这个官司？敢和咱东辛庄最有学问的王先生打官司，儿啊，你可连书都没念过呀！"冯元玺一边试探一边激励，他知道治台没进过学堂，却继承了爹爹的优点：说理识字，不比同村那些上过私塾的孩子们差。

二叔冯元直说："是啊，侄伙计，你年纪轻轻，又没有进过学堂，公堂之上，县太爷的惊堂木一拍，还不吓出尿来？"

弟弟福台的态度和两位大人的截然不同，他伸出大拇指娇声娇气地喊道："俺哥行！俺哥能行！俺哥的鬼主意多着呢！"

大人们都笑了，冯治台却一脸的严肃。

"爹，二叔，你们甭笑，这理全在咱们冯家。您看。"说着，他蹲下身子，将篱笆墙边的两垄小葱全都拔了。

冯元玺、冯元直又一次呆住了，治台为何拔下小葱？这又是何道理？

冯治台站起身子："王先生家的杏树越墙而过占了咱们家的领地，这算不算侵犯！二来这些侵犯的树枝遮住了阳光，将这两垄园子闹得寸草不生，先生要咱们赔偿杏子，咱们就叫先生赔偿一年四季这两垄园子的损失！因为以墙为界，墙头要一直立着往上划，无休止，这边都是二叔家的，砍了王先生家的过境树枝那是理所当然，这官司怎么就打不赢呢？县太爷更要讲理呀！"

冯治台的一席话，让他爹喜笑颜开，心想：这孩子的智商那简直比俺冯元玺还强，治台一定能当个制台。

二叔冯元直也拍腿称赞侄儿冯治台。

冯家两辈四口人的对话，早就被墙那边的王生听了个一清二楚。当先生的最喜欢的就是能有个好学生，他听冯治台的一番话有道理，心想：这一点俺王生却没有想到。至于冯治台拔葱的举动，又让他觉得这少年很有心计。孺子可教也。如遇名师，定能成才，想到这里，王生开口了。

"我说这位叫治台大人的学生在哪里念的书呀？举止不凡啊！俺想认识认识教你的那位先生！"

冯治台听音回头发现了站在篱笆墙那头的王先生。王生的出现让冯元玺、冯元直感到惊慌。这下子完了，咱们的底全让人家掏了去，还打什么官司？冯治台一脸淡定，他弹了弹身上的浮土，双腿并立，给王生先生规规矩矩地行了个弯腰礼。

"先生好！若先生生气了，这杏树之事全是俺治台之错，和俺爹、二叔、福台没有关系，俺向您赔礼道歉了！"

"治台呀！俺没有问你杏树之事，俺问的是谁教你的学问，你还没有回答呀！"

"噢，先生，俺是先认错再回答您老提的问题。治台家穷，没有进过学堂，是俺爹娘教俺识字认理。"

冯治台说完，从爹爹冯元玺背着手的身后拿下了那只芦花鸡，隔墙抛到王先生的院子里，再次鞠了个躬。

"王先生，这鸡算赔您的损失了，求先生收回呈状，以免伤了两家的和气。"

王生让冯治台给说的是喜出望外，这个学生俺王生免费收下。想到这里，老先生收住笑容，一脸严肃："冯治台，要想收回状子，你必须答应一个条件。"

"王先生你说，莫说一个，就是十个也行呀！"

"条件就是从明天起，你就是俺的学生，学费一文不收，不知你答应否？"

冯治台立刻下跪，不等两院大人醒过味儿来，三个响头已磕毕。他额头上沾上了个圆圆的黄土印。冯治台心想，这就是凭证。一会儿你王先生不认账，这官司还得和你打。

什么叫喜从天降？什么叫因祸得福？什么叫有缘相会？冯王两家以杏为媒成了朋友就是一个很好的诠释。又是这个冯治台，鬼灵精再次做了大人们的主，把那只芦花老母鸡叫二婶炖上，两家吃了顿饭，就算他的拜师礼了。

其实王先生知书达理，为人正直、善良，那状子之事只是唬唬冯元直而已，街坊邻居住着，怎能见官呀，这不太小看俺东辛庄的文化人了！

冯元玺深知"书中自有千钟粟"的道理。自己那点子曰诗云的老一套已山穷水尽了。谁知道冯治台的恶作剧，却成全了他想读书进学堂的梦想。最让冯元玺心宽的是，一贫如洗连吃饭都刚刚维持，怎能交纳束脩供儿子读书？冯治台十岁才步入学堂，他智斗教书先生而被免费入校的故事，在东辛庄邻近传开了。

王生知道冯家贫困，冯治台的学期不会太长，他利用所有能占用的时间，将自己所知填鸭一般灌给了这个爱徒。冯治台天资聪慧，颖悟用功、才学大进，由此跨进了文化人的门槛，在东辛庄小有名气了。

冯治台下学后，也不再到河套里干那些割草拾柴的零星活计，一头扎进自家几亩薄田之中，帮助父兄干些地道的农活，渐而那些提粮下种、拔麦子脱坯、挖河筑堤的活儿都得心应手。只是身体依然单薄，也许是他心事太重，机敏过人，平日里为人十分谦和，对长辈有礼有节。村里平辈的孩子们，无论高的、矮的，都甘拜冯治台名下；与邻村打个架斗个殴，每次都能大获全胜。只是冯治台从不与人正面相搏，暗地里却统率着东辛庄的童子军。

二叔冯元直实话直说："这孩子只长心眼不长个。他是在等待时机，一旦条件改善，二叔放话，冯治台一定能木秀于林，长到六尺开外。"

这正是：人生机缘瞬息变幻
　　　　贫富贵贱暂为一时

第三回

少年退学多憾事
柳暗花明两重天

　　故城县城北门虽已破败、四周残垣断壁、低矮的三合土城墙杂草丛生，但那些进城出城的人流车马，到此都感到府衙权势的压抑，人们自然放慢脚步，连骡马也不敢嘶鸣。

　　冯治台第一次进城，他看到的是城门口那位托着长辫子的清兵趾高气扬，心里愤恨。眼看清政府苟延残喘，这些奴才们"不知亡国恨"，光会呵斥百姓，盘剥过路行人。

　　冯元玺对进城是老熟套子了，他和那个门官又是点头又是哈腰，冯治台看不惯，使劲扯了扯父亲的衣裳，叫爹不要低三下四没了骨架。冯治台挺起了那小胸膛，将自己又细又黄的小辫子用力抛在胸前，然后叼在口中，大踏步地从那留着八字胡的城门守卫跟前走过。他是想给父亲做个榜样。

　　县城北门到南门，是一条一里多长狭窄拥挤的商业街，南达运河码头，北至关帝庙，熙熙攘攘十分热闹。久居僻乡的冯治台左顾右盼，就像刘姥姥进了大观园。忽然，他听到身后传来一阵阵吱吱扭扭的尖锐叫声。回头一看，一位年近七旬的老伯推着一辆独轮木车。车上三对木桶分列两旁，车上不时溅出些水花。再看老伯身后，有七八辆同样的独轮车追随鱼贯而来，车队的声音奏出宏大而凄悲的声响。

　　冯治台好奇。这车上推的是什么？他光顾愣神，老伯的车已到了跟前。他躲闪不及，车上的水洒了下来，将他头一次蹬脚的千层底布鞋打了个透湿。那可是娘几个晚上没合眼给俺赶做的呀！

冯元玺见状怒火冲天，这不欺负人吗！他刚要骂街，被儿子拉到了一旁，然后向老伯微笑地点了点头。

"对不住了，大伯！挡了您的道！"

"瞧！这位后生知书达理，是俺老汉不小心，将你的新鞋弄湿了，该俺说对不住了小兄弟！"

"老伯，俺第一次进城，眼睛不好使了，别和俺一般见识！"

"好哇！好哇！你这是上哪儿去呀？"老伯将车停下，后边的车队也依次停下。那车头插了一杆小旗，旗上面绣了两个字"孙记"。

"俺去合泰成杂货店学徒，老伯您这车装的是什么呀？水淋淋的，瞧这车队好气派。"

老伯哈哈大笑起来，对他说明了原委。冯治台哪里知道，故城县城里的井水全部都是苦涩的，各商家大户没办法，就都雇用独轮车队到运河岸边取水。一般的穷苦百姓，离河近的就自己挑水吃，远的也只能对付着喝城里苦水井的水了。

冯治台心想："这地下水位浅，怎么就找不出甜水来？等有朝一日，俺发迹了，一定给故城县的老百姓打口甜水井来！"

冯治台也笑了，这才明白水车队的由头。这独轮车队就成了故城县的一景，一年四季风雪无阻准时准点，比打更喊平安的还守时。独轮车队的吱扭声，也给县城里的百姓当了报时钟。

老伯叫孙旺，是这孙记车队的头儿。在故城地面上推了十几年。那合泰成杂货店掌柜的孙二喜，正是老伯孙旺的叔伯侄子。今天的水是送往合泰成的，正好一路同行。孙旺推车，冯治台前面拉车，把个冯元玺扔在了身后，只一袋烟工夫，就到了合泰成杂货店。

合泰成杂货店位于城内丁字街路西，三间门面，青石台阶。在故城街面上还算气派。掌柜的孙二喜，看叔叔孙旺引着冯家爷儿俩进了铺子，加上介绍人原来的说合，自然没有二话就收了冯治台。十四岁的冯治台瘦小的个头当然不是站柜台的料了，只有到后院干点杂活，听众人的使唤。

东辛庄再穷，冯治台也是村里的孩子王，只要他愿意，一个主意就能在村子里闹出点响动。乡下家里再破，可兄弟姐妹都是平等和睦的。自由自在无拘无束好不快活。来到店里虽说能吃饱肚皮，而且饭里无糠，菜里有油，赶上家里过节了。可冯治台的心里却十分压抑，他不怕苦和累，就怕掌柜的和那些先到店里的师兄们不把自己当人，辱骂训斥不绝于耳。

清晨，街上又传来了独轮车的尖叫声，冯治台揉了揉眼睛连忙起床，他看看八仙桌上那台老座钟正好五点。他将自己的行李卷成卷儿，塞在柜台下的旮旯里，用苦涩水漱了漱口，三把屁股两把脸，算是将劳累一天的倦色洗去。五点五分，这是孙掌柜规定的时间，冯治台来到后院正房门前，听到掌柜的咳嗽声，他就可以进去了，倒夜壶、整床铺、端脸水、上早茶。

孙二喜伸了个懒腰，将茶碗里的茉莉花茶喝了个干净。最后，用两个手指把碗里剩余的茶叶抹到嘴里，哼着小曲，背上双手，到院外厢房查看伙计们是否已经开始做早活儿。两小时后，才能吃早饭。

冯治台收拾完掌柜的卧房后，照例将房门带上，去前院干活，当他刚刚迈出门槛，就觉得脚下一响，他低头一看，门槛边儿很有规则地摆放了几枚铜钱，一看就不是无意丢失的，这明显又是一次考验。甭说几个铜钱，就是柜上一锭银元宝，也扳不倒俺的心。

冯治台已经有了主意，他弯腰拾起那五枚铜钱，重新返回了屋里。不会儿工夫出来，并未关门，他也背起双手，哼着他娘教他唱的那首小曲："小白菜呀地里黄呀，三岁两岁，没有娘呀……"扬长而去。

孙二喜并未走远，他躲在厨房窗边的葫芦架下，一直用眼瞟着冯治台。其实掌柜的作为，冯治台心里一清二楚，因此，故意卖了个关子，和孙二喜戏闹一番。

孙二喜见新来的冯治台去门市打扫，便急步返回卧房。门槛边的五枚铜钱已不见了踪影。他心里不知道是喜还是忧。孙二喜抬腿进了堂屋，条山几下八仙桌上明晃晃地摆着六枚铜钱，上下各三枚，等规等距。铜钱旁有一张合泰成记事的信笺，孙二喜摸不清冯治台何意，便低头俯看，那纸上留下了一首打油诗：

> 钱乃身外之物，五乃魁首自我，
> 心正做人为本，添一成六合泰。
> 主仆互尊是理，治台既已栖身，
> 店荣共赢受益，岂能曹汉两地。

孙二喜看后大惊，小小年纪居然才高八斗，处世哲理均在常人之上。叔叔孙旺早和俺说不要以貌取人，这冯治台今后必然出人头地。今天他以身屈就切不要留下……孙掌柜不愿再想下去。今天一试确有结果，他虽不敢再小看冯治台，但心里觉得，你端的是俺孙家的饭碗，挣着俺孙家的钱，是俺有恩于你，即使做了一些过头的事，你冯治台总不会恩将仇报吧，即使你真正做了制台，还能对俺孙二喜下刀子，坏了这燕赵的忠义？

孙二喜也是有心之人，这生意在故城县的弹丸之地，风雨飘摇而不倒也靠着他自己的才干。他将冯治台写的这首小诗叠好放进柜子里，没准儿哪一天真能派上用场。孙二喜将六枚铜钱装进了口袋，从容地来到了柜上。

"俺说治台呀，你新来乍到的，这活计吃住的还满意？"掌柜的主动搭讪。

"掌柜的，治台满意！这柜上油盐酱醋茶百货杂陈。这柜下师叔师长脾气各异，俺虽人小也都能应付，俺很快就会适应，尽力为掌柜的分担事务，所做不到，请您管教，治台绝不记恨。"

冯治台的回话让孙二喜无言可对，只好从兜里掏出那枚铜钱，放进了冯治台的口袋里，扭身回了后院。

天已擦黑，冯治台和师兄们把门市的老板儿一块块插好，摘下了"合泰成"的招牌，关门打烊了。

老伯孙旺和掌柜的在饭堂嘀咕着，两人见冯治台进来便停住了私语，然后依桌坐下。这孙二喜有一习惯，晚饭必和伙计们同桌。他不抽烟不喝酒不嫖女人，最大的爱好就是茶不离口。他叔孙旺爱喝两口，掌柜的不喝他也不愿开口。老伯将冯治台拉在身边坐下。剩余的伙计们没有坐板凳的习惯，围着桌子蹲下，有的干脆夹些青菜、咸萝卜条站在锅台边上狼吞虎咽。

今晚的饭菜比往常多了一大盆白菜炖豆腐，金黄色的玉米饼子糊涂粥。合泰成有一规矩，店里的酱菜，从不许上桌。那些爆腌的萝卜是去年秋后腌的两大缸，专为自家人吃的，从不外卖。孙掌柜有言在先，吃饭时不能说话喧哗，闭嘴不能露牙。故城街上有句老话："吃饭都堵不上你的嘴。"张家长李家短的，传老婆舌的事绝不能发生。

饭堂昏暗的煤油灯下，十几口人狼吞虎咽，却没有声响，不一会儿便风扫残云离桌而去。

冯治台吃饭斯文，不习惯这种冲锋陷阵，头两天他也只能吃个半饱。饭桌上只剩下他一人，虽然东家并未撵赶，那老板娘的白眼也不好受。他一定觉得俺是个吃货，其实，俺连他们的一半都没吃上。有时索性吃个半饱也随众人离桌。

孙老伯见状，时时拉住冯治台，往他腰间塞上半个饼子。掌柜的也只好睁一只眼闭一只眼。

饭后老伯孙旺和侄子孙二喜商量好了，由孙旺带冯治台去城北的关帝庙，拜见武圣人关云长，让冯治台沾些仗义之气，往后忠心耿耿地为店里多出力气。

爷儿俩虽不齐肩，却能齐步。不会儿就来到了城北关帝庙。此刻天上月缺星稀，地上烟火残败，庙堂上的关老爷赤红的脸膛，在香台上长明灯的映照下，依然是光彩照人。那飘逸的胡须，像瀑布飞流；丹凤眼直插额头发髻；一双黝黑的眸子，深邃无底，让个冯治台是肃然起敬。这是他在书本之外第一次看到关圣人的尊像。

冯治台不顾孙老伯往长明灯里添加菜籽油，倒身便拜。他心目中最崇敬之人便是关老爷。关老爷不受曹操金钱美女高官厚禄，一生不事二主、过五关斩六将千里寻兄，真丈夫也。他心中最敬佩的还有赵云赵子龙，那也是燕赵之子，常山人氏。长坂坡救阿斗美名天下传。俺冯治台也是燕赵之子，要学英雄先辈，不负冀中平原谷米养育，一定要成就一番事业，回报家乡。

孙旺和侄子孙二喜原本想着让这伙计到关帝庙受训诫，没想到冯治台在关圣人面前的一番话，说得孙大伯喜笑颜开。这孩子知仁知义，圣人之书没有白读。

　　　　这正是：一身的燕赵侠客气好少年
　　　　　　　　满腔的华夏热血情铁男儿

第四回
大雪塞途朔风烈
悲情挥泪调头东

　　冯治台到合泰成杂货店学徒转眼已是半年有余了。店里的活计是得心应手，甚至比那些先来的师兄们干得麻利漂亮，只因个头矮、气力差，在众人面前总是低人一等。上柜台拨响那噼里啪啦的算盘珠子，更是冯治台的拿手戏，可这些上台面的露脸的活儿，定是轮不上他。至于讨价还价的套路，每次掌柜的商谈生意，他都偷偷地站在一旁，用自己的办法算计着。结果每次都比掌柜的算得快，而且挣得多，无奈，冯治台性格内向，又怕遭大家记恨，便不愿将自己的办法说出。

　　一天早上吃完了饭，冯治台拿上店门前那块招牌，照例到门口挂上以示开张。他愿意干这活，好像他就是店主人，心里不知不觉在过路行人面前有一分得意。这挂招牌很有讲究，要双手端正置于胸前，不许单手提拿，更不允许字面反向朝后，否则将预示着一天的买卖会磕磕绊绊。这些冯治台已非常熟练，从不出错。大伯孙旺曾当众赞赏，这半年来生意兴隆，财源茂盛，冯治台功不可没。掌柜的还偷偷地给冯治台多加了两个铜钱。

　　冯治台双手捧紧写着"孙记合泰成杂货店"的招牌跨出了高高的门槛。石阶上落了一层薄薄的雪。他不敢大意，小心再小心地用双手将木牌匾举过头顶，把它稳稳挂在大门木桩那颗铜制的老虎钉上。牌匾挂好，冯治台又仔细地端详了一下歪正后，这才像往常一样，心情愉悦地走进大堂。谁知身后突然砰的一声，那块牌匾不知何故，自己从柱子上飞落下来，顿时摔成了两截。这一摔不要紧，惊动了掌柜的和众伙计，大家立刻拥出了店门，你一言我一语将冯治台一顿数落。

冯治台自知无错，他也无心与他们争辩，默默地捡起那两块榆木招牌。原来这块老牌匾已挂了十几年，风吹日晒，雪浸雨淋的，挂钩处的木质已经腐朽，铜环再一吃力便自然脱落，加上正是三九严寒木质脆硬，落在石板上，硬碰硬的就被折为两半。

冯治台将牌匾托到孙二喜的跟前，掌柜的一看自然明白，知道与冯治台无关，对于众人的叫嚷训斥甚至辱骂，他也知道是报平日里攒下的红眼病，借此发挥了。可冯治台总有失察之过吧。他见这些伙计落井下石，群起而攻之，自己也是气急，热血冲头，这毕竟不是什么好兆头，也就随着大家，将冯治台骂了个狗血喷头。什么"丧门星"了，"败家子"了，挨不着边际的话，一股脑儿地全部甩在了冯治台的头上。

冯治台这回没有服软，倔强地站在雪地里，双眼已露怒气，那双浓黑的倒八字眉拧在了一起。只要有丁点火星，便会立刻燃烧起来。他第一次将一双拳头握紧，抬到了胸膛之处，像一只斗架的小公鸡怒视众人。

"嘿！你们这是干啥呀！破鼓众人捶。再说了，你们平心而论，这铜环脱落是冯治台拔下来的吗？你们这是借题发挥欺负人家个儿小。告诉你们，欺俺老，别欺小，俺孙旺把话放在这断匾之上，总有一天，有你们好瞧的。"老伯为他打抱不平。

众人心里面也有点内疚，见孙旺打了个圆场，给掌柜的一个台阶下，便迅速溜回各自的位置上。

孙旺捡起摔断的木牌，冲着掌柜的说："孙二喜呀，这木牌早一天晚一天也是要摔断的嘛，还好今天雪天，客人少，碰坏了客人是大事，俺到隔壁的木匠铺先接上，重新油漆一下，不照样用吗？等有了闲钱再做一个结实的，不就行了嘛！"

孙二喜此刻也平静下来，被叔叔说得一阵阵脸红，也知趣地走了。

冯治台对孙大伯道声谢谢，但脸上怎么也笑不出来，话也说不出口，便挑起每天都与他做伴的一对瓷坛子——一头装的是酱油，一头是老醋——往酿造调料的老字号怡和公店铺走去。怡和公店铺是故城县唯一的一家前店后厂的调料厂，冯治台每天往返两趟，虽说这两坛调料不算很重，但远路无轻载，一趟下来，三九天也湿透了棉袄。可这差事冯治台十分愿意干，一不用看大家的脸色，二能自由自在地逛逛街景，那些灯红酒

17

绿总能带给他许多遐想。今天的冯治台是悲愤交加，离开合泰成之后，眼泪就像开了闸一样，蜂拥落下。

怡和公掌柜的李胖子是西辛庄人氏，和冯治台的东辛庄邻村，此人十分谦和善良。听他店里的伙计们说，胖掌柜从不骂人，即使徒弟们犯了些毛病，他也会将其叫到一边，有理有据地耐心教导。李掌柜早就听说过冯治台，知道他能写会算，放在合泰成委屈了。因此，胖掌柜已动员了冯治台好几次，希望他能到怡和公，允诺让做活，并让他当个算账的先生。冯治台知道胖掌柜是好人，心里也着实愿意过去，但他每次都婉言谢绝，他认为这样做是背信弃义。

今天，胖掌柜看出了冯治台的一肚子委屈，小脸上还残留着泪滴，可他知道，再说几遍也改变不了这个小乡亲的主意。除非他被合泰成辞退。胖掌柜索性也不过问，等冯治台把酱油、醋灌满之后，这才把填好的取货单子揣在他怀里，顺手又抓一块冰糖塞进冯治台的嘴里，拍了拍他的肩膀头，轻轻叹了口气，转身走了。

大雪塞途，雪花越飘越急，街道上的行人减少，冯治台加快脚步往回赶。

雪花打在冯治台的脸上化作水珠，与汗珠混在一起流下。毡帽头儿早就揣到了兜里，头顶蒸腾着热气。那睫毛上也挂上了串串冰珠。他喘着粗气一直没有歇脚就奔回了合泰成。

合泰成的青石板台阶上，结了一层薄薄的冰花。冯治台抬头看了一眼门柱上的那颗老虎钉，心里顿时又燃起了一把烈火。他忽然觉得眼前眩晕，左脚踏空，肩头的醋坛立刻就碰到了石板台阶上。坛子被磕出了一道裂缝。醋顺着坛壁流了出来。

这一幕又被师兄们正好看到。大家又是齐声喧闹，说这小子还在撒早上的气，故意碰坏了醋坛子。此时的冯治台确实心中慌乱，没有了往日的镇定和从容。他不顾众人嘲弄，急步进了店堂。他的脑子里一片空白。

真是祸不单行，一波未平，接着又是一浪，慌乱之中，冯治台又鬼使神差地将那坛裂缝的老醋，倒进了酱油缸里。众人惊叫起来，孙掌柜眼看着这半缸酱油成了废品，急得一蹦老高，他心疼呀！孙二喜顿时勃然大怒，扬手在冯治台通红的小脸上狠狠打了两记耳光，可怜的冯治台，左右脸蛋上留下了孙二喜的十个手指印。

冯治台这才清醒过来，已知大错铸成！他没有言语，悄悄地走出店门，站在屋檐下，望着漫天的阴霾，泪水又一次落下。店堂里开了锅："冯治台就是惹祸的精，他不把合泰成弄垮了，他是不甘心呀！""掌柜的，你还迁就什么！辞了吧！让他回家抱孩子去！"这些师兄心里明镜一样，冯治台人小志大，有学问有心计，各方面都高他们一筹，今后可是竞争的对手，今天正赶上这两桩"好事"，让他滚蛋了事。过了这个村就没有这个店了。因此，大家都是心照不宣，起哄架秧子。

孙二喜也清醒过来，觉得自己出手打人有些理亏，可木已成舟，泼出去的水再也收不回来。俺是掌柜的，总不能当着众人的面，给你一个打杂的小堂倌赔礼道歉吧。不是俺非要撵你走，你看，大家伙都是这个意思，俺总不能因你而得罪了众人。想到这里，掌柜的隔窗也喊了两声，但声音减弱了许多，那是给伙计们听的。

"冯治台，不是俺心狠，合泰成店小，容不下你这尊神，俺看你就甭干了，休息两天，逛逛故城的街。半年了也没给你放过假，之后就结账回家吧，这个月给你全工钱。"

孙掌柜其实愿意有个人出来打个圆场，劝上两句，他也好收回辞令。可是没有一个吱声。二叔孙旺还没回来。看来这缘分已尽，没有别的办法了，他只好独自回到了后院。

冯治台站在外面听了个一清二楚。那眼泪不知怎的却戛然止住了。他走下台阶，沿着大街径直往城北去了。

冯治台前脚走，大伯孙旺后脚进。侄子孙二喜将刚发生的事一五一十向叔叔道清，并请叔叔原谅自己的鲁莽。孙旺知道说什么也无济于事了。即使掌柜的收回辞令，以冯治台的个性，也绝不会再返头堂。孙旺叹了一声，饭也没吃，出门寻找冯治台。

大雪的天、泥泞的路、稀落的人群。这小子绝不会回东辛庄，行李铺盖还在店里，他一定去了城北的关帝庙。

庙里空无一人，长明灯也熄灭了。这天寒地冻的谁还会来上香添油？百姓家四壁透风，没有炉火取暖，大中午的饭口，没有过不去的事情，也不会来求助关老爷。

"治台，俺是你大伯呀！你在吗？"孙旺连喊了几声也没有动静，心想，莫非俺猜错了不成？

庙门吱的一声开了，雪地里钻进一个黑影，手里捧着半碗菜籽油，是冯治台，他一定是见长明灯断了油……

孙旺大伯屈身躲在关老爷的绿袍后面，观察着眼前的冯治台。

冯治台脸色平静、气息平稳。他将手中的半碗油倒进了长明灯里，取出火柴划着点上，然后恭敬地给关老爷磕了三个响头，只说了一句话："学生冯治台拜见关老爷，忠义肝胆永记心中，决不会辱圣人之尊。待俺今后发达之日，定修关帝庙以谢教诲！"

冯治台说罢起身，头也不回走出了殿堂。

大伯孙旺放心了，他没看错，这孩子小人大量能装大千世界呀！甭看孙旺已年近七旬，身体经长年推车的锻炼十分强壮，他几个健步便追上了冯治台，爷儿俩谁也无语，飞雪中紧紧地依偎在一起。

关帝庙旁有一小酒馆，大伯非要为冯治台摆个席面送送他。这对忘年交要了两个小菜，一盘油炸花生米，一盘猪头肉。又来了一个火锅，白菜豆腐粉条一锅烩，热气腾腾。冯治台第一次喝酒，二两衡水老白干下肚，也成了关帝庙的关老爷。

爷儿俩有说不完的话，从关老爷扯到了孙二喜，从清朝政风谈到了百姓冷暖，一直说到酒馆掌灯，晚上一轮客人陆续进门，二人才依依不舍返回了合泰成。

店里早已熄灯就寝，冯治台从柜下搬出自己的行李卷捆好，放在柜头。他倚靠着，一双眼睛紧盯着黑漆漆的顶棚，思绪万千。不能就这样不辞而别，但他又不愿再见那些没有情义的师兄们。冯治台跳下柜台，点上那盏自己从东辛庄带来的小煤油灯，那是他每晚看书用的。借着灯亮，翻出自己积攒的毛边纸调水研墨，做了一首告别小诗：

相聚要想分手时，孙冯两姓半年会，
恩怨离别方消逝，合泰成吾长见识。
油盐酱醋平生味，叔侄恩情当相报，
船行泊岸靠坚石，待到桃红柳绿日。

第二天天蒙蒙亮，冯治台背上自己的行李卷，出南门走上运河大堤。举目远眺到处是银白、厚厚的积雪，没有任何印迹。东方的树梢上露出了鲜红的太阳，把个大地照得无比透明。冯治台的心情和这天气一样。他遥望远处的家，东辛庄还在晨曦中沉睡。

　　这正是：血泪交加有酒百愁去
　　　　　　关帝胸怀忠孝千重心

第五回
屎窝出屎窝进仍为人奴
从商务农男儿铁心从军

冯元玺流年不利，他和冯元直搭伙去内蒙古贩牲口，结果让马贩子骗得卖了自己还替人家数钱。草原上的风沙打干了老哥儿俩的眼泪，血本无归狼狈地回到了东辛庄。见了村里的乡亲，还得装作挣了大钱凯旋的样子，叫人见了心酸。

冯元玺回到家里看到的头一幕，就是二儿子和他娘哭作了一团。当他弄清楚事情的来龙去脉，第一次大骂了儿子。家里已经是千疮百孔，食餐难继，眼看年关将到，借人家本息又必须偿还，虽说数目不大，但对咱七口人的穷家来说，也真算是泰山压顶了。

冯元玺认为儿子偷跑回家是极不光彩的事情，他没敢歇脚便进了故城街里，向孙掌柜赔情。掌柜的见有了台阶下，也就爽快答应冯治台重返合泰成。冯元玺心想，儿子再委屈，可省下一个人的饭，多少能给家里补贴点零用钱，待有好人家时再择良店。

冯治台死活不肯再回合泰成，他心中的志向，当爹的其实一清二楚，知儿莫过父嘛，可家里的困境却又让他一筹莫展。

"这是冯元玺大哥的家吗？"门外传来嘶哑的叫喊声及叩门声。冯元玺怕是要账的进门，连忙躲进了里屋。袁氏答应着走到门楼边开门回话。

"是呀！不知您是哪位？好像咱们不认识吧，面生得很啊！"袁氏说，"俺是故城街里怡和公掌柜的，姓李，俺是来拜访元玺大哥的。想请冯府二公子冯治台到怡和公记账，预支一年的工钱，不知赏脸否？"

嘿！这可真是天上掉下个大馅饼的美事。冯元玺跑出北屋，上下打量了一番李掌柜，觉得此人和蔼可亲，没有一点奸商的油滑之气。他连忙抱拳行礼，将李掌柜让进了母亲住的正房堂屋。

冯治台闻声也擦干眼泪到奶奶堂屋拜见了胖掌柜。眼下家中一贫如洗，又遇灭顶之灾，怡和公优惠的条件，胖掌柜坦荡的为人都让冯治台动心，可是一旦到了怡和公，合泰成马上就会知晓，那怎么对得起孙老伯，也违背了自己再不进城做事的诺言。

冯治台当着胖掌柜的面，将自己心里的盘算和道理，全都倒在两位长辈的面前。又对胖掌柜平日里对他的照顾表示感谢。

冯元玺心里又急又气，咱家都火烧眉毛了，可你这小子却只顾自己的脸面和为人之道。但他当着胖掌柜的面又无法发作，只好作罢。

李掌柜听后对冯治台越发喜欢。

"这样吧，元玺大哥，治台有志不可强求，府上遇到困难，俺带来一年工钱，虽说不多，就算俺借给小侄冯治台的吧，期限一年，利息为零，你看可好？！"

冯元玺丈二和尚摸不着头脑，为什么发生在冯治台身上的坏事，瞬息之间却能转化为好事，这是儿子的命吗？这是儿子的处世哲学赢得的好事情啊，冯元玺好像是明白了许多。

"治台，还不赶快给李掌柜磕头谢恩！"冯元玺回头见儿子没了踪影，心想这个浑蛋小子去哪儿了？

"李掌柜的，谢谢你借给俺们家钱，您这是雪中送炭啊！这是借您钱的字据，利息一定要还，就按现市行情，俺都写在了上面。"说罢，冯治台单腿下跪双手捧起字据，给胖掌柜行了个大礼。

胖掌柜婉言谢绝留在冯家吃饭的邀请，他还要到西辛庄去看望堂上老母。临走时胖掌柜拍了拍冯治台的肩膀，叮嘱他如遇难处，到怡和公找叔叔，多了没有，挤兑个过河钱总会有的。

冯元玺高兴，袁氏也抹着眼泪，看着儿子冯治台将胖掌柜一直送到了西辛庄。

送走一个财星又来了一个文星。冯治台返回院里，就看见王生先生站在院子里拉话。王生见治台回来是一脸的高兴。

"治台呀，半年没有见面，虽说这个头没见长，可你这脸上没有了稚气，成熟了。你爹将发生的事都告诉俺了，你的做法让当老师的俺也是敬仰呀。你也不算小了，光有个名没有个字，今后出去闯荡不方便。老师也很穷酸，就送你个字——仰之，这就全了。姓冯名治台，字仰之，正合你的志向。

冯家又是一片欢喜，这精神上、物质上都有进项。王生也不留下来吃饭，回家批改学生们的作业了。

冯元玺数了数家中所有的钱，还是不够还账的，眼看就到了年三十，也不能光屁股过节吧。他听说村里的大户王东升家正需要个"小扛活的"。凭着冯元玺在东辛庄的影响，王家二话没说欣然答应，并应允了冯元玺先支付冯治台一年的佣金，冯治台从商到农，又一次开始了人生中的酸甜苦辣的磨砺。

王家不是巨富，也没有过多的过苛的规矩，因此，王家的活计冯治台都能应付，并做得很好，但他痛心疾首于为人作奴，故而也是心怀郁闷，却又不知出路何在。

王家还有一个小扛工，比冯治台小两岁，个头却比冯治台还要猛一些，是西辛庄人，叫李贵。两人很快就成了好朋友，李贵从此也多了一个外号，叫跟屁虫，整天围着冯治台转，就好像"制台"大人的卫兵。

冯治台忍辱负重的这个严冬，辛亥革命爆发，不久，孙中山被推举为临时大总统。一九一二年元月一日，孙中山在南京就职，宣布中华民国成立，北京的清廷已是摇摇欲坠了。

东辛庄虽说是偏僻乡村，有王生老先生的讲解，老百姓早就传嚷着大清气数已尽。又听说北京城连续发生革命党刺杀当朝大臣的事件，冯治台每每都觉得新奇和兴奋。

按照乡俗，春节前财东们要打发雇用的长工回家过年。王家和冯治台是同村，和冯元玺低头不见抬头见的。平日里请个戏班、张罗个红白喜事都没少麻烦了他。因此，对冯治台小有馈赠，并约定年后继续上工。

正月十五，李贵约上冯治台到古城街上看花灯。小哥儿俩不知不觉就走到了城北关帝庙，那里有一群当地的乡绅富甲，在关圣人面前痛哭流泪，大清皇帝已经退位，这些前朝的有头有脸的人，紧紧握着又黄又细的辫子，仰天长叹。

关帝庙酒馆旁边聚集了一批年轻人，酒馆里的长条凳上站着一个洋学生模样的后生，西式服式，立翻领、四个衣袋，听有人说叫中山装，是孙中山大总统亲自设计的。这些年轻人在大街上将后脑勺又黑又粗的辫子当众剪断，有人喝彩有人辱骂。

冯治台见景也热血沸腾，这辫子虽说是父母骨血之物，剪断让心痛，但当他听完那学生慷慨激昂的演说之后，却也觉得很有道理。虽说不清楚什么叫封建统治下的产物，就从方便利落、便于劳动来说也应支持，于是冯治台便不顾李贵的阻挡毅然将辫子剪去。

李贵见冯治台的辫子没了，自己也应该同样，但舍不得，又一想，都说俺是他的死党，连个辫子都不敢相随剪断，成何体统！李贵也将自己的辫子剪去，两人有个伴，回家之后挨骂挨训也不孤单。

冯元玺虽然恼怒，也知道这辫子早晚得没，所以就没有过多地责备。

过了正月，冯治台正准备去王家上工。冯家有个卖油的族兄来串门闲说话，无意中说景县贴出了招兵的告示。是他亲眼在景县看到的，那些兵和治台一样年轻，都没有了辫子，很是精神。

说者无意听者有心。景县招兵的消息像一道闪电，陡然在冯治台的心中燃起一片希望之光。他在城里合泰成杂货店看见过来买烟的兵，个个都神气活现，不挨饿、不受欺，这无异于天堂般的诱惑，便向父亲提出到景县投军当兵的想法。

故城县早有一条流行的谚语："好男不当兵，好铁不打钉。"当兵的也叫丘八，在安分的庄稼人看来，是介于流氓与亡命混混之间的职业，除非到了穷途末路时，谁会舍得让自己的孩子去干这个行当？

袁氏第一个站出来反对，兄长兰台也极力劝阻，只有冯元玺这个当爹的犯了踌躇。接生婆当年说过，冯治台将来会是个骑马的官，这不去当兵，怎能熬得上骑马？这是治台实现"制台"的唯一出路。再说了，治台当兵，除了能解决他的自身生活问题外，万一日后那句话兑了现，全家也有出头之日了。但儿子确实还小，当爹的有些话也不好说出口。全家人争执不休。

夜沉了下来，空旷的田野里一片寂静，大月亮底下，冯治台和李贵溜出了东辛庄，他俩不走大路，专抄近路，在冬小麦地里撒欢，就像出笼的鸟儿一样。黑黝黝的村庄，黑压压的树林，早被这两个热血少年抛到了身后。天亮了又黑，黑了又亮，冯治台领着李贵硬是走到了景县。

冯元玺是个闯荡江湖见过世面的人，他劝妻子袁氏，儿孙自有儿孙福，不让儿子碰几次壁，怎能长见识！走就走吧。这不，孩子留下了一封信。最后一句话叫四海为家。

冯治台、李贵啃了两口已经冻硬的玉米饼子，向老乡讨了碗还带冰碴的冷水，便来到了景县的天宁寺。

天宁寺周围已围满了黑压压的投军汉子，那高耸入云的十三层宝塔悬挂着招兵处的横幅，旁边立着招兵简章。都说好汉不当兵，那为什么又有这么多像塔一样的男人都来参军？

衡水各县土地贫瘠，人口稠密。当年义和团起义被扑灭后，战祸导致苛政如虎，饥民遍地，当兵就成为壮丁们一条求生存的出路。所以，当募兵告示一出，饿者蜂拥而至。除了这些贫民外，还有一些修筑津浦铁路的特殊工人——烧石工。铁路穿越华北平原，石料缺乏，设计师为了降低成本，想出了一条权宜之策：在铁路两侧，砌筑砖窑，烧制强度较大的钢砖，然后再将钢砖砸成碎块，用以代替路基所需的石子。烧砖工多来自山东曹州一带，铁路修通，回家也无生计，便闻讯投军。天宁寺内的一些青年和尚也投入了从军的热潮。他们并不都是看破红尘而削发为僧的，实为填饱肚皮而遁入空门。有了这条火火爆爆的生路，便不愿再过青灯黄卷的清苦日子，纷纷要求还俗投军。

住持方丈阻拦不住，只好随他去了！

冯治台见状心里凉了一半，像他俩这样的外县散客甚少，矮小瘦弱，在这群汉子中就是两个孩子。他知道，凭他们的身量，那是万万挑不中的。俗话说心诚则灵，金石为开，俺俩行走了百里之多，要沉住气，待众人挑选完后再说。

募兵官身材高大，一身的豪气、为人严厉。他挨个儿打量每一个投军者，就像牲口市上挑骡马，看完前腿看牙口，十分挑剔。稍稍涉嫌有不良行为者，绝对不收。验上的汉子除登记造册外，都会被送到庙里搭的席棚里吃猪肉炖粉条，十二小时都不间断！

残雪冬阳，只有半杆子高了，冯治台觉得时机已到，便到了募兵官的身旁。

"长官好，俺小哥儿俩，投军当兵，报效国家！"

"去去去，还是个孩子别在这儿添乱！"募兵官见是两个孩子，口气便压低了很多。

"长官，俺不是孩子，已经十五岁了，从故城县日夜兼程走到景县参军的，你看看俺的鞋子。"冯治台脱掉露了脚指头的棉鞋，赤脚板上一串白里透红的血泡。

李贵照此炮制，将鞋举到了募兵官的眼前。他俩苦苦哀求，缠住不放，终于感动了这位长官。

"你们俩实在太小，带回军营俺也会挨板子。我看这样，给你俩开个凭证，明年节后，坐火车到北京城找俺，一定让你俩如愿以偿。"募兵官拉着他俩到席棚下，吃了顿红烧肉。然后掏出了四块银圆找卫兵将冯治台二人送到脚行，托掌柜的将他俩捎回故城县。

冯治台见状知道再泡下去也不会柳暗花明了，便和李贵揣着那一线希望回到家中。

> 这正是：万里奔波虽无果
> 　　　　春秋一载盼天明

第六回

大丈夫当效国家
小男儿岂逸居乡

　　冯治台回到东辛庄，并未遭父母责怪。家里人认为，反正人家不要，冯治台总该死心了。

　　冯治台将那纸凭证和自己的那两块银圆严密封好，把它装进了一个小瓦罐中，趁着夜色，将这寄托着明年希望的珍宝，埋在了村东头自家的麦田里。那坑足有两尺之深，他怕明年播种时被犁趟出。

　　度日如年，希望支撑冯治台守口如瓶，并装出一副认命的样子，照旧和李贵晚饭之后嬉戏，一家人很是欢快。

　　一九一二年三月黎明时分，冯治台盼望的日子终于到了。李贵随他挖出了凭证，又将铁锹送回家中。二人来到村头常打水的井沿上坐下，冯治台回望虽然贫困却又让他无限眷恋的村庄，想象着父母发觉他不告而别的凄惶，不禁悲从中来。李贵虽小，但父母早亡，亲情和思恋在他幼小的心灵中已残存无几，他几次劝冯治台不要哭泣，以免惊动族人，趁天还未亮赶快上路。

　　冯治台止住抽泣，回头望了望自家屋顶上黑洞洞的烟筒，拉起李贵奔了河堤，再也没有回头，那年他刚满十六岁。

　　天蒙蒙亮，故城没有火车站，那班到北京的车要到德州去坐，脚行又没开门。冯治台临行前来了一次故地重游。李贵跟着他先看了关帝庙，然后去合泰成、怡和公。牢记那么多刻骨铭心的过去，冯治台暗暗地说："再见了！故城，俺的家乡，俺一定会回来的。"

冯治台偕李贵到德州达北京，一路顺畅。他按照那位军爷写在凭证上的地址，终于来到了北京一个名叫南苑的地方。军营就设在这里。这个军营是袁世凯扩充军队的一个"备补军"。该军共分前后左右中五路。每路又分前后中左右五营。南苑驻扎的是左路前营。前营管带叫冯玉祥。

冯玉祥祖籍安徽巢县，长于河北。少年入伍，刻苦自学，阅读让他懂得了许多道理。一九一二年他参加了著名的滦州起义，事败而幸存活，被递解回籍。冯玉祥在途经北京时，被他的内姑丈老长官陆建章救下。陆建章是袁世凯的得力亲信，时任总统府京卫军参谋。陆建章人面豺心，素有"屠户"的绰号，他秉承袁世凯的旨意，镇压革命党，制造兵变，使袁世凯有了拒绝南下就任大总统的借口。

陆建章编练"备补军"，正缺人手和得力干将。他见冯玉祥身材魁梧高大、精明强干，况且又懂诗文，是一个文武兼备的好军苗，正好收为心腹。故委任他为左路前营管带即新军营长。驻扎北京南苑。

那位招兵的军爷是冯玉祥手下的一位连长叫张虎兵，去年之事他早就报告了冯玉祥，冯听说这位同姓的小兄弟按约投军甚是欢喜，定要见见。

张虎兵领着冯治台来到前营大帐，冯治台一下子就被冯玉祥镇住了。冯管带可谓虎背熊腰，粮斗一般的大脑壳，圆圆的眼睛里闪烁着一股英雄之气，就像说书的对张飞的神态描述。他不由得感佩起来，俺跟这样的长官闯天下，定有乾坤。

冯玉祥坐在虎椅之上，仔细端详眼下的这位冯治台，年少个矮的体貌，但眉宇间却透着一股英气和文秀之气。再看那身架结构，绝不是个矮小之人。如果营养跟得上，今后不会低于俺冯玉祥的身量。

"堂下两位英俊少年，报上姓名和出身简况。"

"俺叫李贵，十四岁，没有了爹娘，也没有进过学堂。"李贵抢先回答，再无言语。

冯治台不慌不忙地先行了一个大礼，然后恭敬平稳地说："回军爷的话，俺叫冯治台，字仰之，河北省故城县东辛庄人氏。自幼受父母言传身教识些字理，后被村里私塾先生王生收为弟子三年。只因家境贫寒而退学，先后在故城县街里的合泰成杂货店学徒，在本村的王姓大户扛活。时下为报效国家，故剪辫从军，万望冯大人收下。"

冯玉祥大喜，他对冯治台说："你叫冯治台，我们一笔写不出两个冯字来。二百年前是一家呀。你的名字很好，但是太大了，俺冯玉祥见了你总不能总叫你'制台'大人吧。我们军人守土卫国，治安保民，我看把你的名字改去一个字。治台叫治安。就叫冯治安，你看如何？"

"好哇！谢大人赐名，俺的名字经常被人取笑，嚷俺'冯总督'，应该改。治安年纪虽小，但有报国心，定跟随大人鞍前马后，万死不辞。"

"张虎兵听令，这位叫冯治安的小兄弟安排在营部伙房做炊事兵！李贵到你连当勤务兵，速速办理。"

张虎兵将冯治安领到了营部伙房。当时军队里并没有固定编制的炊事兵，只有那些年纪较大、笨头笨脑、老实巴交的才打发进伙房，冯治安因尚未发育成熟，也只能暂时安排在伙房，为此他心怀悒悒。

其实，冯玉祥有意将他放到伙房，一来活计较轻，二来近水楼台先得月，伙房在能吃饱的基础上，总要比那些当兵的吃得好一些。这一点冯治安是不知道的。

两个月后，队伍移住至北苑海光寺驻扎，并发了服装枪械，因为军服是黄色的，百姓们便叫大兵们为"黄马褂子"，饷发的也较之前多了一些，冯治安自幼受苦，如今能够放开肚皮吃饭，并且再也不受掌柜的斥责，虽说只是个炊事兵，心里也十分满足。

伙房不比军营，是个"吊儿郎当"的地方。一些"老油子"见冯治安年幼老实，乐得"鞭打快驴"，总支使他额外干这干那。李贵听说后前来看他："治安哥，你的名字是冯大人起的，该顶就顶他们，这里不是故城的合泰成，你不能再任人欺负了。"

冯治安其实也很愤恨，但心中却自有主张，他对李贵说："兄弟啊，这没什么，多干多长见识，多干才能多学呢！"冯治安在合泰成学徒时，也曾帮着做过些简单的饭菜，加上和那些笨人相比，很快就木秀于林。

伙房里有一位什长叫张秀林，新军叫班长，德州十里铺人，为人厚道朴实，他知道这半个小老乡和冯玉祥有点关系，便对冯治安仗义袒护，渐渐地，伙房里的人也对冯治安另眼相看了。

张秀林长冯治安几岁，遇上伙食不好，就偷偷塞几个铜板让他买碗打卤面吃，冯治安感恩戴德，一直把他当作恩兄。一个全新的环境让冯治安心情愉快；一个吃得饱穿得暖的军营，让他气吹一般地发育起来，那个头超出了李贵一大截。腰板硬、胳膊粗了，冯治安对着镜子照来照去，想着一旦到了连队，一定要照张戎装像给故城的二老寄去。左路前营的兵大部分都还托着辫子，只有冯治安等少数捷足先登地革命了一次，因此也遭些人耻笑。昨天军营里下了一道命令，让军人一律革去辫子。新兵营的兵受积习束缚多年，哭叫着请求免剪。

冯玉祥将全营官兵集于演操场上，并将冯治安叫到身边作为范例，冯营长开始训话："兄弟们，蓄辫乃清军入关后，为使汉人就范而强命推行的，在此之前汉人都不蓄辫。你们看这冯治安，当兵前就已剪辫，这才是好男儿。再则今后一有战事，冲锋陷阵负伤治疗都极为方便。今凡剪辫者每人发一块银圆，并集体照相留念，不剪者乱棍打出军营！"

冯治安第一次登上了讲台陪讲，出尽了风头。

班长张秀林因不愿剪辫，回到伙房大哭了一场。冯治安晓之以理、动之以情地劝说，并出主意将辫子包好寄回德州十里铺，算是还发肤于父母。张秀林这才转悲为喜。

冯治安佩服冯玉祥的治军之道，像他这样提前剪辫的也发了一块银圆，以资鼓励。他对这一块钱十分珍惜，专门在内衣里缝了一个小口袋，像保存稀世珍宝一般，这是他生平第一次挣到的一块银圆。

春暖花开耕牛遍野，冯治安随所在的二营奉命开赴京西门头沟三家店守护军部机械局。他日夜捧着冯玉祥自己编写的一本八百字的新兵启蒙小册子学习，册子里的内容已烂熟于心。闲暇时他就到练兵场稍息立正列队操练。早晚用煤铲练习刺杀，新兵营操练的科目从未落下。他渴望早日离开伙房，耐心等待机缘。

张秀林看透了冯治安的心思，也千方百计给他创造条件。

冯玉祥营长感冒了，高烧不退。张秀林派冯治安前去伺候。冯治安下了一碗挂面，多放了点姜片，出锅撒一些碧绿的小葱，滴上几滴香油端到了冯玉祥床前。满屋的香气让两天没有进食的冯玉祥顿时有了食欲。他起身盘腿，一口气将挂面吃完，汤也一滴没剩。

冯玉祥这才抬起头来，他一下子愣住了，眼前壮实的冯治安，让他几乎不敢相认了。腼腆的冯治安，此时浑身上下已透出一股刚气。这军营的熏染真是立竿见影。冯玉祥大喜，便试着考他功课，冯治安见机会来了，十分兴奋地对答如流，并将八百字的新兵启蒙一字不差地背诵出来。

冯玉祥见自己当初的安排已初见成效，就把他分派到张虎兵连。冯治安欣喜万分，俨然壮志得酬。他心里知道，从今天起，自己的军旅生涯正式开始了。

　　　　这正是：千遭水流归大海
　　　　　　　　青年才俊立京都

第七回
艰苦攀登军阶梯
模范连兵露头角

　　冯治安下连队后的生活和心情与在伙房简直是天壤之别，操练学习热情高涨。冯玉祥编写的《战斗动作歌》，配上基督教堂的赞美诗音乐，颇受士兵欢迎。冯治安在家就略懂音律和艺术，接受程度当然就高于一般的士兵。他兴致盎然长歌不倦，对小兄弟李贵的五音不全，总是非常有耐心地纠正。经过一段时间的努力，李贵居然不再跑调，在队伍中也敢大声地吼唱。

　　冯玉祥除了军事课目外，对士兵的道德教育也极为重视。他还自编了一系列歌曲，用于教育士兵。冯治安带头响应，并负责教唱那些没有文化的新兵。连队走在北京的大马路上，连长张虎兵叫冯治安领唱《烟酒必戒歌》和《嫖赌必罚歌》。整齐的队伍，雄壮的歌声，既可自利，又向群众做了宣传，受到了人们的好评。

　　部队集合时，冯治安又领唱《国耻歌》和《精神歌》。冯治安正值青春年少，跻身于这样的队伍，感受到的是一种凛凛正气。这为他思想品质的发展，打下了良好的基础。冯玉祥每会必讲，他用浅显的事例向士兵们灌输传统的效忠祖国、孝敬父母、爱护民众的思想。这些措施，起到了十分积极的作用。左路备补军的上层军官，多数腐败荒唐，但冯玉祥的二营，却保持着生气勃勃的旺盛斗志。

　　冯治安心里春风得意。现在的他是要个头有个头，要文化有文化，时不时还能有个出头露脸的机会。当时，一个列兵每月可有四两多饷银，冯治安十分节俭，每攒够十块钱，便请连长张虎兵代为存放，遇有机会便捎回家去。每每夜深人静的时候，他蜷曲在被窝里，脑海中便是父母兄妹。想到老娘接到儿子这些钱，该是多么高兴呀！解除了父亲柴米之忧，心里便无限欣慰。有一次做梦，冯治安梦见妈妈和他站在一起，咬着一口大白馒头，居然笑出了声。

李贵推醒冯治安，当他得知仰之兄梦中的故事，勾起了他对死去爹娘的怀念，痛哭了一场，招致班长的一顿臭骂。

一九一三年春，陆建章的左路备补军奉命扩建为警卫军，辖两个团，冯玉祥任第一团团长，陆建章的公子陆承武任第二团团长，并正式使用营连排班的称号。为了补充兵员，冯玉祥亲往河南郾城周围招募新兵。吉鸿昌、梁冠英、田金凯等一批热血青年应召入伍。冯治安被编在三营十连当兵。在这些刚入伍的新兵蛋子面前，他十分尊敬那些比自己年纪大的兄长，从不摆老兵的架子。排长刘汝明，先令冯治安教唱歌曲，同时带头在新兵当中掀起了大练兵的高潮。

冯治安站在操场上，脱去上衣，只穿一件大红色的洋背心，矫健地飞跃上了单杠，为新兵做了一套标准动作之外，又表演了两个大车轮。然后跳下单杠，脸上无红无汗。新兵们一起鼓掌，吉鸿昌带头叫好，并主动上前报号介绍，两人成了朋友。

三营长邱毓坤对冯治安十分喜爱，可惜他们相处不长，邱营长负气离开再无联系。

北苑一带为历来驻兵之所，多年遭裁汰的老弱不良士兵流落于此。有些人明为打工为生，暗地里勾结士兵干些奸盗淫邪之事。三营也不时发生偷盗或淫赌事件。冯治安平素极节俭，自己从不嫖不赌，整天看护兄弟李贵，怕他染上恶习。

李贵家中没人惦记，一个人吃饱全家不饿，饷钱月月花光，有时还找别人去借，但他从不敢向冯治安开口。营房外面饮食摊贩甚多，都是针对这些兵营开的。一天，冯治安与吉鸿昌晚饭后在操场上谈心，梁冠英气喘吁吁地跑到操场上高喊："仰之兄，你兄弟李贵下馆子没带钱，掌柜的不赊账，二人叫闹起来，李贵气急打了掌柜的，你赶紧去看看吧！"

冯治安一听，火气冲头却没动声色。他拉上吉鸿昌跑出了军营大门。

大门西百米处有个东北饭馆，门口挑着一个红色的幌子，一群人在围着看热闹。但众人都不敢或不愿插话。只听见李贵的喊叫声。

"诸位乡亲请让一让。"吉鸿昌人高马大，他为冯治安开出一条道。人群中间，李贵和一个新兵酒气熏天。李贵手里拎着皮腰带，手指着那掌柜的叫骂："俺不是不给你钱，今天没带足，你就不让走，明天送来都不中，嘴里还不干不净。你他妈的就是找揍！"那个河南籍的新兵又踢了掌柜的一脚。

"住手！"冯治安拿出了喊操的嗓门一声叫喊，震得大家立刻鸦雀无声。冯治安一手拉起坐在地上的掌柜，从衣袋里掏出一块钱帮助李贵还了账，一手朝自己的兄弟李贵胸前就是一拳，这是冯治安生平打的第一人。这一拳很重，他是恨铁不成钢呀！打得李贵一屁股坐在了地上。

吉鸿昌也向掌柜的道了歉，转身踢了那个河南新兵一脚，算是还了掌柜的皮肉账，掌柜的连忙起身劝众人散了场。李贵知错，此刻两人酒也醒了，垂头丧气跟在冯治安的身后走向了军营的大门。

一事刚平一事又起。军营里来了二团的十几个军汉叫骂："一天到晚哼什么烂曲子，背什么破书，老子们都不识字，战场上凭借力气厮杀，战场下照样吃香的喝辣的。"

"他妈的，听说有一个和冯玉祥同姓的后生，专拍冯团长的马屁，还能出口成章。见面俺揍他，叫他爬不起来地。"一个大肚子排长吼道。

二团副绰号"王白毛"没有文化，几次校阅都输在冯玉祥手下，他背着团长陆承武，找了十几个彪形大汉。这些文盲军官成立了个"不识字会"，故意找碴和一团有文化的士兵对着干。

冯治安的火气都憋在肚子里，那是对他兄弟李贵。可这一进院，就见这几个兵痞指名道姓地和自己挑战，便迎了上去。吉鸿昌和冯治安都是一米八几的个头，两座黑塔钉在了这几个人的面前。

"不识字会"听说那冯治安是小头小脸的白面书生，可那是从前。他们万万没想到这二位如此强悍。

"俺就是冯治安，哪位兄台想让俺爬不起来？如果说笑，那么请回。如若动真，冯仰之愿领教兄台身手。"

"君子一言，驷马难追。""不识字会"被逼到了绝路上，只能撑脸一搏。只见一位满脸络腮胡须的汉子，军阶是个排长，就是刚才叫喊的人，走到了冯治安的面前。

"哥，你让开，杀猪不用牛刀，瞧俺李贵的。"李贵借着酒气飘着轻脚扑了过去。吉鸿昌只是一伸胳膊就将他挡了回去。

操场上已围满了人。连长张虎兵也在人群里。他知道冯治安有文化，军事技术过硬，对付这些人那是小菜一碟。他静观其变。冯治安心里有底，不要说现在的自己五大三粗，即使放在以前，要个刀玩个枪棍那也不在话下。

大胡子排长不再说话。一个饿虎扑食闪电一般就来到了冯治安面前，冯治安双腿稍弯，一个骑马蹲裆式焊在操场上。只见他身体微微往后一仰，大胡子排长一只大手已经抓住了他胸前衣裳。冯治安顺势左手揪住排长的铁拳，右手推住那只胳膊的关节，轻轻一带，将大胡子排长摔出老远。

老兵新兵一齐叫好！冯治安一个箭步冲到大胡子排长面前，双手将他扶起，嘴里连说了几个"承让了"！

"谁在这里闹事！"连长张虎兵见火候已到，出来喝散了众人。二团那伙人吃了眼前亏，但在一团的驻地，也只好收兵。

此事被陆建章知道后大骂了儿子和那个叫"王白毛"的团副一通。说："俺陆建章也识字，难道你们连我也排斥！"

京杭运河两岸的棉花白了，高粱穗透红。冀中又是一个丰收年。

秋来，冯治安随军开赴河南，镇压白朗起义。

白朗，河南省宝丰县人。原名朗斋，字明心。一九一二年在豫西发动了农民起义，初未成势。次年已能攻城略地，声势日渐浩大，各地饥民从者逾万。白朗自号"大都督"，率部游走于豫、鄂之界的各县。十一月，又转向豫东挺进。并鲜明地打出了"讨袁"的旗帜。袁世凯大怒，却又心存恐慌，忙命陆建章拨部分兵马开赴河南剿灭。冯治安所在的三营，在新任营长孙振海率领下奉调进入新乡。这是冯治安当兵后的第一次上阵。

三营多是新募士兵，未经战阵，官兵都十分紧张。

冯治安既不惊慌也不兴奋。他早想在战场上一练身手，积累一些实战经验。可这次并不是军阀之间的混战，俺冯治安也是农民，怎能血刃自己的同胞？在这一点上，吉鸿昌他俩一拍即合，私下里通知李贵等要好的农民出身的士兵，枪口抬高一寸，在不涉及自己生命安全时，绝不枪杀农民。

十连驻在财神庙内，官兵们昼夜警惕，一夕数惊。那孙营长更是神经过敏，看见过路行商和路过农民，也怀疑必是白朗派出的化装军，不由分说捉来审讯。

冯治安有文化，便承担起审讯的记录。凡有人作保或交些保钱的也就草草放行。那些老实巴交的农民只能任凭拷打关押。

夜静了下来，漆黑不见五指。冯治安在地铺上翻来覆去睡不着觉，白天的审问又像放洋片一样在脑海里一场接一场。尤其是一位十六岁的少年，勾起了他的回忆和同情。不行，不能让这些贫苦的农民无端受冤。他决定干一次冒险的大事，但又决不能连累兄弟们。他在地铺上盘算着如何下手救人。

三更时分，冯治安穿好衣服，扎紧腰带，提枪溜出了营房。他顺着庙墙弯下腰，观望四周的情况。他忽然发觉身后有零碎的脚步声，冯治安故装不知，闪到了墙角。

那黑影拎枪直愣愣地走了过来。冯治安待那黑影一出墙角，便来了一个扫堂腿，右手封喉，低声吼道："你是谁？""嗯……"冯治安放轻了手劲，这才听清是自家兄弟李贵。原来李贵也有此意，他一直观察冯治安的动静，他哥哥起身后便立刻尾随到庙墙根，没想到只是一眨眼，冯治安就不见了。

冯治安大喜，有了帮手，这下就要轻松一些了。冯治安将计划告之李贵，小哥儿俩盼着五更天的到来。

河南入冬时节要给逝去的先人烧纸送棉衣，清晨五更天，放鞭炮酬神，财神庙前的小广场是祭奠之地。这一点冯治安早就打听清楚了。他嘱咐李贵只等时辰一到，便按计划行事。

冯治安盼到五更梆子响后，便立即派李贵潜到关押百姓的牲口棚外。

庙墙之外忽然鞭炮齐鸣。百姓开始祭神。孙营长从梦中惊醒，他误以为是白朗军来袭，急令全营集合。冯治安见状便大声呼喊："白军偷袭了！白军偷袭了！"

十连大乱，拎衣提裤、推嚷叫喊地乱成一团。有个新兵慌忙之中竟朝天放枪，真是火上浇油。李贵见时机已到，立刻打开财神庙后门，然后冲看守百姓的士兵呼喊："白朗兵来犯，营长有令，十连集合出庙御敌，不得有误！"两位哨兵听后，撒腿便往大庙正殿跑去。

李贵连忙解开牲口棚木栅栏的绳索，引导百姓们从后门逃出，二十几位汉子便迅速融入祭奠神灵、黑压压的人群之中。

天亮了，紧张的兵士方恍然大悟，原来是一场虚惊。当兵的暗暗讥笑这孙营长空穴来风。吉鸿昌见在押的农民没了踪影，只有李贵低头嬉笑便猜出了几许。队伍散后，他拉着冯治安来到单杠下询问。冯治安只是一笑说："这是老天爷搬阴兵救百姓，你吉大胆何乐而不为呢！"吉鸿昌听后明白，也大笑起来，心里佩服这位老弟的正义和心计。

孙营长赔了夫人又折兵，都因为他为人刚愎、使气任性。营中官兵从此送他绰号叫"孙气"。

冯治安心里觉得这次是上对得住天地，下对得住父母。当兵保家卫国，穿百姓衣服，端百姓的碗。这才是一位真正的军人。巧借阴兵之后，十连驻地少了一点紧张空气。不知不觉驻扎了三个月之久，连白朗军的影子也没见过。这期间，白朗军主要在豫东战斗。他们势如破竹，一度占领安徽霍山、六合，直捣寿州。袁世凯急令段祺瑞亲领豫督衔进剿。段挥军而合围，迫使白朗军西进。一九一四年三月，白朗军攻占了鄂北军事重镇老河口，然后出紫荆关直捣陕西，陕督张凤翙因兵力薄弱，惶恐求援。袁世凯委陆建章为剿匪督办，所部扩编为警卫军第一师，下辖两个旅，随同全师至河南渑池集合。冯治安所在的第三营也奉命到渑池会合，开赴陕西。

冯治安的心情郁闷，无战斗便无立功之机，几个月下来，仍是一名普通士兵。

陇海铁路只修到渑池以西数十公里的观音堂。大军西行只能徒步跋涉，路途崇山峻岭，人马辎重行军极其艰苦，冯治安却极为兴奋。这是他第一次进入山区，处处觉得新鲜好奇，他听着连长张虎兵介绍沿路的古迹名胜，顿时气力倍增。当他爬上山顶俯瞰芳津渡、大禹渡黄河渡口时，被黄河之水天上来的雄伟气势所震撼。见景生情，冯治安忘掉了自己士兵的身份，竟不自觉地喊叫起来："中华之伟，黄河浩瀚，民族之强，铁血男儿！"

部队到达陕西时天色已晚，三营奉命在山坡扎营。营长孙振海见部队疲惫不堪，就令士兵们在河坡上宿营。冯治安见状连忙向连长献计："张连长，河坡扎营兵家大忌，时值六月，一旦山洪暴发，后果不堪设想。"张虎兵不敢违抗军令，正在犹豫之中，军队里有人高喊：

"冯旅长到！"冯玉祥一见大怒，立命拔营移至山坡之上。孙振海犹豫争辩，被冯玉祥呵斥一番。终于，重新拔营移至山坡上，全营对旅长不满，啧有烦言。冯治安也不敢再多言语。

半夜时分，忽然疾雷暴雨、河水猛涨。冯治安悄然起床走出军帐观看，山下河水轰鸣，好险呀！心里却暗暗欣喜自己的判断正确。天明，全营官兵大为惊讶，昨夜扎营之处早已被滔滔洪水淹没，孙营长用来拴马的那棵柳树只剩下树头在浊流中摇摆。大家这才对冯玉祥旅长的决断无不叹服。李贵凑到冯治安的跟前悄声说道："哥呀，弟把话撂这儿，你确是将军之才呀！"冯治安脸面通红低下头，心却异常激动。

一九一四年初夏，入陕大军开进西安附近，冯玉祥驻在大雁塔东，此时，陕西局势混乱，西安一片凋敝。白朗军自忖不堪与陕军正面作战，转向甘肃南路挺进，连陷岷县、宁远、伏羌等城。十六混成旅入甘追剿，大军刚到平凉、崇信一带，忽报白朗军又回师攻西安，陆建章命冯玉祥部连夜折返，最后破紫荆关再入豫境。此际，白朗连遭围剿，疲惫不堪，所部又是乌合之众，呼啸而聚，呼啸而散，几经摧折，便元气大伤。加之内部分裂，白朗于一九一四年八月被部下火并杀死，白朗起义悲惨落幕。冯治安暗暗落泪，心情极为复杂悲伤。

白朗军平定后，十六混成旅驻西安及陇南汉中、沔县等地。陆建章平叛有功取陕督印信，作威作福，极尽腐朽窳败之事。他大肆贿赂公行、公开卖官鬻爵。

陆建章召冯玉祥在虎帐谈兵。陆的副官竟当着冯玉祥的面嬉皮笑脸地向陆禀告："报告督军，陕甘盛产鸦片，烟民万千，我有一策，可令大人借机大发横财。"陆建章竟然谈笑自若，不但不予斥责，并俯身耳告之帐下再议。

冯玉祥见状借由离帐，他对督军署官兵携双枪——手枪、烟枪，到各地区搜查大烟早就不满，痛斥他们白日砸门破户，夜晚吞云吐雾。督军署官兵每搜到烟土，罚款竟入腰包，大批的烟土则装箱运往天津私售。陆建章凭此将原陕军混成旅长陈树藩以二万两烟土为拜仪，收为"及门弟子"。上行下效，官兵吸毒者比比皆是。

面对乌烟瘴气的政治生态，冯玉祥治军更加严厉，加紧练兵。为了树立楷模，冯玉祥组建了模范连。模范连滥觞于袁世凯，老袁于这年十月在北京成立了"模范团"，并自任团长，督饬下属积极编练模范军。冯玉祥从全旅选拔精锐组成模范连，其士兵不仅要求具备出色的战术水平，连仪表气度也相当挑剔。一百三十位士兵个个都由冯玉祥亲自过目才行。因此，模范连在全军享有"明星"地位，为广大士兵所钦慕，也成为冯玉祥的宠爱。冯治安早为冯玉祥所瞩目，成为当然人选，李鸣钟为连长。

与冯治安同时进入模范连的有兄弟李贵、兄长吉鸿昌。从此，三人的友谊就更加深厚。

　　　　这正是：火头军由弱变强下部队
　　　　　　　普通兵百里挑一模范连

第八回

警卫班长鞍前马后
模范连长年庚廿一

　　冯治安进入模范连如鱼得水，在众壮兵中脱颖而出。陕地苦寒，冯玉祥下达"冬练三九、夏练三伏"的命令。模范连专挑寒冷天训练。

　　天还未大放亮，东方刚露鱼肚白，雪地里就传来操练声。冯治安等大多士兵都身穿单夹的衣服，一会儿卧雪射击，一会儿投弹拼刺，偷懒的士兵手足冻僵，熬不住寒冷纷纷进屋抢先烤火。冯治安刺杀用力，他拿出在河北故城东辛庄练就的一套大刀术，将枪刺卸下，当大刀片，上下飞舞，一会儿就汗流浃背，等进屋之时，汗落成水，浑身透心凉。火炉边早就围满了衣衫单薄的兄弟们。冯治安从不争抢，躲在远离火堆处，自行按摩揉搓。他从小在河北，并无御寒经验，双手双脚冻得发硬，不听使唤。他索性用盆端雪揉搓，一会儿头和四肢被揉搓得通红，反而渐渐地暖和起来。模范连的兵们讥笑冯治安，这是什么办法呀，真是自找苦吃。

　　一夜大睡，起床军号一响，冯治安第一个穿好衣服洗漱完毕。可大多数兄弟捂在被窝里狼哭鬼叫。他连忙掀开李贵的被窝，只见李贵手脚疼痛，烤火之处已经成疮。冯治安见凡昨日烤火者大都如此。

　　李鸣钟见状叫来军医。经检查得知冯治安的办法最科学最有效。

　　各连营立即派人前来学习，将此做法推广全旅。冯治安不知不觉中创造了一个小成绩，得到了冯玉祥的夸赞和表扬，说他最喜欢会用脑的兵。

　　模范连既然具有"样板"的性质，训练上比普通连就更加严格。冯治安身手矫健，头脑灵敏，很快就在连中成为翘楚人物。人都说江山易改禀性难移，他一直保持着与人为善的品格。有时也喜诙谐，但谑而不虐，从不让人难堪。遇到骑在别人脖子上拉屎之人，冯治安也能好言相劝融洽相处。连里人都说："冯治安是个能忍让之人。"

十六混成旅没有设立专职卫队，模范连原有警卫任务，冯治安经常执行保卫冯玉祥的任务。近距离接触，冯玉祥越发喜欢他，屡有赞美之词。有事还当众昵称他为"冯家小孩"。冯治安深知伴君如伴虎的道理，你的优点一清二楚，你的缺点也掩盖不住。他性格所至，依然勤谨，从不滋是生非，在冯玉祥身边学到了很多知识和做人当兵之道。冯玉祥皈依了基督教，被称为"基督将军"。冯治安耳濡目染也受到教派圣经的一些熏染。

十六混成旅在陕西驻军年余。这期间，国内政局变端屡起，袁世凯觊觎"龙位"，一面让谋士们紧锣密鼓宣扬"唯帝制能救国"的谬论，指使爪牙组织"请愿"团，胡说人民"苦共和而望君宪非一日矣"，大造舆论，一面悍然解散国会，颁布"民国新约法"，改内阁制为总统制，血腥镇压"二次革命"。一九一五年初，袁世凯又无耻地与日本秘密谈判，签订了卖国的"二十一条"。事泄，激起全国公愤。巧值四川发生省民政长张培爵组织讨袁同盟事件。张虽遭逮捕，但局势仍不稳定。为了控制局面，袁世凯特派心腹陈宧去四川会办军务，并指派三个旅的人马同行。冯玉祥的十六混成旅名列其首。

冯玉祥鉴于形势混沌，难以捉摸，故意不全军开拔，只率领已升任混成团长的李鸣钟团，加上部分模范连的士兵作为卫队随团同往。冯治安随模范连排长韩复榘被选拔随从入川。

一九一五年初夏，全团在冯玉祥率领下由陕南沔县出发，直奔成都。沿途巉岩峭壁，大诗人李白那首"蜀道难，难于上青天"的诗句，让他心生波澜。冯玉祥在入川途中讲述了许多有关"三国"的名胜古迹。当时军队中最流行的书便是《三国演义》，冯玉祥说，诸葛亮出祁山而我今天入蜀道，却有壮士一去不复还之感。冯治安沿途饱览了山川之余，回味了儿时读过的《三国演义》，自感增长了不少知识。六月，全团在冯玉祥的率领下来到绵阳驻扎待命。

绵阳土匪成患，冯玉祥亲率部队剿灭。冯治安晋升为班长，经常是旅长特定的勤务侍卫。排长韩复榘对此不满。韩复榘偏爱那种心粗胆壮、行为出格的兵，对冯治安这类寡言内向不出风头的兵总是视为弱者加以蔑视，并常有轻率处罚士兵而引起众人不满之事。好在有冯玉祥的照看，韩复榘也不太为难这位"冯家小孩"。

一日，冯玉祥接令到成都开会，冯治安率警卫班贴身护送。排长韩复榘一贯愿意出风头，觉得这次特勤自己应率队前往，一来能近身向旅长献媚，二来到成都能见到军内大小人物，也是自己登高结贵的好时机。他以冯治安年轻为借口，两次申请率队护送，冯玉祥答应。

一行快马出了绵阳。冯玉祥的混成旅军饷短缺，军官与士兵服装从质料上并无大的区别，只是旅长披了一件里外两色的黑红斗篷。冯治安身量与冯玉祥不相上下，每次出勤，冯治安的白马都紧依旅长的黑马而行，万一遇到土匪，他会毅然用身体护主。这一点，冯玉祥内心十分清楚，越发喜欢冯治安。

马队转过山坳，前边就是一望无垠的成都平原，匪情减少，士兵们的心情也略有松弛。韩排长催马贴近冯玉祥搭话，并令冯治安前行开路。冯治安的白马跃上山坡。坡前面有一片竹林，马队未至林中就飞起一群大鸟。"有情况！保护旅长！"冯治安迅速拔出德制二十响镜面匣子驳壳枪，勒住马头。韩复榘惊出一身冷汗。这第一次随旅长出勤便遇到土匪，真是晦气。

竹林中传来一声锣响，二三十匹骏马拦在土坡中央。所有的土匪都黑布遮脸，只露两只眼睛，为首的左右双手持短枪，其余土匪快枪火枪不齐，却都已上膛，来势凶猛。

冯治安在拔枪的同时，从衣袋里掏出早已准备好的川剧里的道具"八字胡"，夹在两个鼻孔之间。兄弟李贵同一时间扯下冯玉祥的斗篷递给了冯治安，这一系列的变术可都在眨眼之间，比川剧的变脸还要快。韩排长就像在看变戏法。他哪里知道，这一动作，冯治安率他的警卫班不知道演练了多少次。

"大胆蟊贼！敢拦俺制台路径！"冯治安将自己的原名报出，不言而喻，俺就是总督大人。这一声喊叫，也是暗号。警卫班的士兵已分前后两排各六人，将冯玉祥夹在中间。士兵们除每人一把短枪之外，手上的俄制冲锋枪早已打开保险。

"打！"一声令下，前排所有的枪口喷出了火焰。快马呼啸冲过山冈，前排六人迅速演变成左右各三人。加之后排六人的火力，瞬间，那帮土匪已倒下一片，身后的竹林被暴雨般的子弹打得竹竿折断、竹叶翻飞。

冯治安的白马一直立在坡头未动，他左右手开弓，双枪点射，补击未被打倒的土匪。

这帮土匪从未见过这般阵势，他们以为还是到地方的杂牌军，扣留点快枪和子弹。没想到，一出竹林，匪首还未说话，就被冯治安一枪毙命。短短三分钟，冯玉祥的马队就不见了踪影。韩复榘一枪未发，就被马群拥过了山冈。

冯玉祥久经沙场并无惊慌，只是冯家小孩的这次实战出手，他也是第一次欣赏到。韩排长原想这次露回脸出点彩头，没承想，露出了屁股惹了一身臭。从此以后，他俩虽多有不和，但韩复榘内心却开始重看这位冯治安了。

冯玉祥第十六混成旅进川不久，袁世凯于一九一五年五月九日承认了《二十一条》，激起了国人同声斥责。袁一意孤行，仍加紧准备登基。十二月十三日，在居仁堂受百官朝贺。十九日设大典筹备处，滥封公侯伯子男诸爵。年底又下令改元为"洪宪"。一系列倒行逆施，终于激发了蔡锷的护国军起义。一九一六年初，护国军很快攻入四川，占领永宁。陈宧急调兵迎敌，冯玉祥自在调遣之列。

冯玉祥早年参加了推翻帝制、创建共和的革命运动。如今又被迫充当帝制鹰犬，内心极不痛快、很是痛苦。无奈军令难违，只得率军攻击。护国军弃城而走，陈宧催促冯玉祥继续进军。冯玉祥按兵不动，多次劝告陈宧倒戈反袁。陈宧忖度时势，翻转脸皮通电附和反袁。袁世凯大怒，痛斥其负恩，下令革职陈宧职务，并令川军师长周骏取而代之。此时，冯玉祥部已调离至成都，陈宧令冯玉祥部准备迎敌，蔡锷出面调停未酿成大的战事。六月，袁世凯皇帝梦碎，一命呜呼。

袁世凯死后，黎元洪继任总统，军政大权实际落于国务总理段祺瑞之手，段因冯玉祥不属于自己的皖系，又恐其特立独行、将悍兵骄，在川成势难以牵制，乃调冯率部到河北廊坊至通州一带驻防。冯玉祥欣然接受。陈宧手下早就深感他治军无能，优柔寡断，愚而刚愎自用。其心腹多属蝇营狗苟之徒，贿赂公开，嫖赌无忌。有一次军官对他诉说家眷缺乏供给，陈宧立即下令："凡带家眷者每户给大洋十块，白米一袋。"结果，一些本无女眷的军官，便临时找妓女同居，冒充妻室以来领钱。冯治安的兄弟李贵见状不公，便给冯治安领来一位四川小妹，被冯治安第二次打了一拳道："我们是冯玉祥的部队，旅长对嫖赌早有禁令，对部下弄虚作假更会严惩。我们若不是由冯先生带领，这狗官不知害了多少人。"冯治安随侍冯玉祥，在堪称糜烂的环境中，仍受到严格的军事及道德教育，受益匪浅。

一九一六年初夏，十六混成旅陆续开到廊坊，冯玉祥则先期到达。冯旅多为河北籍官兵，人人都有故土之思。冯治安也倍加思亲，早盼着奔故城一见父母。

这时的冯治安已被提拔为模范连的排长，成了名副其实的军官，衣锦还乡的念头更加强烈。

"冯治台，你看看俺是谁呀！"冯治安停下脚步，只见李贵领着一位年轻的、农民装束的汉子，来到了自己的跟前。冯治安一眼就认出了是自己的亲哥冯兰台，只是比自己从家里出走时壮了、黑了，胡子茬硬了。

冯兰台却呆住了，他喊着二弟的名字，却被眼前的二弟唬住了。这真是治台吗！健壮魁梧，高出自己一头，黑红的脸膛，尤其那两道倒八字眉更加浓密，双眼炯炯有神，一身的军官服和肩挎的匣子枪上的红缨飘带，越发的神威。哥哥定住脚步，两眼泪涌，心里却万分高兴和激动。冯治安的泪水早已夺眶而出，一晃四五年没见，那思念家乡和父母兄妹的情感就像提闸的洪水奔腾。他大叫着："哥呀，俺的亲哥呀！"扑到冯兰台的眼前，四臂相拥，再也分不开来，弄得在一旁的李贵也是泪水涟涟。

冯兰台这才知道弟弟已叫冯治安，是冯玉祥亲改的，心里也十分高兴。他告诉弟弟，父母在家听说儿子到达廊坊，立命自己从德州坐火车到北京，又搭脚来到这十六旅军营。兰台一连气将家里的情况告诉了弟弟。这几年都接治安寄来的银票，家里的生活已大有改观了。

"对了，二弟呀，咱家给你翻盖了西厢房。你知道东三务村吗？有个武艺高强的义和团小头领解双吉，他的女儿解梅已经由父母做主，给你定了亲，俺就是接你回乡成亲的呀！"

冯治安低下了头，心里怦怦直跳，虽年刚二十，可在家乡，早已到了成亲的岁数。知道父母身体还好，生活境况改观，冯治安心里十分高兴。他领哥哥冯兰台拜见了冯玉祥，提出回故城完婚的请求。

冯玉祥拍着这位冯家小孩的肩膀劝之，眼下督饬官佐，积极训练军队，一面淘汰病弱，一面补充新兵。冯治安是模范连的骨干，应以大局为重，明年批假回家成亲。冯治安晓理听令，劝哥回家告慰父母，明年定回。

临行时，他将自己存下的一些银两托哥哥捎回，并偷偷告诉兰台，用一半的银票在西辛庄铁匠铺定打一百把大刀片存好，待明年回家时带走。哥哥达理，和冯治安惜别返乡。

冯治安塌下心来，积极补充兵员。此时，张自忠入伍进营。段祺瑞心里惦记着这支战斗力极强的十六混成旅，一心想将冯玉祥变成自己的心腹悍将，即调冯来京畿，重金收买。冯玉祥婉言拒绝，惹恼了段祺瑞，遂于一九一七年四月下令免去他的十六混成旅旅长一职，改任正定府第十六路巡防营统领。

全军大哗，冯治安更是痛心疾首，他一破温和，与吉鸿昌等鼓动官兵联名电请段祺瑞收回成命。段恐酿成变乱，委托陆建章来营调处。陆与冯本系姻亲，冯玉祥不便推面，二人到军中向全体官兵讲话，规劝大家暂时服从，徐图后举。冯玉祥亲自找冯治安谈话，面授心机。全军方才安定下来。

前门火车站被大兵们围得水泄不通，段祺瑞急调军警宪兵，唯恐发生突变。冯玉祥脱去戎装，着一身青色的长袍马褂，站在火车站的台阶上，连连拱拳致谢，并劝里三层外三层的弟兄们离去。

冯治安哭红了眼，大家悲痛难舍。吉鸿昌拉着冯治安等十几人拥着冯玉祥进入站台。汽笛长鸣，撕人心肺，火车开动之际，冯治安再也控制不住情感，自己的恩人、大家尊敬的旅长，就这么走了！不行！一定要留下点念想，冯治安不由旅长分说，脱去冯玉祥的马褂撕成碎条，凡官佐每人分得一缕。

列车开动了，汽笛声中混合着喊叫声、号哭声，冲破蒸汽机车喷发的团团烟雾，在前门火车站的上空回荡。

十六混成旅旅长一职改由第一团团长升任，长冯玉祥二十岁，也系陆建章推荐，此人卑鄙昏庸，以钻营弄权为事，本是酒色之徒，军营不见他人影，十六混成旅渐呈一片涣散之气。冯治安和吉鸿昌极为气愤。冯治安对李贵说："这兵无所谓好坏，全看领兵之将何如！如冯先生一去不回，十六混成旅绝无希望！我定追随冯玉祥而去！"

事后，冯治安写信向冯玉祥表态。

第一次世界大战方酣，北京政府围绕着是否加入协约国对德宣战问题爆发了"府院之争"，段祺瑞主张加入，总统黎元洪及副总统冯国璋坚决反对。双方激烈冲突。这年四月，段祺瑞怂恿各省亲信督军通电反对黎元洪，黎愤而下令免去段祺瑞总理职务。段祺瑞则指使亲信公开脱离北京政府。一时风雨突变，军阀重开战，洒下民间都是愁。段祺瑞派奉系张作霖、山西阎锡山欲动。黎元洪穷于应付，急招"辫帅"张勋入京调停。不料张勋入京后，竟趁机演起复辟帝制的丑剧。七月一日，请废帝溥仪重登龙位，改元宣统，并封爵赐号，一时丑态百出。惹得全国大哗，声讨电文如雪片飞来。

段祺瑞曾和张勋在天津达成合作默契。这时翻转脸皮在马场誓师"讨逆"。张勋暴跳如雷，便"挟天子以令诸侯"，速调十六混成旅入京。杨桂堂竟然立即应召赴京，参加"御前会议"。军中那些受冯玉祥多年熏陶的军官李鸣钟、宋哲元、佟麟阁、孙良诚等坚决反对复辟，并声明废除现旅长职务，派孙良诚、刘汝明请回旧主冯玉祥回军主政。

冯玉祥到达廊坊时，全军欢声雷动，如同弃儿再见父母悲喜交集。冯治安大喜过望，笼罩在心头的那郁郁寡欢被一扫而光。他组织模范连列队欢迎。冯玉祥拥抱了冯家小孩。冯治安掏出内衣口袋里的那一缕马褂丝绸，将它系在脖子上。

冯玉祥决定讨伐张勋，通电全国"誓以铁血卫护民国"，并立即切断铁路，然后挥师沿北宁线攻占了永定门，辫子军兵腐朽卑怯不堪一击，刚一接火即全线溃决，狼狈退入了北京城内。冯治安护卫着旅长，往来传令，非但没有临阵的紧张，更多的是兴奋有趣。七月十二日，讨逆援军攻入北京，张勋逃入荷兰使馆。

冯治安看着俘获的辫子兵们列队剪辫剃头，遣返原籍，他笑着对李贵说："这帮辫子兵，剪辫并不啼哭，倒显英雄气概，比咱们那时的兵剪辫时要强多了，看来复辟是人心逆背呀！"

张勋一手策划的复辟丑剧锣音未响便大幕落下。张勋满怀悲愤发表了一通电文，怒斥段祺瑞、冯国璋出尔反尔、不讲信义。段祺瑞恼怒，向荷兰使馆要求引渡张勋，竟遭拒绝。最后，张勋趁着夜幕，孑然一身，灰溜溜地逃离了北京城。

冯玉祥率部回廊坊休整，段祺瑞又令他率军南下援闽。并允其扩充部队一个团，冯玉祥大喜，遂令下级军官返乡探亲，各择农家善良子弟带回入伍。新兵蜂拥而至，多是沾亲挂友，没有刁顽无赖之徒，使部队平添了子弟兵色彩。十六混成旅经过扩充后分为三个团，两个手枪队。手枪队任命韩占元、谷良民为队长，并委派升为少校副官的刘汝明兼管。手枪队纯属警卫性质的兵种，模范连不再担任警卫任务。

模范连直属十六混成旅部，冯治安被擢升为连长。这一年他刚满二十一周岁，已经成为全军广泛赞许的、成熟稳重的、能打善战的下层军官。

　　　　这正是：青少年壮出头地
　　　　　　　　柳绿花红得意时

第九回

金榜题名青年壮志
洞房花烛燕尔新婚

　　冯治安升任模范连长之后，远在千里的父亲冯元玺催儿回乡完婚的电报便送到了连部。冯治安何尝不想衣锦还乡光宗耀祖。故城有童谣："连长连长半个皇上，枪炮一响黄金万两。"他多想让王生先生看看自己的英姿，讲述一下自己的从军经历。无奈，张勋复辟之后，全国政治、军事形势更加错综复杂，新官上任，怎能为一己私利便离连还乡。冯治安志向高远，绝不愿勉强请假，婚期又一次拖延下来。

　　这时，段祺瑞重新自行出任总理继组内阁。他为了集大权于一身，拒绝恢复已被解散的国会，成立临时参议院。此举遭全国革命党人反对，孙中山宣布护法，并于一九一七年九月十日在广州就任中华民国军政府陆海军大元帅，宣言戡定内乱，恢复约法，一时声威颇盛。新由段祺瑞任命的福建省省长兼督军李厚基大为恐慌，急电北京求援。段祺瑞正对冯玉祥这位桀骜不驯的将军头疼，便借机令他率部援闽。冯玉祥明知这是段的一石二鸟之计，但军令难违，便于是年十一月率军绕道京汉、陇海路至徐州，然后来到浦口。原意由此改乘轮船，但冯玉祥审时度势，认为迟滞一段时间有利于自己做出重大抉择，便令部队在浦口驻扎。这时，南方各省的北洋军屡遭败绩，二十师师长范国璋狼狈乘火车溃逃时，后有南方革命军追赶，前有岳州大桥被自己的逃兵拥塞，火车无法进行。范竟强令司机开车闯行，飞快的钢铁车轮呼啸着从大兵们身上碾过，一时断尸碎肉陈于铁轨之上，鲜血直泻，湘江染为红色。

冯玉祥一贯拥护孙中山的主张，故意迟滞浦口加紧练兵，他任凭闽督李厚基派人来催行也不予置理。江苏督军李纯原来同意冯玉祥滞留，后因代总统冯国璋也由主和变为主战。冯段合流，使北洋军系重新振作。李纯恐开罪于北京政府，便催冯玉祥上路，冯玉祥见状不能再拖延耽搁，便于一九一八年初，率军乘船抵达武穴后再次滞留下来。武穴地处皖、鄂、赣三省交汇处，上有田家镇之险，下临九江，江面狭窄，两岸断崖绝壁，素为长江锁钥。冯玉祥见地利、天时已合心意，便决心公开自己的态度。他乃于一月十四日、十八日连发两封通电，吁请南北议和，主张恢复国会。此举无疑给段祺瑞背后插上了一把利剑。特别是电文斥段："对德宣而不战，对内战而不宣"更使段祺瑞恼羞成怒，下令免去冯玉祥军职。冯玉祥不予理睬，视其为一纸空文，加紧练兵备战。

冯玉祥武穴停兵的第二个月，各省拥护段祺瑞的军阀纷纷电请恢复段祺瑞的总理职位。孙中山鉴于冯玉祥的实力及政治态度，致函给冯玉祥，希望他对恢复国会有所作为。冯玉祥对南北选择不定。犹疑间，段祺瑞急忙操纵政府，下令准冯玉祥留任。冯玉祥自忖身处北洋军系团的重围之中，一旅之众难成大事，不敢叛离段祺瑞的掌控。段祺瑞也恐冯玉祥日久生变，遂令他进军湘西。曹锟也连连派人催他开拔，冯玉祥无奈，六月溯长江而上，攻占了常德。段祺瑞政府委任冯玉祥为常德镇守使，撤销原免职处分还加升冯玉祥陆军中将衔。

常德位于沅江之阳，据沅江入洞庭湖咽喉，物产丰饶，鱼米之乡。清末开为商埠，华洋杂处，日本商人尤多，是湘西重要的商业城市。十六混成旅入城，商民因连年遭兵劫，十分恐慌，有些商户甚至高价向日商购买日本国旗悬于门首，恐吓中国士兵。

冯玉祥令模范连城内纠察。部队原本军纪严明秋毫无犯，加之督查军纪，无一兵卒犯纪扰民。百姓才逐渐放下心来，恢复商市。冯治安率队在街巷巡逻，他见迎风招展的日本国旗，悬挂在中国的土地上，心中愤怒：这里又不是大使馆，满街之上各国旗帜龙鱼混杂成何体统！

冯治安走进一家日本商户责令其摘掉门前的太阳旗，日本商人不服。冯治安斥道："这是中华之土地，容你日本弹丸小国来华做生意，已是给你之优惠。这里不是租借，又不是使馆，凭何悬挂日本军旗！"

那位身穿和服留着仁丹胡的小个子，心知理亏。但日本人欺负中国人已司空见惯了，他不甘就此服输丢了脸面，竟折返回店里抽出柜台上的腰刀出门护旗。冯治安见状大怒。随从李贵从后背拔出故城家乡的大刀片，一个马步横劈，当啷一声，那位日本商人手中的腰刀应声落地，惊得他脸色灰白，没有了一点刚才的骄横，忙令伙计拔下太阳旗，围观的百姓一片欢呼。当天，常德店铺的旗帜全无。冯治安下令，挂旗可以，只能悬挂中华的五色龙旗。

常德妓寮甚多，冯玉祥严令取缔，令冯治安来执行此项任务。一时间灯红酒绿暗淡。有一个妓院老板到模范连驻地，妄称是冯治安的故城老乡前来探望。冯治安一听千里之外竟有家乡人，高兴地请他进了连部。

"冯连长好！俺叫冯得水，河北沧州人氏，咱们算是半个乡亲。知你清苦，俺在常德开个小店，生活富庶。今特意送上银圆五十块，望冯连长笑纳，咱们可是一笔写不出两个冯呀！"

冯治安笑道："河北老乡，两眼泪汪汪。冯姓一家，幸会幸会，不知冯伯开的是什么小店呀？"冯治安边说边接过装银圆的袋子。

那个叫冯得水的老板见连长接过钱袋子，心里似乎一下子就踏实下来，便凑到冯治安身边压低了嗓门儿："连长军爷，这连部巷口有一荷花院，养了十几个如花似玉的女儿家，今后冯连长需要，俺随时送到府上凭您享用。"

冯治安早就明白，他调查了全城所有的妓院，七天限期遣散妓女，逾期严惩。今天这个打着老乡旗号的老板是沧州人不假，但并非姓冯，为讨好他而将于改为冯。

冯治安立令李贵将于得水捆绑游街示众。李贵将钱袋子扣在于老板的头顶上，招招摇摇穿街过巷。冯治安鸣锣开道宣讲，百姓沿途聚观，深为嘉叹。此一举使城内所有妓院均在规定日期内关闭。接着模范连又开始了查禁烟土，缉拿毒品贩子。烟贩极为狡猾，他们吸取妓院于得水的教训全都进入地下。街面上明晃晃的烟馆和交易场被取缔。但鸦片是常德历史残留下的痼疾，是常德的大害，黑市照旧火爆。这次冯治安令模范连全体官兵脱去军装，化装为烟客，摸清了全城三处黑市。冯治安将情况汇报给冯玉祥后，旅部派出手枪队配合模范连一举打掉所有的烟贩和市场，对元凶鸦片头子处以极刑，烟毒终被禁绝。冯治安上缴所查获的赃款。冯玉祥大喜，用赃款修整常德道路，由所辖军队出工修筑。各团营军划分路段，克

51

期完工。冯治安筑路时肯为士先，模范连常获嘉奖。

冬季来临，常德城内依然繁华热闹。传令兵叫回在大街上巡逻检查的连长冯治安，说旅长叫他速回旅部。冯治安不知何事，一路小跑来到冯玉祥办公室门前。他稳神定气，检查风纪扣和皮鞋系带。一番整顿停当后立正喊道："报告，模范连连长冯治安奉令报到！"

"进来吧！冯家小孩。"冯玉祥并不像往常那样严肃。好似长辈见晚辈一样的私家会面。冯治安轻轻推开房门并带好，给这位恩人旅长敬了个标准的军礼。

"坐下，坐下。"冯玉祥一脸的慈容善面，他拉过椅子，叫冯治安坐在了自己的身边。侍卫兵见旅长对一名小连长如此客气，就连忙从竹套暖水瓶中给冯治安倒了一杯开水递来。

"冯治安你年庚多少了？"冯玉祥问。

"回旅长话，仰之年方二十一岁。"

"好哇！确已到了婚配的年龄。两次你父亲催你回乡完婚，都因战事搁下。现常德无战况，十六混成旅要驻扎一段时间，本旅长特给你假期一个月，回家完成人生之婚姻大事并问候你父母二老！"

"谢旅长恩准探家结婚！"冯治安心里高兴，不由得喜上眉梢，露出灿烂的笑容。

"冯家小孩，常德禁烟封查妓院，你立双功，这里有一百块银圆相赠，也算十六混成旅对你的奖励和俺冯家长辈给你的结婚贺礼吧。记住快去快回！"

冯治安受宠若惊。他不知如何来报答眼前这位冯大人，不觉双腿一软，跪在了地上，眼泪夺眶而出，是激动的眼泪夹杂了一个农民儿子的心酸，嘴里像含着一枚滚烫的元宵，吞不下去吐不出来，竟一言未发。

"快快起来！"冯玉祥一双大手拉扶起腿下的这位得意门生，并特意批准带一名卫兵同回。

五年了！一只刚飞出草窝的小鸟，而今却像一只大鹏，扇着雄翅飞回运河边东辛庄那几间破旧的农舍。冯治安万分激动。他带领刚升任班长的李贵，换上便装，将短枪和军装包好，带上一百块大洋和日常积累的银两，踏上归途。

冯治安与未婚妻并不相识，完全是父母做主。那女子是故城县东三务村人，原无大名，乳名梅，姓解，故称解梅。她和冯治安同庚，为人沉稳有主见，她与冯治安订婚后，一直郁郁寡欢，嫁给"兵痞"和嫁给"流氓"，有甚区别！如郎君也是个"营混子"如何是好？无奈婚姻大事由父母做主，自己也只好听天由命了。当她听婆家传信，冯治安已由湖南动身回家成婚，心里并不怎么高兴，反而惴惴不安。

解梅父亲解双吉被当地乡民称为"解老双"。虽家境贫寒，但为人勇武义烈，喜为他人排难解忧，甚得众望。义和团兴起后，解老双立即就被卷入并很快当上"二师兄"，成为附近著名的头领。东三务村有一土财主，绰号"王五土鳖"，此人为了贪图洋人恩惠，加入了天主教，倚仗洋人势力欺霸乡民。加之他吝啬刻薄，因而臭名远扬。义和团兴起如火如荼，"王五土鳖"胆裂魂飞，躲进教堂之中，托人向解双吉暗通款曲，要求双吉庇佑。双吉和王财主并无私仇，只因碍于义和团声誉，未予置理。后来洋人弃教堂逃窜，"王五土鳖"只好落荒而走，被义和团抓住。拳民将其押回东三务，遭到一顿暴打。

解双吉随义和团进入天津，在帝国主义联军的血腥镇压下兵败瓦解，双吉只身逃回东三务村，在本家西瓜田的窝棚里藏匿，久而事泄，被"王五土鳖"侦悉而告官府。"王五土鳖"领官兵包围了瓜田，将解双吉当场杀死。为了斩草除根，"王五土鳖"又领官兵到双吉家搜捕他的三个儿子。幸亏有人报信，解家男丁全部逃离，解梅因是女孩，才未遭毒手。

解家三兄弟解展臣、解玉臣、解贵臣十分赞同与冯家结亲，想借冯治安的势力报杀父之仇。哥儿仨和姐姐的心思不同，他们急切地盼着这位不相识的姐夫登门。

冯治安二人经数千里水旱跋涉，于年底抵达德州。哥哥冯兰台早两天就在大车店住下，每趟火车进站，兰台都会呆站在出站口前迎候自己的兄弟，每次等到的都是车走人空。

第三天，冯兰台推着从故城家里的独轮车再一次在出站口翘首以盼。汽笛声响，火车喘着粗气徐徐驶进站台，那年月穷人坐不起火车，下车出站的是寥寥无几。检票口处出现两位魁梧的青年，他俩都穿着青灰布的长袍戴礼帽。冯兰台一眼就认出了弟弟冯治安。他连忙上前接过弟弟的行囊放进小推车的柳筐中，寒暄后，哥儿仨徒步过运河急行奔家而去。

离家只剩下十里地了，冬季的冀中平原小麦冬眠，秋后玉米茬的地里泛着冒烟的黄土，一片苍凉。冯治安站在河堤之上，看到东辛庄灰暗房舍和光秃秃的树林。六年了，俺冯治安又踏踩上东辛庄的土地了。这时他叫哥哥停车，从柳条箱里拿出了两套崭新的军装。他和李贵换上戎装，系好武装带，斜挎匣子枪，好不威风气派。惊喜得冯兰台只是不停地咂嘴。李贵原本想在德州驻军借两匹骏马招摇回家，冯治安不允："咱们是东辛庄的男儿，上有父母和乡亲，下有侄男侄女和儿童，记住不论官做得多么大，咱都是农民的儿子！"

冯元玺和大儿子兰台一样，他是天天站在自家的屋顶观望，河堤的大柳树叶已经掉光，他能看到过往的行人。"来了，孩儿他娘，咱儿冯治台，是冯治安呀，回来了，到了大堤口了！"袁氏听见，急忙扔下喂猪的勺子，甩掉那僵硬的围裙，领着弟弟和妹妹往村外跑。全村乡亲们闻讯相互转告。

东辛庄村倾巢出动，他们不光光是为了迎接这位同村当上连长的后生，他们是在迎接东辛庄的骄傲。即使冯治安和自家不沾亲带故，在邻村西辛庄碰上乡亲，总会把话题引到冯治安身上，多些沾沾自喜的本钱。

东辛庄村口被年轻人打扫干净，玉米秸秆都被排放整齐。大家扶老携幼簇拥着冯元玺和袁氏。人群正中间，私塾王先生拄着拐杖捋着胡须，迎风站立。二叔冯元直、堂弟冯福台爷儿俩早就准备好一挂鞭炮，迎候"治台"大人。

冯治安在哥哥冯兰台和李贵的陪同下来到东辛庄村口，冯福台点燃了爆竹，气氛比过年还热闹。乡亲们不会城里人的鼓掌相迎，上了年纪的拱手，同辈的年轻人有吹口哨的，有呼喊的，几个小时的伙伴争先从独轮车上卸包裹行李。争扯中，忽然盛洋钱的包袱抖开，几百块银圆哗哗啦啦撒满一地，在穷乡邻眼前铺出一片光灿灿的荣华富贵，惊得个个目瞪口呆。乡亲们看到当年那个瘦弱褴褛的少年，已成为一个雄武英俊的军官无不啧啧称叹。

冯治安首先来到王生面前，给这位启蒙老师行了个军礼。然后来到冯元玺和袁氏二老面前，扑通一声跪倒在地："爹娘，不孝儿冯治安拜见二老。"惹得众乡亲一旁跟着抽泣。

父母见儿子容貌全非，面朗英俊，加上那白花花的袁大头，有喜有悲。二老只有以泪洗面，竟无语凝噎。二叔冯元直连忙拉起侄子冯治安，招呼众乡亲离去，待冯治安成亲吉日请乡邻们捧场喝喜酒。

东厢房里彻夜未眠，冯元玺夫妻二人围着儿子说到了鸡叫天明。

一九一九年一月，东辛庄冯治安家中的院里院外搭满了席棚，全村一律免收彩礼份子钱，足足吃了三轮一整天，那席面堪称故城县拔头。喜宴为四干、四鲜、四炒盘、八大碗。四干是干炉（核桃酥）、江米条、炒花生、瓜子糖果；四鲜是四个凉菜：烧鸡、拌豆腐皮、拌熏肉、糖拌白菜心；四热炒是木须肉、炒鸡蛋、炒蒜苗、炒豆芽；八大碗有方猪肉、猪肉海带粉条、炸豆腐泡、炖鸡块、咸鲅鱼、藕夹、肉丸子、喇嘛肉，唬得乡亲不敢下筷。他们平生第一次吃到了如此美味。冯治安也是第一次，他在北京时，听说过满汉全席，他想大概不过如此吧。冯元玺各个桌子不停地敬酒，衡水的散装老白干，喝得大伙面红耳赤。本村王财主也是狼吞虎咽："这席面，比俺儿结婚时气派呀！"

喜庆中，冯治安、解梅跪拜了天地、父母，进了洞房。

西厢房早已腾出，哥哥冯兰台挤在父母的东厢房里。西厢房被粉刷一新。顶棚、窗纸都是新糊的高丽白纸，喜字和窗花贴在大门和窗棂之上。里外三新的被褥，那是去年秋后新摘的棉花和新纺的棉布。大红的蜡烛和新媳妇大红的头盖布，映红了新郎冯治安大红的脸膛。

夜深了，闹洞房的人渐渐离去了。小院里恢复了往日的平静。冯治安小心地揭去解梅的盖头后，便呆呆地坐在炕沿下长条板凳上望着解梅一言不发。解梅第一次看到了这个连长新郎，一下子就惊呆了，眼前英武俊俏的郎君让她春心浮动。他那温和腼腆、知书达理的举动，和自己印象中的那种粗鲁莽撞的军汉简直是天壤之别。她感到十分意外又十分得意：这是对俺解家修行为善的回报。她谢上天给了她一个如意郎君。

冯治安原本就有婚姻凭命，不是一家人不进一家门的想法，丑妻近地家中宝，是好是坏全凭上天安排。当他掀开盖头，解梅含娇似玉、柔和大方的外表和气质让他不敢相信。这哪里是一个乡村的柴妞？分明是一个大家闺秀呀！配俺冯治安是绰绰有余呀！冯治安站起身来，给妻子娇娘解梅递上一杯白糖水，便慢声细语地将自己的身世和在江湖的经历一一道来。解梅瞪大双眼，听得一会儿含泪哽咽，一会儿又喜笑颜开，追着丈夫仰之的诉说而沉浸其中。解梅也讲了自己的身世和婚前猜测，小两口一直谈到了鸡叫头遍，相互了解产生了爱慕。一对青年男女这才烈火点燃，云雨荡漾。

小两口尊敬父母和哥嫂，疼爱兄弟妹妹。冯家小院那春天般的蓬勃朝气，预示着崭新生活的开始。

春节过后，冯治安携新婚妻子回门，到岳母家拜年，本村那位财主王家，主动借出骡子轿车送当年的小雇工。一行人浩荡如流，直奔向东三务村。

解梅的杀父仇人"王五土鳖"全家万分恐慌，欲逃无处，欲走无门，只好待在家中凭天发落。解梅弟弟除玉臣性情较沉稳外，其他二兄弟皆秉承其父傲岸之气。哥儿俩早就放话，待俺姐夫冯治安回来之时，便是你王家还命之日。如今姐夫衣锦荣归，正是清算旧账的大好良机。哥儿仨拜过姐夫冯治安后，便提出复仇之事。冯治安好言相劝两位内兄弟，冤家宜解不宜结，不要世世为仇。解氏兄弟大不以为然，仍我行我素。冯治安厉色道："两位内弟如不听劝，冯治安将以你俩威胁乡邻、欲行凶杀人罪送交故城官府。决不允许解王两家再结冤仇！"解氏兄弟见状也无可奈何。王家听到消息急忙前来拜访解梅姐弟四人，赔上当年安葬吊祭的银两，叩头谢罪。从此解王两家便再无纠纷。

元宵节后，冯治安告别父母家人，携妻子和李贵辞乡回军。解梅临行前，收拾好随身衣物，还特意带了做鞋用的"袼褙"，她将丈夫给她的彩礼钱都如数交还给公公婆婆后，方挥泪告别故城这块养育自己的土地。

回营当天，冯治安偕妻子解梅去看望旅长冯玉祥。解梅递上两双自己亲手纳的千层底布鞋，冯治安送上一对衡水的内画鼻烟壶，高兴得冯玉祥夸解梅是一位懂事的好女子，并告诉解梅："俺冯玉祥不近人情了，军营有规定，凡有家眷者均须照常随营食宿，只是在周末或特许假日才许回家过夜，你不要想当官太太，要做'相夫教子'的贤内助呀！"

"回恩人的话，俺解梅本来就是出身寒家，来营生活已是天上人间，俺会适应军旅节奏。全力服侍好治安，让他为国效力。"

此后，解梅更加体贴冯治安，尽管丈夫的薪饷已有数十块大洋，但两人非常节俭，把积攒的钱及时寄回老家。冯治安也非常尊重妻子。他自幼饱尝被歧视污蔑之苦，因而从不倨傲使人。这和军营中许多军官的品行格格不入。那些自诩为"豪杰"者，把妻子作为生活的附属品，认为冯治安恋妻爱子非大丈夫所为，而对这些，冯治安照旧和妻子感情笃厚，一笑了之。

这正是：多情并非不丈夫
　　　　重义才能识真君

第十回
"截皇纲"济军危难
面艰辛出手不凡

　　冯治安新婚蜜月背着父母，在兄长冯兰台的引领下，到铁匠铺验收了那一百把大刀片，钢口纯正刀刃锋利。冯治安大喜，他又从王生老师处寻来一本《刀谱》，找脚行将大刀运送到了常德。让冯治安惊奇和高兴的是，妻子解梅居然也略懂刀法，当年解双吉义和团的简式十二招，就是在太极三十二式的基础之上衍生的。冯治安结合陆军教材的步枪刺杀纲要，参照实战要求，摸索了一套简单实用的冯氏大刀法式。

　　十六混成旅在常德驻扎两年，在大练兵的热潮中，模范连增加了新项目大刀片训练。冯治安怕挤占常规课目时间，他便将大刀训练时间定为晚饭后，每星期三个晚上，每晚两个小时，在月光下路灯旁，刀光闪闪、刀穗飞舞、杀声连片，阵势十分雄壮。冯治安站在全连面前表演示范，练得兴起，索性赤膊，妻子解梅在操场外观看、指导。此事惊动了冯玉祥，他暗自夜查来到模范连。

　　冯治安见旅长前来视察，连忙喝令集合。一百三十人混战的场面霎时而停。瞬时收起大刀入套，列队四排恭迎。皓月下，战士们汗流浃背、大刀斜背、红缨垂肩。全连齐声呼喊："旅长好！模范连夜练刀法请训示！""哈哈……练得好哇！这套冯氏刀法却有咱冯家军的魂骨！"冯玉祥高兴地大声说道。旅长一时兴致燃起，他拿过冯治安的大刀，在全连面前露了一手。旅长前劈后挡，左右滑步跳跃，人到中年竟然长气不喘。全连掌声不断。

冯玉祥得知冯治安自费打刀练兵，全旅通报嘉奖，并号召各团营配制大刀片，请当地武馆师傅加以指导训练。一九二〇年夏，鄂督王占元慑于张敬尧、吴光新两支大军刚刚由湖南退至湖北，恐有鹊巢鸠占之虞，遂向冯玉祥发电，请求星夜来援。冯玉祥养兵千日正需实战检验，便闻风而发。全旅由水路顺流而下，抵达沙市当晚，突又接王占元电报，说鄂境安全已有保障，请勿前往。冯玉祥恼怒，西北军已成离弦之箭，不容他图，仍挥师勇进直达武汉。王占元见状如芒刺在背，奈何十六混成旅是知名劲旅，不敢强行驱逐，终于答应冯玉祥部队驻扎于汉口以北的湛家矶造纸厂内。

武汉是有名的三大"火炉"之一，时值酷暑难当之际，造纸厂地势卑湿，蕴热熏蒸，军中瘟疫流行一时，死者高达三四百人。冯治安模范连军纪严明，他严令官兵衣履整齐，不许随意脱掉解凉，加重了兄弟们的酷暑之罪。冯玉祥经常往返于武汉三镇，每每冯治安亲率弟兄们随从护卫。汉口的汉正街上的人们早已见惯凶悍骄横的军队，对于十六混成旅这些头戴斗笠、态度和蔼、不滋扰百姓的北方大兵十分惊奇，昵称他们是"草帽儿兵"。

冯玉祥痛感部队士兵文化素质低下，趁在汉口稳定下来的时机，他立刻派人去皖、豫、鲁等地招收学生兵，只曹州一地就招来八十余人。新兵到齐之后，冯玉祥逐个审查考试，最后将录用者编为两个连，派冯治安为第一连连长，张自忠为第二连连长。学兵连暂由营长石友三代管。

冯治安和张自忠虽然早已相识，但交往并不甚多。至此开始，冯治安视张自忠为兄长，成了一对性格不同、出身各异但志趣相投的青年军官。

张自忠，山东省临清县唐园村人，书香世家出身，曾就读于天津法政学堂及济南法政学校，后弃学从军，入东北新民屯陆军二十师车震团当兵。一九一六年经车震之荐，在廊坊参加冯玉祥军，由差遣、排长升为学兵连长，和冯治安一起，成为冯玉祥的两位护卫官。张自忠性刚烈，锋芒外露，肝胆照人；而冯治安温厚内向，平易近人。二人刚柔相济，十分投契。张自忠长冯治安五岁，学识非冯治安能及，冯治安诚心敬佩，毫无嫉妒，总以兄长之礼相待。在练兵上，张自忠雷厉风行，士兵多敬而畏之；冯治安则恩重于威，吃苦在先，士兵多敬而爱之。

学生连担负着保卫旅长重任，故一直在冯玉祥身边扎营。近水楼台，旅长对学生连钟爱有加，常到连队单独训话施以教诲。学兵为此感到优越亲切。一般小型战斗，学兵连都不投入战斗，一旦遇有特殊情况则披坚执锐，做敢死队而拼命。

入秋，汉口依然酷暑难耐，学兵连突然接到命令急行至湛家矶打扫战场。原来张敬尧的残部由湖南败退到湖北乘船顺长江抵达武穴后，忽又折回开抵湛家矶。冯玉祥见一块肥肉到口，急令团长张树声率机枪连以突袭战术将这部残兵击溃，冯治安率学兵连跑步到达战场后，只见尸横遍野，轻重枪支弹药及军需物品散落一地。冯治安立令三个排分别执行押解收容俘虏，掩埋尸首，枪械登记造册。

排长李贵对枪械垂涎，这些武器优于学兵连。他私自允许全排暗地调换，冯治安发现后立刻制止：降军枪支均上缴旅部不得私自藏匿或更换。他将造册枪支修整完备，装了足足一卡车运到旅部，冯玉祥大喜，嘉奖学兵连优先分配精良装备。

十六混成旅超过编制规定的五千人，已达到万人之众，两人吃一人粮饷。部队供给无保障，部队只能吃霉烂的大米。冯治安带领士兵到江边淘米，并加大量食醋去除霉味。他和士兵一起进食而无怨言。但长此下去，部队带兵就更加困难。

孙中山一直关注着冯玉祥所率的这支劲旅，趁十六混成旅陷于困难之际，派手下徐谦前来慰问，以解燃眉之急。继又派人馈赠图书，将革命思想灌输部队官兵之中。冯玉祥求之不得。他和徐谦一见如故，由此结下了私人友谊。

风云突变，军阀重开战，这年七月，直皖战争在琉璃河、杨村一带总爆发，皖军首领段芝贵亲临前线指挥。他自恃有日本人支持，又有精良武器，以为胜券在握，便放纵恣肆，其指挥车中竟带着妓女，淫赌喧闹为乐。骄兵必败，几天工夫，便全军溃败。直军在高碑店将段芝贵指挥车团团围住。段正挟妓女打牌，懵懂中做了俘虏。同时随军被俘的妓女竟有四五十人之多。

皖系的战败给吴佩孚的权势膨胀鼓足了气，他成为当时军政舞台上举足轻重的人物，曹锟虽是总统，但吴佩孚实权在握。他踌躇满志，意气骄盈，想横扫六合统一中国。

冯玉祥由于饷给困顿，多次向北京政府函电求告不回复，渐渐语露牢骚，吴佩孚知冯部实力，又见冯桀骜不驯，不肯纳入自己掌握，恐其反戈南下形成大患，乃命冯玉祥部移驻豫南信阳，其用心无非是将十六混成旅饿垮在一个"安全地带"。

信阳本为穷困之地，万人大军的到来，使地方穷于支应。军队数月不能拨饷，每日三餐改为两餐，也只能用盐水拌和的粗食物，官兵士气消沉下来。冯玉祥也恐怕穷极生变，无事生非，便强令抓紧训练，学兵连在旅长驻地，冯治安、张自忠强化精神教育，支撑着部队军心稳固。

冯玉祥带冯治安去北京求饷，行前参谋长刘郁芬总要问冯治安："老总若遇意外你怎么办？"冯治安挺胸回答："我必死在老总前面！"冯玉祥去开封找豫督赵倜借饷，除马弁赵登禹外，冯治安必随行。因他细心勤谨，寡言慎行，从不出错，深受冯玉祥之信任。

冯玉祥四处求饷却四处碰壁，万众之余已成嗷嗷待哺的"难军"。天无绝人之路，正当十六混成旅无计可施之时，忽报京汉铁路局运解北京的二十万银圆的专列将从信阳站通过。冯玉祥大喜，决定予以扣留。

夜幕降临，信阳火车站的信号灯由红变绿。专列即将驶达信阳。冯治安奉命将学兵一连在铁轨上堆上沙包堵拦列车。沙袋上两挺捷克式轻机枪架起严阵以待。他命令李贵带一排埋伏在列车尾端，待专列停靠后包围，运钱的专列由两节票车和一节闷罐车组成，车头车尾均设了警卫士兵，戒备森严，主要恐沿途土匪打劫。当列车进站车头灯柱打射到障碍物之后，押解的士兵立即拉响了警示汽笛，列车缓缓地停下。冯治安见状向天空打射了两枚红色信号弹。学兵连一、二、三排士兵蜂拥而上，将专列围了个水泄不通，冯玉祥骑黑马站在月台上威风八面。

押运大洋的北洋军一个排见是自己的军队，不知何故截车，排长跳下专列向冯玉祥将军跑去立正行礼后，问旅长何故拦截专列。冯玉祥向这位押解官员略陈数语，便大手一挥发出军令。冯治安见命令下达，率兵跳上专列闯进车厢，北洋军士兵乖巧，个个早已将长枪短枪放下，举手靠边。二十万大洋分装了二十箱整齐码放。冯治安拔下大刀片撬开一箱检验，白花花的袁大头让冯治安喜悦得流下了泪水。这回士兵们都能吃上饱饭了。押运官扑跪在冯玉祥的马前："旅长爷爷，这大洋没有了，俺就没命了。请将军手下留情哇！"一个排的押解士兵也都纷纷跪下求饶。冯玉祥心如刀割，不拿钱，自己的士兵将会饿死，拿走钱，这一排士兵命将不保。这手心手背都是肉呀！冯玉祥心头一软："冯治安，咱们杀人不过头点地，搬下十万大洋，给这一排士兵留下一半回北京保命吧！"

冯治安心头也是一酸，俺旅长人善呀。他命学兵连抬下十箱。冯玉祥写了纸收据交给押解官。小排长展纸一看感慨万千：

> 十万"皇纲"俺截留，当兵卫国保黎民，
>
> 十万官兵谢劳酬，军阀混战何时休？
>
> 只因腹中无粒米，中华统一需大义。
>
> 北京政府谅吾忧，甘洒热血写春秋。
>
> ——冯玉祥

专列带着那十万大洋往北驶去。十六混成旅官兵欢呼雷动，士气大振。冯玉祥立即向北京发一通电，略云："中央政府不把我们当国家之军队看待，我军将尽为饿殍，岂能枵腹等死？"此举惹起全国舆论大哗，各报纷纷当作特大奇闻报道。《大公报》以"冯玉祥截皇纲"为标题发了消息，还配发了冯玉祥伸着双臂拦火车的漫画。当然，还有那首借据的小诗。

吴佩孚、曹锟气得要死，但又无可奈何。

一波未平一波又起。紧接着，冯玉祥又将河南上缴的税款三万余元截留下来，他一不做二不休，再扣留了赵倜从武汉购买的数万支汉阳造步枪，惊得各省督军目瞪口呆。赵倜大怒，立命其弟赵杰率一师之众讨伐。赵杰粗鄙不文，偏又骄横，他自制大红旗一面，上写自己手书"包打冯玉祥"字样。那字横不正竖不直，迤里歪斜。这一师兵力气势汹汹杀将过来。冯玉祥心中有数，知其兵属乌合之众，只派张之汉率三团兵力，在驻马店一个回合便将赵杰一师击溃。吴佩孚原想坐山观虎斗，盼赵倜打败冯玉祥，以解截"皇纲"之心头仇恨，不料赵倜不是冯玉祥的对手，他恐冯玉祥乘胜闹事将不利于己，急忙出面调停。赵倜也情知硬拼不是上策，便借坡下驴，吃了个哑巴亏认栽了事。

粮饷稍一改善，冯玉祥便号令全军抓紧练兵，冯治安的学兵连经常处在冯玉祥的视线之下，训练就更加刻苦。二连长张自忠性暴，时常随身带一根军棍，遇有懒散学兵就打几下，因此，二连里有调皮士兵将流行小调配上自编的新词唱道："叫你学好不学好，鸭子嘴军棍挨上了。"冯治安不

喜体罚，惹怒后多用拳头捶打两下胸膛了事。张自忠颇不以为然，他对冯治安说："棍棒之下出好兵，严师之下出高徒！"冯治安一笑，恭听而不纳。他对李贵和妻子解梅感叹说："俺冯仰之没长打人的手呀。"代管学兵连的营长石友三，为人极剽悍乖戾，他对冯治安的带兵方法很看不上眼，常训斥冯治安是"妇人之仁"。冯治安对石友三也同样反感，但碍于上下级关系，只得勉强忍耐。

石友三得寸进尺，他背着冯治安多次到旅部告刁状，向冯玉祥报告冯治安柔弱不宜带兵。冯玉祥对"冯家小孩"知之甚深。他不愿驳石面子，故只敷衍几句。冯治安听后十分气愤。他为了跳出石友三掌控，向冯玉祥请求调职。冯玉祥从大局出发慰解数语便罢。冯治安和石友三的关系日益恶化，这使他内心十分痛苦，这也成了他日后调离学兵连的原因之一。

一九二一年春节来临，冯治安年底内外交困，名义上他有上百块薪饷，但领到的只是一纸欠条。到手的一小部分现钱，除了坚持寄给老家父母，还不时为本连官兵分忧解难。解梅十分体谅丈夫的难处，缩衣节食救济一些家中困难的士兵。冯玉祥看在眼里疼在心上，他和冯治安讲："军官是什么？是士兵的父母，士兵是军官的子弟，你现在疼他一分，战场上他就为你出力呀！听说你连的士兵故意哄抢你的钢笔等物件，要你给买食物换回，有这回事吗？"

"是啊，旅长，这是俺连的士兵没把俺当外人，是瞧得起俺冯治安！"在信阳最艰难时期，十六混成旅的大部分军官都能拿出私蓄为下属解决急需，这种官兵亲如兄弟的传统，保持了冯玉祥部队强大的战斗力。

这正是：同舟共渡亲如兄弟
　　　　　危难来临方显真情

第十一回

杀郭坚打赵倜锋芒再露
拜曹锟入北京就任新职

熄灯号吹响了，军营立刻就变得鸦雀无声。训练一天的战士顾不上翻身便进入梦乡。冯治安照例查岗，为士兵们整理一下踢散的被褥，待他回到连部已是夜深人静。冯治安和衣靠在被子上，琢磨着白天旅长下达的任务。他有些亢奋，漆黑中闭眼仔细想着每一个环节。这是一场充满戏剧性的搏杀，不能出一点差错，冯治安盼着天明，急待去完成这个让他兴奋的任务。原来陕西督军闫相文，已被盘踞关中大地上的各种军队架空，实际上只能控制渭南一条狭长地带。闫相文生得白白胖胖。因块头甚大，故有“大磨”的称号。此人虽身躯伟岸，性情却十分儒善，耳朵根子软、没有主见，他见冯玉祥在入陕之战中冲锋陷阵，立下头功，便三番五次向北京政府请求对冯玉祥给予升擢。吴佩孚虽然深恶冯玉祥，但恐其生变，乃下令将第十六混成旅番号撤销，扩为第十一师，下辖二十一、二十二两个旅。由李鸣钟、张之江分任旅长。冯玉祥十分感激这位老实人。

闫相文也深知自己陕督位置原本是冯玉祥促成的。陈树藩腐朽不堪，被冯玉祥部几经摧折，斗气全消，弃城西逃，才有闫相文提前进城名正言顺接过督军大印。冯玉祥部奉命在咸阳驻扎。两人相安无事。绿林起家的郭坚打着“靖国军”的旗号，以凤翔为据点，荼毒百姓、横行无忌，成为一方祸害，冯玉祥早欲除之，恰巧吴佩孚有令，令郭坚率部入川攻打刘湘。郭坚奉命后率随从来西安找闫相文要钱要枪，盛气凌人不可一世。郭坚暂住巨室张家，终日淫赌寻欢，他招来成群的妓女，令马弁们白昼集体宣淫，郭坚在一旁喊口令指挥，以此取乐。

闫相文亦对此十分痛恨，冯玉祥献计：何不以"鸿门宴"方式诛杀郭坚。闫督大喜，托冯玉祥捕杀。

冯治安一早起来到市面上吃了碗羊肉泡馍，以增强体力。然后按着旅长的部署，将酒席设在西关军官学校，由学兵连埋伏在四周，只等冯玉祥摔杯，即跳出来擒拿淫贼郭坚。这种只有在小说和戏剧里才能出现的场面，怎能不让冯治安高兴和激动？中午时分，郭坚的汽车驶入西关军官学校。陕督闫相文与冯玉祥屈尊到校门口相迎。郭坚的黑色轿车居然没有减速，直开到了餐厅门前，冯治安心生怒火，手已按在短枪之上。他抬头见师长春风满面，确有大将风度，并亲切地招呼郭坚，两人携手走进餐厅，闫相文忍气相随。

郭坚入席毫不客气坐了主位，冯治安心里骂道："看你这厮还能嚣张几时！"冯玉祥并未落座，亲自将酒斟满，刚要发表欢迎的祝酒词，不料却突生变故，窗外传来呼啦一声大响，那黄土的墙头倒下一片。原来是学兵连的士兵们耐不住好奇心，纷纷从墙头后探头窥视，你推我挤，竟然将那土墙挤塌一截。

郭坚一惊，知道不妙，刚要掏枪，冯玉祥眼疾手快，他那铁钳一般的大手抓住郭坚。冯治安见状不能再等信号，他一挥手，学兵们按照事先演练的布阵，二对一，将郭坚手下贴身马弁在屋里擒拿。冯治安发出信号的同时，一个跳越，飞身来到郭坚身后，然后右脚抬高砸下。好个盛气凌人的郭坚，一头扎在饭桌上，酒杯将前额划破，鲜血直流。这一脚解了冯治安刚才的心头之恨。短短三分钟，郭坚等人全部就擒，无一漏网。

闫督军再听冯玉祥劝告恐夜长梦多再生变故，第二天便在西安举行公审大会将其押赴刑场。西安城万人空巷，争看这个鼎鼎大名的草头王的败落下场。枪决之后，又暴尸于新城。一时举国轰动，成为重大新闻。

吴佩孚、曹锟听说杀了郭坚，又惊又怒，连连向闫相文发电责问：为何不告而杀大将？闫相文这才自悔孟浪，但为时已晚。

陕西连年兵灾，民生凋敝，无力供养蜂集蚁聚似的各路大兵们，而各路将领都到省督这里催要粮款，弄得闫相文又穷于应付。此前，吴佩孚、曹锟向闫相文举荐了大量贤才，实际上都是吴曹二人的爪牙。这些人吃孙喝孙不向孙，闫相文无钱供养如坐愁城。爪牙们又推波助澜，向吴佩孚告密，说闫督图谋不轨。闫相文本来就软弱无能，经内外交攻，不堪忍受，竟吞服鸦片自杀身亡。

闫相文一死，冯玉祥立即接任了陕西省督军要职。冯督军上任第一把火就是整顿本军，擢升一批军官。学兵一连二连晋升为学兵营，仍由升为团长的石友三代管。冯治安与石友三交恶，不愿在石友三手下任职，冯玉祥将他转为二十二旅四十三团第一营营长。团长宋哲元，山东乐陵县人，为人沉稳，甚为冯玉祥器重。冯治安对宋哲元也早已仰慕，因此对改调十分惬意。

陕西盛产鸦片，吸食者遍及社会各阶层，军政系统中稍沾官气者，鲜有不染此嗜好者。冯玉祥知道自己的部队处于鲍鱼之肆，更严饬所部：任何人若沾染毒品，必予严惩。同时他运用督军实权，雷厉风行开展禁烟运动。无奈陕西地方镇嵩军的许多官兵陷溺甚深，恶习难改。军官勾结烟贩共同贩毒，更有胆大妄为者，竟在督军衙门前抢劫店铺。冯玉祥大怒，严令限期破案，为了引起震动，冯玉祥在西安火车站广场上召集民众，当场给自己双脚扣上大镣，声言："我为督军，护民有责，如不能破获此案，绝不卸下脚镣。"此举感动了广大军民，在百姓的配合帮助下很快破了案，冯玉祥这才卸掉脚镣。

年轻的冯治安紧紧追随着冯玉祥这样的主将，昼夜不离左右，能在龌龊的环境中一尘不染。冯治安说："冯玉祥先生的言传身教，俺这一辈子终身受益呀！"

一九二二年三月底，酝酿已久的直奉之战终于爆发。

直皖战争以皖系惨败告终后，日本帝国主义已改为扶植奉系张作霖。直系吴佩孚对此心怀怨恨。张作霖势力膨胀后，又染指北京政局，支持傀儡梁士诒组阁，吴佩孚反对，双方互相攻讦，终于导致第一次直奉之战爆发。

河南省督军赵倜原是皖系中人，皖系败后勉附吴佩孚，实则暗伺机会，直奉之战打响后，赵倜令其弟赵杰突然发难袭击直系靳云鹗军。吴佩孚急令冯玉祥速率部入豫援靳。冯玉祥正在陕西为饷粮短缺犯愁，见有机会便毅然率军进潼关，奔郑州而去。冯治安所在的四十三团，在团长宋哲元率领之下，作为先头部队首先进入郑州，刚下火车就与赵杰军开战。

中州习武之风极盛，赵杰特意挑选会武术的士兵组成了敢死队，手持红缨枪，趁夜向宋哲元部突袭。冯玉祥治军极严，规定部队临战，一律在野外修筑的工事中作息，不许私入民宅。这给赵杰军偷袭造成很大方便。他白天枪炮进攻，晚上则红缨枪手偷营，扰得宋哲元不得安宁。冯治安新任营长还无建树，他分析了赵军战法后，主动向团长宋哲元请战，以其人之道还治其人之身，宋哲元应允。

冯治安在全营挑选了一百名刀法娴熟且体魄强健的士兵，下令只许带刀，不许带枪。以大刀片对红缨枪，向来犯之敌展开逆袭。这一招将百名士兵逼上绝路，只能拼死搏杀。他将手持大刀的战士们埋伏在赵军袭营的必经之路，静候这群骄横不要命的长枪手。

果然，三更时分，战壕外传来沙沙的脚步声，冯治安亲率大刀队屏住呼吸待敌靠近。赵军前几次得到便宜，笑宋哲元部下没有武术兵。俺中州长枪是受少林寺和尚真传，天下无敌。他们哪里想到，冯治安营的冯家刀法精湛，几年苦练的刀术从未实践。双方势均力敌，恶战不可避免。

长枪手全部进入伏击圈后，一声清脆的口哨声划破夜空。冯营长率持刀百众跃出战壕，杀声震天。黑暗中，见持长枪者便砍，赵军近搏失去优势，长枪无法施展。他们被这突降身边的闪闪的大刀片光吓破了胆，无力招架，霎时鬼哭狼嚎、血溅衣衫，只杀得赵军遗尸遍野所剩无几仓皇败退。天已见亮，冯治安令打扫战场胜利回师。他将部队集合验刀，凡无血迹者都严加追究。

赵杰再不敢动用红缨枪队。

赵倜在冯玉祥、靳云鹗等军联合进攻下，迅速往南溃逃，北线的奉军也屡战失利，退回关外，第一次直奉战争遂以直系胜利告终。依仗奉系捧场当上总统的徐世昌被吴佩孚赶下台，黎元洪受吴佩孚"敦请"，东山再起，再次做了总统。

直奉战争之后，冯玉祥有汗马之功，吴佩孚为拉拢他，立即委任他为河南督军，冯玉祥也借机扩充军队，新招二十个营新兵，编成三个混成旅，任命张之江、李鸣钟、宋哲元分任旅长。加上原有的鹿钟麟、刘郁芬两个旅，共拥有五个旅的兵力，这五位旅长被称为冯玉祥的"五虎上将"，一时军威大振。

吴佩孚听说冯玉祥又私自扩军大为不满，便在军饷上百般刁难。冯玉祥只好节衣缩食，艰难维持，好在全军已过惯了苦日子，也就习以为常。

为了加强新兵的思想教育，冯玉祥编了《新兵歌》，词曰：

> 有志新兵尔要谨记
> 当兵须知守本分
> 保护国家爱惜百姓
> 兵与人民一体生
> 食民膏，衣民脂
> 民间困苦尔尽知
> 重勤俭，重品行
> 不可忘记保护商民！

由于冯玉祥正狂热信奉基督教，经他修改的《吃饭歌》词曰：

> 盘中粒粒都是辛苦
> 民脂民膏来之不易
> 雨露滋长来自上帝
> 主恩所赐感谢靡既

河南连年战乱，百姓生活十分困苦，冯治安尊师长严令，带兵帮助农民干些农活，部队的骡马任凭乡民使用。驻地换防，每每都修路植树在先。新兵们盼休整，老兵们盼打仗。因打起仗来有逸有劳，吃得又饱又好。平时练兵一则劳累二则饭食粗糙不堪，士兵深以为苦。士兵们常问："营长，什么时候打仗呀？"因为士兵们跟着冯治安从未吃过败仗。打扫战场中的小战利品偷偷装进衣袋的时候，冯治安也就睁一只眼闭一只眼。依他治军风格，这种事是决然不能发生的，无奈，冯玉祥的部队太穷了。

直奉战争获胜的直系好景不长，他们很快分裂成"洛（吴佩孚）""保（曹锟）""津（段祺瑞）"三个支派。名义上吴佩孚驻节洛阳统领全局，实际上保定派、天津派各怀异心。吴佩孚鞭长莫及深感心劳口拙，说在身边有一支冯玉祥的雄兵，屯驻于他的卧榻之旁，更使他日夕术惕，必欲除之而后快。

吴佩孚五十大寿庆典在洛阳举办。全国各路督军送礼者纷纷而至，大帅府忙坏了记账先生。大厅里堆满了礼盒礼箱。金堆玉积成了金灿灿的世界，照得大厅光彩夺目，那些士兵还将礼品分类造册，礼品上显赫贴着送礼人的名号，让那些送小礼者不敢前往。

冯玉祥自恃兵强将勇，士兵能吃苦，军官又能勤俭，军营像铁桶一样强悍，便对吴佩孚概不买账。当寿辰请柬送到冯玉祥手中，他不由得恼怒："吴佩孚这厮借机敛财，看俺老冯怎么待你！"

冯治安随同冯玉祥及护卫一行来到大帅府。支客幕僚赶快通报："报，河南省督军冯玉祥将军给吴大帅贺寿了！"这喊声比任何送礼者的报号都洪亮了一倍之多，为的是让众人看看，就连雄霸河南的冯玉祥也乖乖前来给吴大帅献礼。吴佩孚听到喊声，连忙甩开姨太太们，小跑步入大厅。一见冯玉祥高他一头，自身气力便矮下一截，他双手拱拳："啊呀！佩孚五十小寿，冯将军大驾光临，万分感谢！"吴佩孚边说边瞟了一眼，只见他手下的营长冯治安双手捧一黄色瓷坛，坛中央一菱形红纸书写了一行书寿字，落款冯玉祥。吴佩孚大喜，不管这坛子里装的何物，只要你冯玉祥能屈尊前来，那就是给足了俺吴佩孚天大的面子。

只见冯治安虎背熊腰，将瓷坛捧到吴大帅面前，连长李贵随其身旁，掀开坛口锦缎塞盖。冯玉祥这才拱手向前："欣闻吴大帅五十大寿，玉祥心喜，特前来贺寿。无奈十一师贫困如洗，特从黄河取水一坛，古人云：君子之交淡如水嘛！万望大帅笑纳！"

吴佩孚脸色变成灰纸一张，冯玉祥竟敢当众戏弄本帅，心中怒火虽不便言表，但刚才的那一番热情早已云消雾散，他挥了挥手，应声道："好，好，淡如水，淡如水。"扭身回到府后，把个冯玉祥丢在了大厅中央。冯玉祥哈哈大笑，惊得接礼的、送礼的目瞪口呆。

吴佩孚肚里咬牙，更加紧对冯玉祥部的克扣。他借财政困难，干脆断了冯玉祥饷粮，让你十一师纵不饿死，亦必瓦解。

冯玉祥见处境险恶，便利用直系内部矛盾，率冯治安跑到保定去见曹锟。他一进门便跪倒大哭，曹锟连忙从虎椅中走下，双手挽起问何故悲伤。冯玉祥哭诉："玉祥是没娘的孩子，今天见到亲娘，俺怎能不哭？玉帅（吴佩孚字子玉）对我不谅解，断俺粮饷，使我动辄得咎，我已走投无路了！俺几万大军问娘如何是好！"曹锟早就想收买冯玉祥这员骁将为己所用，便赶到北京总统府替冯关说，为冯玉祥争取了个"陆军检阅使"

的新职，命他率部入京。

吴佩孚得知冯玉祥又获新职，气急败坏。但碍于北政府之面不便梗阻，便命令冯玉祥："进京部队只许带原来的两个旅，新招的三个旅不许带走，另行安排。"

冯玉祥表面上答应，暗地里密令将新兵全部换成旧部番号，分批次悄悄开拔。吴佩孚并未察觉，待醒过味儿来，五旅官兵已神不知鬼不觉地全部开到了北京。

　　这正是：天有不测风云凭玉帝

　　　　　　人有旦夕祸福由智君

第十二回
"北京政变"西北军命名
"三级跳跃"晋升少将军

冯治安随冯玉祥全军安全进驻北京，内心十分喜悦。当年在南苑入伍的情景又浮现在眼前，短短几年，俺已成为手枪营营长，他带李贵故地重游，感慨万千。若不是跟着冯玉祥这样的英明之主，两个故城县东辛庄出来的农民子弟，怎会变得如此辉煌！他俩信步走到军营大门边那个东北的酒馆，幌子依旧，掌柜的依旧。跑堂的见来了两位英武的青年军官，连忙迎上门来，殷勤将二人拉入堂内。掌柜的眼拙，怎能认出当年吃酒不给钱的李贵。李贵重温那段辛酸后笑了："哥呀，如今俺都当连长了，你托冯玉祥的福，可俺托你冯治安的福呀！"小哥儿俩点了四个菜：熘肉段、酸菜粉、干豆腐、炒木耳，一壶东北小烧酒，喝得有滋有味。二人酒足饭饱，回到军营已是熄灯时间，营部通信兵递上参谋部调令。冯治安调任冯玉祥的侍卫副官，手枪营由张凌云接任。

冯治安从心眼里高兴，这次和冯先生是形影不离了，冯玉祥还经常玩笑地称他是冯家小孩，冯治安感到是那样的亲近。那新招的三个旅虽已进京，但饷粮无着。这么多兵吃不上饭，急得冯玉祥有病乱投医。

冯治安随陆军检阅使冯玉祥拜见陆军总长张绍曾。张绍曾热情接待了冯玉祥，张总长是辛亥元老，冯玉祥曾在他部下任营长，亦参加了他领导的反清起义。张绍曾对冯玉祥印象深刻也颇佳，如今见冯玉祥成长为驰名骁将，正好安抚收纳，为己所用，便积极扶携，为冯玉祥建立了一个师加三个混旅的编制。一个师是陆军第十一师，含刘郁芬的二十旅，鹿钟麟的二十二旅；三个混成旅是张之江的第七混成旅，李鸣钟的第八混成旅，宋哲元的第二十五混成旅。饷粮方面张绍曾奔波筹措，终使部队再无饥饿之虞。冯治安见证了全过程，从中又学到许多从政从军的奥妙之处。

张凌云为人彪悍，当上手枪营营长后，觉得这手枪营就是冯玉祥的"禁卫军"，又是"军官库"。由于士兵都是全军精选上来的"兵尖子"，体态英武，头脑灵活，素质较高，因此常有人擢升为军官。手枪营的士兵优越感很强，傲气十足。在冯治安任营长期间，不敢过多地惹是生非，张凌云到任后，自己觉得是一人之下万人之上，走路一步三摇，立刻就助长了手枪营的恶习，经常与大营官兵争吵械斗，矛盾重重，冯玉祥知悉后，立即将张凌云调离，仍派冯治安回任营长。

陆军检阅署是一座清闲衙门，设在西京防，冯玉祥很少在那里视事。他深知自己能有今日，必是手中握有雄兵，这是俺冯玉祥立地之本。冯玉祥整天长在南苑军营主持军事训练。军人必须具备强健体魄，他注重强化体能训练，把单杠作为典范性项目，规定每个士兵和中下级军官，必须掌握"屈臂直上""摇动转回"和"倒立"三种动作。凡全部过关的军官可佩戴红色金属证章，两项过关的佩戴黄色证章；士兵标准相同，只是布制证章。凡不佩戴证章者即等于"饭桶"，以此激励官兵知耻辱、明光荣。就连高级军官也必须会"屈身上"，否则也将受到训斥，连冯玉祥也不例外。全军掀起了铁杠热潮。冯治安是当然的单杠高手，常到各旅示范表演。为了适应山地作战，冯玉祥经常搞夜间紧急集合，一律封闭灯光摸黑行动。确定以夜战、近战、白刃战为训练目标，选用中国式大砍刀作为除步枪外的主要武器。从传统武术中择取实用套路，推广冯治安的冯氏简易刀法。冯玉祥部队的大刀片具有相当大的威力，不但国内军阀望而胆寒，就连西方列强及日本武士道都畏之如虎。

冯玉祥部经常弹药匮乏，冯玉祥强调"弹药是第二生命"，要求"一粒子弹消灭一个敌人"。为了便于士兵掌握射击要领，他亲自编写了《打靶歌》，让士兵在歌唱中牢记要领。

每逢部队集合，冯玉祥讲话之前都要高声提问："你们从哪里来？"士兵回答气势如虹："从农村来！"问："你们的父母是什么人？"答："老百姓！"问："谁给你们种的粮？"答："老百姓！"问："谁给你们织的衣？"答："老百姓！"这一招凝聚力极强。冯玉祥深入浅出，把爱国与爱民的一致性寓教于日常。他还编写了《爱国精神》《军纪精神》读本，强调："我不以死救国，则我国必做敌之奴隶。""人无命脉必死，军无纪律必亡；饿死不取民食，冻死不取民衣。"冯玉祥的部队在军阀林立、民怨沸腾的战乱年月，号称百姓的子弟兵。

南苑附近的永定河年久淤塞，每遇暴雨泛滥成灾。地方政府无力治淤，冯玉祥便派部队施工治理，派学兵团、手枪营做先锋，参谋长石敬亭督率，像打仗冲锋一般不畏劳苦，不要商民一线一米，为流域百姓造福。

一天夜里，冯玉祥和冯治安悄悄潜入士兵宿舍，进门之后摸黑找了两个空铺躺下，偷听士兵闲谈。士兵们自编的顺口溜："石友三的鞭子，韩复榘的绳，梁冠英的扁担赛如龙，张自忠扒皮更无情！"第二天，冯玉祥便把石、韩、梁、张几位找来严加训斥，告诫他们要爱兵如子，不许用残酷的体罚进行训练。他举例说，一年严冬，张自忠任学兵营营长，在训练中他率先脱去棉衣鞋袜站在雪地中，同时命令士兵照他的样子脱光衣服在凛冽的寒风中训练。冯玉祥问张自忠为何如此训练。张自忠回答说是锻炼吃苦精神。冯玉祥挖苦地说："喝马尿更苦，难道让我们的士兵喝马尿吗？"张自忠认错，但士兵们却给他起了个绰号"张扒皮"。

冯玉祥对高级军官要求更加严格，他亲授术科，每堂值日官点名答到。"五虎上将"之一宋哲元晚到了五分钟，冯玉祥当众立命重打十军棍。冯治安上前求饶放过自己的长官，非但不准，并责令冯治安行刑。宋哲元被打得乖乖伏地受责。此事不久，宋哲元刚出生的男孩夭折，同僚们取笑他说："十军棍把个男儿吓死了。"冯玉祥查营，发现另一位"五虎将"鹿钟麟所部营房铺草潮湿，士兵们在此上面睡觉，这是军官失职。冯玉祥怒形于色，鹿钟麟一见不妙，自己先跪在营房外等候领责。冯玉祥见他能当着自己的士兵认错，态度诚恳便没有打他。

南苑练兵两年，对冯治安产生的影响是巨大而深远的。但他内心深处，却是对冯玉祥个人的绝对服从，对与错都是根据长官的好恶而定，奉行着一仆而不随二主的忠义道德。

连年战乱，北京政府内外交困，陷于财政危机之中。张绍曾内阁穷于应付，于一九二三年六月总辞，驻京军警连续聚集总统府索要军饷。驻京外国公使也向北京政府索要庚子赔款，限期清债，并以"下旗回国"相要挟。六月十三日，黎元洪受逼不过，狼狈卷包逃至天津，临行前将总统印信交给了宠妾，令其携藏法国医院。黎元洪行至天津车站又被直隶省长王承斌截获。黎元洪被迫通电全国辞职，了却其混沌的政治生涯。

一九二三年十月六日，曹锟经过八方营谋，以每张选票五千大洋的重价，贿选总统成功，丑闻泄漏后举国声讨。孙中山以大元帅身份下令讨伐。曹锟不睬，忝然由保定赴北京就职。九月，张作霖亦通电讨伐曹锟。东北军近在咫尺曹始惶急，调吴佩孚进京，迎战张作霖，第二次直奉之战正式启衅。

冯玉祥被吴佩孚任命为"讨逆第三军总司令"由西路迎击奉军。冯玉祥对曹、吴久怀愤恨，在此之前，他就联合胡景翼、孙岳在南苑达成秘密组建"国民军"伺机倒戈攻击曹锟、吴佩孚，迎请孙中山北上主政的协议。此时机会来临。冯玉祥利用吴佩孚授予他的军权，招兵买马扩大编制，将原有的五个旅扩为十个旅，原卫队团升为卫队旅，下辖两个团，第一团由原学兵营组成，张自忠任团长，第二团由原手枪营组成，冯治安任团长。

冯治安的卫队二团仍然负责保卫冯玉祥及总司令部。冯玉祥公开以"讨逆军"总司令身份参加直系各种活动；背后又以"叛逆军"真实身份策划倒戈反击。这种以双重身份进行大规模的军事异动十分机密，危险随时而来。为了安全，初期策划大举时，连"五虎将"都蒙在鼓里，只有冯治安已是亲侍左右的心腹才知。冯治安看在眼里，记在心上。他既要完成警戒、巡逻的常规任务，又要完成传递秘密情报、接待秘密使节以及防谍除奸的任务。任何失误和泄露，都将造成严重后果。冯玉祥对冯治安十分信任，这些事情全部交由冯治安全权处置。冯治安朝夕惕厉，寸步不离总司令，他早已下定决心"死也死在总司令前头"，出色完成了各项任务。

吴佩孚令冯玉祥率军出古北口进入热河，袭击奉军西路。冯军粮饷短缺，沿途又无兵站。大军所走之处是荒山野岭、人烟稀少，若按吴大帅之命行军作战，数万大军纵不饿死，也必溃散。冯玉祥心中自有主张，他令部队在京北滦平、怀柔、密云一线人烟稠密、粮秣易得地段忽进忽退，做出一边行军一边演习的模样，故意迟滞不前。自己却在古北口暗中与张作霖派来的代表马炳南谈判，两项基本条件是：一、胜利后奉军不入关；二、共同拥戴孙中山北上主政。

奉军在山海关一线猛攻直军，直军节节溃败，吴佩孚赶忙亲赴前线督战，北京城内空虚，冯玉祥见时机已至，立令部队星夜兼程"班师回京"。城内孙岳内应，部队一枪未发，顺利地控制了北京。

冯治安因奉令包围总统府，士兵都佩戴写有"不害民，不扰民，只爱民"的臂章。他们冲进曹府，总统卫队在睡梦中被缴械。冯治安将穿着睡袍的曹锟抓住后以礼相待，令其换好衣服宣布："我是卫队二团长冯治安，按冯玉祥总司令命令，现宣布拘捕你这贿选总统！"随后将曹锟囚禁。一九二四年十月二十三日，北京城内的百姓一觉醒来，看见满街都是冯玉祥的安民告示，士兵们戴臂章巡逻站岗秋毫不犯。北京政变的壮举，让冯治安的军旅生涯再一次因事变而突变。

北京政变后，冯玉祥和胡景翼、孙岳共同宣布：部队更名为国民军，冯玉祥任总司令兼第一军军长。胡、孙任副总司令兼第二、三两军军长。冯玉祥所部进一步扩充，编成五个师共十九个旅，卫队旅长孙连仲改任炮兵旅长，卫队旅长一职由冯治安升任。

冯治安感慨万千，他对妻子解梅说："俺冯仰之十六岁到北京南苑投军，从伙夫起步逐步上升，中间没跳过一级，没有想到这一月之内俺却经历了从营长、团长到旅长的三级跳呀！十二年军旅生涯，俺年方二十八岁，就擢升为少将旅长了，这是俺冯家祖上修来的福分呀！"冯治安说罢，面向河北故城方向端庄跪下："爹娘，儿今天做了将军，感谢父母二老养育之恩，俺永远是你们的儿子，永远是东辛庄农民的儿子。"冯治安站起转身面向军部再次跪下："冯军长大人，冯家小孩誓死捍卫你，俺是永远不忘你的大恩大德，赴汤蹈火在所不辞！"冯治安又牵着妻子解氏的手说："你是个旺夫的像啊，自你嫁给俺，真是好戏连台，今天俺也谢谢你了！"两口子高兴呀！

北京政变对在山海关督战的吴佩孚无疑是晴天霹雳。他火烧屁股一般连夜返回天津，指挥其精锐向北京方向前进。十一月初在杨村两军相遇，南苑练兵千日，今天用兵一时。加之北京政变胜利的鼓舞，冯军气势如虹，直军被打得无招架之力，龟缩在工事里不敢露头。

正当冯军击溃吴军的关键时刻，驻丰台的一营英军驻军，以"炮击威胁英租界侨民的安全"为借口，出来滋扰，冯治安卫队旅第一团奉命进驻丰台。冯治安闻讯后立即请示冯玉祥。冯玉祥明知是英国军队偏袒吴佩孚，便命令冯治安："先尽力和他们讲理，实在不可理喻的时候，不惜与之一拼！"冯治安领命后骑快马赶到丰台。

张自忠长冯治安五岁，但对升为旅长的兄弟十分敬服。冯治安也一直对张自忠兄长相称，二人督上一个加强连身佩短枪，肩背大片刀威风凛凛强行进驻丰台火车站，并布开哨卡严阵以待。英军拦阻不住，急忙找到其驻华机构派员找卫队旅交涉，强拉硬扯《辛丑条约》相威胁。冯治安、张自忠言辞驳斥道："丰台站不是租界，是中国的领土，我军有权驻扎，英方无权干涉！"英人悻悻而去。

英人认为被侮辱，调来两个连将丰台火车站包围，并开枪射击卫队一团，冯治安大怒："你们还以为是八国联军火烧圆明园呢！立刻还击，狠狠地给我打！"张自忠劝旅长再请示冯玉祥。冯治安一改温和之气："先打后奏，出事本旅长负责！"

加强连火力猛烈，一下子将英军压到了铁轨之下。冯治安、张自忠令吹冲锋号，两人冲锋在前，所有的军官士兵手舞大刀跳下站台，喊声震天，吓得英军弃枪逃回。英军在华兵力单薄，不敢将事态扩大，又派一个华籍雇员来威胁，被冯治安、张自忠指着鼻子羞辱一场，顶了回去。自此，卫队的战士只要和英军相逢，总是以眼还眼，以牙还牙。英军敢滥施淫威，卫队团必然强硬抵制。英方无奈，只好将其驻军全部撤走。

吴佩孚在杨村溃败后，冯玉祥的国民军势如破竹，直逼天津。北线张作霖的东北军也接连取胜，吴佩孚见大势已去，号啕大哭了一场登船南逃。冯玉祥与张作霖会师天津，至此，倒曹驱吴之战大获全胜。

张作霖胜利后，公然撕毁"成功后不进关"的协定。奉军长驱直入。北京政变后，北京政府面临政权重组的关键时刻，冯有强大的军事实力为后盾，跃上政治舞台已是易如反掌。但他却做出了一个惊人的决定，违心同意了请老政客段祺瑞出山，轻易地断送了北京政变的成果。冯玉祥率军回到北京，为了不显示自己是政治野心家，到手的总统不摘，又干了一件惊天之事。一九二四年十一月五日，冯玉祥派鹿钟麟、冯治安数十人闯进紫禁城，向傅仪传达了立即迁出紫禁城的命令。溥仪不敢违拗乖乖搬出。冯治安第一次走进皇宫兴致极高，骑上士兵的三轮摩托车，痛痛快快地兜了一圈。他为一个皇帝的臣民，竟能将皇帝撵出皇宫，且能在此大摇大摆地闲庭信步，而感到骄傲与自豪。

北京政变后一个月，张作霖大军由天津开进北京。同日，中华民国临时执政府成立，段祺瑞就任临时执政。他虽看不上冯玉祥那种草野气息的平民作风，但也不能再坐看冯玉祥坐大一方。他与张作霖一起对冯玉祥进行排斥。先裁撤陆军检阅署，命令冯玉祥"督办西北边防"。冯玉祥悔之晚矣，沮丧之余，索性通电下野，将部队交给毫无威望又无才略的张之江统帅，自己到五台山僧寺中闲住。冯玉祥此举，给他的部队带来新的危机。

吴佩孚在南方重新集结力量重整旗鼓。张作霖则磨牙利齿准备火并国民军。山西的阎锡山深沟高垒作壁上观，心存渔翁得利之想。一时军阀欲动风满楼，国民军处在四面楚歌之中。

一九二五年初，冯玉祥的国民军第一军愤然离开北平，移驻西北，总部设在了张家口，由此，获得了"西北军"这一非正式但大名鼎鼎的称号。

这正是：有喜有忧闭门思过
是福是祸定力平心

第十三回
孙中山病逝协和
冯玉祥游历苏联

一九二四年初，孙中山扶病入京。北京前门火车站军警林立却阻挡不住欢迎的人群。冯治安站在正阳门城楼上指挥维持秩序，无奈黎民百姓越聚越多，已达十万之众。冯治安万分震惊。孙中山是个革命家，这是冯治安早就知道的，可孙中山的政治纲领和学说，他从未接触过。在军阀势力周围，从不推崇孙中山，甚至还蔑称他为"孙大炮"。孙中山遥远而缥缈，但如何得百姓之爱戴呢？冯治安一时搞不清楚，在他心中的英雄只有冯玉祥。在京短短一年，孙中山于一九二五年三月十二日病逝于协和医院，讣告发出，全国哀痛。三月二十九日，孙中山的灵柩由协和医院移置中央公园社稷坛。冯治安没随总部西去，带领卫队旅二团留在北京，护卫鹿钟麟这位名存实亡的"京畿卫戍司令"。段祺瑞厌恶国民军，执政府衙门的岗哨都不用冯治安的卫队，另找心腹唐之道部的兵。孙中山病逝，段祺瑞派冯治安和他的卫队旅负责警卫工作，他目睹沿途人民群众出来为孙中山护灵路祭，那种深沉肃穆和虔诚的哀悼，让冯治安的心灵受到了巨大的震撼。他虽不知这是为什么，但他肯定，这孙中山一定是比冯玉祥更英雄的英雄。

中央公园连续十几天时间里，每天约五万人前来吊唁致祭，挽幛花圈如山如海，一些人痛哭失声，有的甚至昏厥过去。冯治安与这些人天天相陪，不知掉落过多少次眼泪。他扶起一个跌倒在地的朗读祭文者，那人说："孙先生是真正推翻清朝的第一人。是他建立了中华民国呀！这孙中山是国父呀！"冯治安想到自己驱除皇室出紫禁城，其实已并无太大的意义。十几天的守灵，让他深感孙中山巨大的人格力量，他站在公园的松柏之下，默默地反思着自己。

四月二日，孙中山灵柩移至西山碧云寺厝置，北京全城沉浸在悲痛的笼罩之下，太阳被厚重的云彩掩盖不敢露头。灵柩所到之处，十余万市民军警在路旁行礼致哀。一群青年学生边哭泣边追赶着灵车，长安街至西直门，百姓自发摆设路祭连绵不断。

看着孙中山先生逝世的祭奠过程，冯治安觉得自己眼前打开了一片崭新的政治视野，政治领袖到领袖伟人的形成，是思想的力量，这对自己固有的草泽色彩的政治伦理，形成了强烈的冲击。冯治安觉得自己第一次感觉到内心无主，无依无靠。他叫上李贵，到书店买了几本孙中山关于"三民主义"学说的书，还有本国民党的纲领小册子。

孙中山安厝后不久，冯治安随鹿钟麟撤至张家口，仍任卫队旅旅长职务。

北京政变后，冯玉祥和张作霖的矛盾便日益尖锐。一九二五年十二月，冯玉祥成功地策反了奉军大将郭松龄、李景林两部倒戈。郭松龄于滦州起事后，顺利打出山海关。不料郭军逼近南满铁路，大军迟滞难行，进退维谷。张作霖趁机组织围攻，郭松龄乃于巨流河兵败被杀。

原来倒戈的李景林又因与冯玉祥的盟军争夺地盘而开火，遂反目成仇。他便与山东军阀张宗昌勾结，组成直鲁联军，宣布拥张讨冯。联军以上万之众气势汹汹沿津浦线向北杀来。冯玉祥命张之江率军出察哈尔向天津进击，双方在杨村一带展开激战。

冯治安卫队旅随统帅张之江开到前线。此时的卫队旅经过整编，已初具规模，武器虽仍窳陋短缺，但与全军较大部队相比优势明显。特别是腰中的手枪更让普通大兵艳羡嫉妒。此时，张自忠接令调升第十五混成旅旅长，驻包头训练新兵。一团长由池峰城接任。

冯治安率部赶到杨村，西北军受到一次巨大的挫折，也是近年来的一种屈辱。炮兵旅在马围附近的一次战斗中，十二门大炮被直鲁联军掳去。旅长孙连仲五内如焚，无脸见人。冯治安是孙连仲的老部下，他见此情况，便向张之江请令，要求亲率敢死队夜间奇袭夺回大炮，张之江应允。

时值隆冬，京津大地普降大雪，四野银白。冯治安组建敢死队并亲任队长。卫队旅原本就是西北军的狼中之虎。他又在这群人杰之中，挑选了一百位强中之强，刀法精湛之士。月光如洗，雪地如同白昼，这给偷袭带来许多困难，冯治安令敢死队把羊皮袄反穿，悄悄摸到敌阵前沿。

敌军酣睡，哨兵蜷缩在大炮车轮之下躲避严寒。冯治安看了看夜光手表的指针正好三点。这是他和后续部队约定的偷袭时间，冯治安一声口哨，百位身披羊皮大衣、手持红缨大刀的武士从雪地里跃起。他们先解决了哨兵，然后冲进营帐，杀声连片，血溅军棚。霎时，哭喊、哀叫声震天。冯治安见一校官和衣爬起，欲掏短枪。他轻提中气，一个跃跳，刀光一闪，那军官还未反应，便命丧黄泉。敌军猝不及防，慌乱中被西北军大刀片砍得抱头鼠窜，指挥部无法组织反攻。后续大部队见敢死队得手，急忙掩杀过来。卫队旅初战大捷，不光夺回了失去的大炮，还缴获许多重武器装备。

一轮血红的太阳从杨村东方的雪原中冉冉升起。张之江、孙连仲率众在军营辕门迎候冯治安凯旋。孙连仲将冯治安拥在怀里激动不已。"仰之吾弟神勇多谋，替兄洗耻，今午设宴答谢！"张之江微笑没有言语。他心中五味杂陈，说不出是什么味道。

杨村战捷，宋哲元又率军由绥远来援。国民军气势大振，直鲁联军不支败逃。西北军遂进占天津。

冯玉祥的节节胜利，更遭张作霖嫉妒。此时，原在一次直奉战争中溃败的吴佩孚已死灰复燃，在南方纠合地方军阀，自封为"十四省讨贼联军总司令"。他们蜂拥北上，矛头直指冯玉祥而来。张作霖也趁机挤对冯军，公开以侮辱方式挑衅。败将李景林也趁机再起，联合张宗昌再攻天津。冯玉祥在三面受敌的情况之下，唯一的退路就是离开部队，一九二六年一月四日通电下野。他退居幕后，将军权再次交给张之江，自己去了平地泉（集宁）。

为了进退有据，西北军从京津撤出，集中于京北南口，准备坚守大西北基地，伺机另图大业。张作霖、吴佩孚已决心灭掉冯玉祥的西北军，他俩分别从南、北两方向调集军马。正当恶战一触即发的紧要关头，冯玉祥突然决定出国去苏联"游历"。西北军一片哗然，冯部主将都坚决反对，冯治安哭着挽留。他知道，冯玉祥决定的事是很难改变的。冯治安为侍卫官坚持随冯去苏联，以尽卫护之责。冯玉祥轻装简从，不肯让他同行，并告冯治安："此行一是为消除西北军危险，二是到苏联学习考察，对西北军今后的治军思想和政治动向都是有帮助的。"众将无奈，眼看冯玉祥一行出平地泉，经外蒙古去苏联。主帅离去，军心骚乱，西北军是雪上加霜。

西北军拥兵十五万，虽然装备较差，但士气高昂，冯玉祥启程前告之张之江"守糜攻晋"的部署。冯玉祥离去后，张之江重新调整编制，将全军分为东西两路共九个军，宋哲元为西路军总司令，率部从雁北攻略山西；鹿钟麟为东路总司令，守卫南口正面，以拒南来之敌。冯治安作为卫队旅长，直属张之江总司令部。

一九二六年五月，南口大战打响，宋哲元的西路军先声夺人猛攻晋北诸县，晋军凭天险固守，且粮源充裕，以逸待劳，有恃无恐。西北军往来奔突补给困难，逐渐捉襟见肘，军心涣散。石友三任第六军军长，辖张自忠的第十五混成旅。张自忠和冯治安一样，对石友三的忌刻狠毒深恶痛绝，石友三对张自忠也十分妒恨。这时石友三担负夺取雁门关要塞的主攻任务，但久攻无果。石友三严令张自忠率部攻克，限期三天，否则枪毙。张自忠自知无为，判断是石友三借刀杀人的一招毒计，竟在愤恨之中，率十五混成旅倒戈投降了晋军。石友三、韩复榘见大势已去，居然也向晋军主将商震投降，西路军攻晋计划破灭。

南口方面随着奉直联军不断增兵，西北军只剩下招架之力。联军飞机、坦克重炮一应俱全。西北军的大刀片失去近战优势。面对同胞相仇，为谁打战无正义之感，士兵枵腹苦战生厌。西北军没有冯玉祥，张之江指挥不灵，各军互不服管，甚至为争夺械弹拔刀内讧，随时都有大厦倾倒之危险。

冯治安看在眼里急在心上，可卫队护卫督公署和张之江的安全，不能直接参加战斗，当仗越打越苦，求援告急来自四面八方，张之江万般无奈，卫兵旅也陆续派兵增援，大都有去无回。卫队旅兵员日益减缩，冯治安看这不是办法，早晚会成光杆司令的，他立即去找张之江汇报战况。冯治安在司令部找不到人，却发现张之江躲在一旁的神像前祈祷，长跪不起，冯治安不敢贸然打断，只好在后面团团打转。

南口关公岭是咽喉重地，敌军不惜代价轮番猛攻，守将刘汝明部伤亡惨重，连预备队也全部被打光，关公岭被敌占领。情势急转而下，统帅部危急。张之江命令参谋长曹浩森："必要时从卫队旅派人上去！"曹又命作战科长张樾亭给冯治安打电话要人，冯治安焦急地大喊："连守卫都派上去了，怎么还找我要队伍？"张樾亭说："是督办叫尔派队伍！南口守不住，张家口也守不住了，你往哪里守卫去？"只好将卫队旅最精锐的季振同团派出去。季团上去后立即投入拼杀，关公岭阵地终于失而复得，季振同团伤亡过半，副团长阵亡。

进入八月份，南口地区连降暴雨，西北军简陋的工事坍塌无数，有的全部淹没，士兵无立锥之地，大厦将倾。

冯玉祥游历苏联，西北军就如被抽掉脊梁的猛虎，再也无法形成整体优势。降将韩复榘对晋将周玳说："冯玉祥先生在军队里拥有极高的权威，事事都听先生一人指挥，将级军官都是兄弟班，各不上下互不服人，唯服冯先生一人。这次南口作战，冯先生下野出国，指挥无法统一，你打我不打，结果被对方各个击破，这个仗无法再打下去了。"

一九二六年八月中旬，西北军为避免全军覆灭，决定西撤。张之江令冯治安率卫兵旅残部在前开路。卫兵旅已无兵开路，缺员严重。优秀士兵都在南口战役中被一块块剜切拿走，张之江便从各部选调兵员补充，草草成旅，但冯治安多年培育的基本队伍已元气斫丧殆尽，只好匆匆开拔。

南口西行的铁路在战火中基本阻断，冯治安只好率部徒步行军。大西北沙碛千里，荒无人烟，偶遇村屋，村民闻讯大军过境早已卷逃一空。酷暑难耐，白天烈日炙烤，夜晚又寒气森森，部队败逃时将多余行装尽皆丢失，如今又无处采购，伤病员接连死亡，活着的也饥肠辘辘。加之饮水困难，时间一久，铁的纪律和人将死亡不可兼顾。士兵逃亡和违纪事件不断发生。冯治安只好眼睛闭合，不敢采取严厉手段，恐激兵变。

紧随其后的大军情况更为严重，有的大批逃亡，有的聚众抢劫沦为土匪。

卫队旅艰难跋涉来到绥远。这里是降晋后韩复榘的防地，韩念旧情，对冯治安的部队不但不予截击还薄有馈赠。卫队旅一团三营原是韩复榘属下，在南口补充进卫队旅的三营长见到韩复榘，如同弃儿见了亲娘，哭着要求随韩降晋。韩复榘不好收留，冯治安见状虽然心痛，但他仍斥责规劝，晓以大义，三营长只好勉强随军西行。

绥远向西险阻重重，人人觉得前途迷茫，各怀异志。地方武装势力时常袭扰，兵员逃亡更是频频发生。部队到达包头，冯治安犯了踌躇，因这一带是降晋后石友三部的辖区，冯治安曾是石友三的部属，二人关系龃龉。加之张自忠与冯治安兄弟关系，冯治安唯恐遭到不测，便决定绕道迂回前行，幸亏未遭阻难，但部队得不到粮秣补充，更加困难。

包头西行，一片"天苍苍野茫茫，风吹草低见牛羊"的大草原，如今牧民赶着牛羊早已逃离，到处是苍茫凄凉的景象。冯治安心寒，咱这西北军到底靠什么？冯先生一走，支撑部队的灵魂剩下了什么？他百思不得其解。眼前缺粮缺水狼狈不堪，他不敢掉以轻心，骑马往来巡视，想让士兵们看见他与他们同在。该跑的总是要跑。三营副营长李贵气喘吁吁跑到冯治安面前说："三营长率众哗变，俺李贵阻挡不住，被这龟孙子拉着队伍往绥远投奔韩复榘去了。你看，就剩下三十几号人都是俺的铁杆。"冯治安长叹："算了，爹死娘嫁人，随他去吧。这样，我任命你为三营长，只要咱建制在，就不怕肥不了羊。"

一九二六年八月底，冯治安率卫队旅到达五原。大部队也陆续赶到。经过南口战役和长途跋涉消耗，西北军元气大伤，冯玉祥用心血滋养的十五万雄兵，至今只剩下五万余人，装备大量丢弃。士兵们骨瘦如柴，服装破烂不堪，有些士兵一身上下混穿，帽子是奉系的，鞋子是直系的，军衣则是西北系的，五颜六色，光怪陆离。冯治安失声痛哭，他面对一只庞大的武装丐帮，怎么向冯玉祥交代呀！

张之江作为基督教徒，虽说是个重德守义的老好人，作为统帅确实只是庸才。他面临部队如此场景，心里比冯治安更加难受，精神几近崩溃，心火太旺抽起了羊角风，口眼歪斜，不得不离军疗养。大军疲敝之余，又面临群龙无首，陷入一片混乱，各部东零西散，有的团只剩下二三百人，有的旅连五百人都不到了。彼此间争人、争枪、争供应，动辄用武，常常为一件武器便厮打成一团。有的因是乡谊式哥们儿义气，便自行成班排，纪律废弛，几不成军。

冯治安为人谦和、极有人缘，大家都知道他爱兵如子，纷纷投奔卫队旅。很快，冯治安趁乱军无主的时机，迅速补齐逃走的三营编制，又拾遗补阙。西北军只剩下卫队旅人齐马壮，武器齐全，且精神尚佳。

"黄河百害，唯富一套"，五原地处河套，确实比较富庶。其实所谓之富，也不过粮食能满足当地需要，毕竟只是塞外荒城。一个大土围子，稀稀落落数千居民而已，面对数万大军如潮而至，五原根本无力支应。西北军饱一顿饥一顿已司空见惯，别的部队可以组织枪手打些黄羊充饥，卫队旅在长官的眼皮底下，不敢有违纪越轨之举动。冯治安受的苦难更多，夜幕里他独自一人漫步丛草没人的旷野，举目仰望天上的北斗星，心中更加思念冯玉祥了，他盼亲人早日回国，收拾残局。

西北军在荒凉饥饿困苦的煎熬中挣扎。卫队旅突然接到一个天外惊雷的好消息，冯玉祥从苏联回来了！全军雀跃！

这正是：黄鼠狼专咬病鸭子
乌云黑终有驱散时

第十四回

五原誓师加入国民党
北伐苦战辗转母病逝

一九二六年八月，冯玉祥从苏联回国。

出身贫苦的冯玉祥，满怀医世济民大志，在十月革命后的苏联，目睹了工农地位的崇高，剥削现象的绝迹。西北军惨败的电报并未阻挡住他在异国考察的感奋，到处都是耳目一新，欣欣向荣。苏联军政要人多次与他会晤，表示热情支持他的政治理想。国内的形势变化也让他兴奋，国民党和共产党合作，共襄北伐大举，自己的部队惨败得一塌糊涂，那是因为没有一个正确的政治主张导致的啊！冯玉祥决定立即回国。苏联从顾问到重武器均给了他慷慨援助。

冯玉祥精神昂扬、信心十足地回到了五原，部队有了灵魂，迅速地聚集成一团，西北军经过短期整顿重组，雄风再现。

九月的五原，草肥羊壮，旷野里搭上了临时点兵台。台下几万士兵列队整齐。五颜六色的军装，破烂不堪的军旗，枪无背带刺刀，衣不遮体、没有领章和肩章。卫队旅站在队伍的中央。这支队伍格外耀眼，军装虽旧但浆洗得干净，衣衫虽破却缝补得整齐，枪械虽不完备，长短枪总有一支在身。让全军振奋的是，全旅后背上的大刀片无一缺失，仍然寒光逼人。冯治安骑马站在队伍的最前端，目不转睛地注视着台上自己心中的神——冯玉祥，眼里饱含着无限的希望。

九月十七日上午九时，军号齐鸣，冯玉祥宣布五原誓师典礼开始。卫队旅一个排的士兵举枪射击，湛蓝的天空立刻就炸响一片烟雾。全军喊声雷鸣："拥护冯玉祥，重振西北军！"冯玉祥颁布命令：西北军全军参加国民党，冯玉祥就任国民联军总司令，并以宣言方式通电全国，表明自己新的政治态度："冯玉祥半生戎马，力图救国。怎奈学识短浅，对于革命方法不得要领。及至走到苏联，看见革命起了万丈高潮……过去我只有笼统的观念，没有明确的主张，革命的主义，革命的方法，在从前我都没有考察，所以只有一二点改良式的革命，而没有彻底的做法。"冯玉祥强调自己出身贫苦，"是无产阶级的人"，今后要"尊奉孙中山先生的遗嘱，进行国民革命，实行三民主义……对于工人组织和农民组织，均当帮助"。

冯治安含着眼泪，听完了宣言，西北军终于有了归宿。他似乎明白了孙中山先生病逝后，北京为什么万人空巷了，拥护孙中山、参加国民党，在心中有了一个追求的方向。

五原誓师的重新崛起，最能显现冯玉祥决心走联俄联共道路的举措，他邀请苏联同来的乌斯季诺夫为总顾问，请共产党员刘伯坚为政治部主任。

国民联军初设五个军又八个师，总兵力五万余人。卫队旅番号暂时撤销，冯治安被提拔为第五师师长。这年他正好三十岁。十六岁入伍，除短暂的一段伙夫经历外，一直在冯玉祥身边，由班长到旅长，基本都是担任护卫工作。冯治安秉性谦和，忠诚勤奋，所以冯玉祥对他倍加信任。若不是他到了而立之年，冯玉祥大概还不会放他独立带兵。

五原誓师后，中国共产党领袖李大钊派人给冯玉祥送来密件，建议他巩固甘肃，南取西安最后会师郑州。对暂守"中立"的阎锡山力争联合。冯玉祥接受了这个建议，确定了八字战略方针："固甘、援陕、联晋、图豫。"

蒋介石在五原誓师前一个月正式发动了北伐战争。国共两党分歧已经日益显现，但两党还未撕破脸面。冯玉祥西北军的参与，更使以国共合作为标志的北伐如虎添翼。

冯玉祥的第一战略目标是解西安之围，扫灭为直系吴佩孚效命的陕甘地方部队。被围西安城内的杨虎城、李虎臣两部，是国民二军主力。李虎臣自天津被奉系张作霖战败后，南退至河南，刚要落脚，又被当地武装四处攻打，无奈边战边退至西安，与杨虎城共同据城死守。陕西地方部队镇嵩军将西安围得水泄不通，阻断一切供应。冯玉祥五原誓师时，西安已被围八月之久，满城饿殍，城内一切荒废，死尸累累。五万守城军队最初军纪尚好，后因饥饿难当，他们站在城墙之上，见到谁家炊烟升起便冲进强抢食物。西安城内百姓先从贫穷体弱者死，次后普通人家死，再后小康人家也死。最后阶段，一只金戒指换不来一个馒头。全城恶臭冲天。

冯玉祥派去援陕的先头部队由孙良诚、马鸿逵、刘汝明分别带领，冯治安的第五师为二梯队急行赴陕以解西安燃眉之急。一九二六年底到达西安，全军如猛虎下山直扑敌营，镇嵩军虽然抵抗了一阵，加之西安守军城门大开，出城接应，前后夹击，便迅即瓦解逃窜，西安之围遂解。

战事稍稳，冯治安便又想起了母亲袁氏和妻子解梅及儿女们。一年多音信皆无，南口溃败身无分文，不知他们生活如何？冯治安焦急惦念。

北京西四大街砖塔胡同有一片宅院，那是冯治安在北京政变后购置的。那时旅长的月薪粮饷比较充裕。一直想将故城老家的父母接到北京生活，加之部队经常开拔，解梅已有了儿女，总不能随军奔波。

得有个窝呀！就这样，袁氏和儿媳妇解梅常住北京了，大哥兰台在老家务农，爹爹冯元玺很少在北京，他过不惯城里的生活，还惦记着老家的几亩地，其实冯治安知道父亲的心思，他是想在故城东辛庄盖房置地，光宗耀祖，当几年老太爷。冯治安也早有打算，等有了积攒，一定成全父亲的心愿。

冯治安当上了将军，便随部队开往西北。一年多的时间没捎一封信函，解梅总是不放心，时刻惦记着丈夫。西北军的消息只能从报纸上零星得到一些，她将这些信息裁剪下来，贴在废旧的书本上，一有时间便拿出来看看，判断夫君现在何处。

母亲袁氏自从嫁到冯家，辛勤劳苦，勤俭持家，家中一切苦差，几乎全靠母亲来支撑。

袁氏到北京安身却不安心，多年来的忙碌一闲下来，便觉得浑身不自在。几十载的苦熬，使她原本脆弱的身体开始透支。袁氏一直有头痛头晕的老毛病，实在支撑不下去，就胡乱吃两片止疼片。

一天早晨，袁氏起床后，到屋外的厕所大解，屋里有马桶她用不惯，弄得满屋臭气还需刷洗多麻烦，蹲坑一解了事，方便自己也方便他人。解梅起早收拾屋子准备早点。其实胡同口就有早点铺，买点豆浆油条既营养又省事。婆媳二人是心照不宣，都舍不得那几枚铜钱。堂屋座钟打响六下，婆婆去了二十分钟了怎无踪影？解梅觉得心头一重，不好，莫非婆婆有什么不祥？她急忙丢掉米盆往厕所跑去。

解梅冲进厕所，只见婆婆袁氏栽倒在厕所的粪坑旁，解梅大声呼喊，众人将袁氏抬到卧室，大孙子冯炳樹跑到西四大街药店，请了坐堂先生，待二人跑到冯宅，袁氏老太太已断了气，享年只有五十三岁。大夫诊断的是高血压引起大面积脑出血。冯家大院乱了手脚，冯治安不知在何地。公公、大伯子都在老家，这可如何是好？解梅和冯治安这些年见过大世面，痛苦之余立即找夫君在京好友，帮助料理后事，并拍电报告之故城东辛庄家人速到北京。她还给冯治安的三弟、在哈尔滨中东铁路谋事的小叔子冯玉楷拍了电报，乱中有序，坐等亲人。

几天之后，除冯治安之外，冯家老少爷们儿都赶到了北京的砖塔胡同，大家悲痛之余商定，一不搭设灵堂，二不告之冯治安在北京的军政要人朋友，三不运回故城老家，暂厝于北京西山。设法将消息告之在外征战的冯治安，待他回京后，郑重为母亲大人举丧。

冯治安护卫冯玉祥赴陕途中，在甘肃平凉暂时驻扎。圣诞节快到了，冯玉祥很重视这一节日。乌斯季诺夫为了增添佳节美馔，到野外打了一只白色大天鹅，特意给冯玉祥送来作圣诞礼物。

冯治安将天鹅呈到冯玉祥面前，冯玉祥脸色一沉，告诉这位苏联顾问，不应擅自滥杀珍禽，并拒绝吃这难得的天鹅之肉。

平凉是甘肃地方军阀张兆钾的家乡，其私宅极为宏丽，俨若宫殿。国民军攻平凉甚急，张兆钾临撤出前，在城角埋上大量炸药，故意将导火线露在外面。冯治安部有五个小号兵，每天都早起到城角练习吹号，有一个刚入伍的年轻哨兵发现了导火线，他误以为是一根没有连接的空线。他点了一根纸烟坐在那儿休息时，好奇之余将其点燃。结果轰的一声巨响，小号兵被炸成肉粒，全城都震得瓦摇木颤。这天正好是圣诞节，教堂正做弥撒，教徒们闻声惊乱边跑边喊："打起来了，打起来了！"全城商民也随之惊慌乱窜。

冯治安听到爆炸声，连忙下令保护冯玉祥，自己带兵赶到爆炸地点，还有一存活负伤的士兵讲了事情的经过。冯玉祥将冯治安训斥一通，也是这些年的第一次。冯治安错在失察，只得垂首听训。

时值隆冬，塞上酷寒，士兵们食不果腹，个个面有菜色。军衣破旧，许多士兵简直是用破布烂棉絮捆扎的一般，满身藏有虱子，极为狼狈。冯治安军纪严明，他吸取了号兵教训，事必躬亲，在平凉无一商民受到骚扰。

一日，营外有一王姓富翁，说是师长的老乡求见，冯治安连忙将他引入帐内。原来是在来平凉路上士兵们帮忙推车的那位河北衡水籍商人。此人年轻时在衡水湖岸上与一恶霸械斗，杀人之后，逃到了塞外，经数十年惨淡经营，居然发展成一方大富。他见国民军风纪整饬，助人为乐，极为感动，慷慨捐赠一大批活羊，冯治安万分感谢，将自己腰间佩带的一短剑相送，上面刻有五师师长冯治安的名字。

羊群宰杀后，羊肉按连发放，全师也只能喝顿羊汤。羊皮也分到连队，士兵们轮流将带血的生羊皮披在身上取暖，哪管什么腥膻脏臭。王绅士之举带动了当地的一些商家，他们也来到五师驻地慰军，部队衣食有了一些改善。

西安之围解除后，国民联军一面休整，一面重新编伍。冯治安新领第四师师长属中路军管辖，此时南路北伐军进展迅速，据守湖南的直鲁军阀孙传芳几十万部队节节败退，单从军事形势看，北伐军革命日益高涨，但从政治形势看，国共分裂的危机在孕育形成之中。中国共产党领导的湖南农民铲除土豪劣绅、减租减息运动蓬勃兴起，汉口的工人运动也一浪高过一浪。这激起了国民党右翼势力的强烈反对，蒋介石正在酝酿一场反攻大屠杀。

一九二七年十二月，冯玉祥下令联军开始攻击河南境内的直系军阀，部队投入大规模战斗之中。粮草饷糈中断，冯玉祥军陷入极度困窘之中，经济没有来源，冯玉祥第一次违背了自己的誓言，他想起了一个"绝妙"的主意，印制一百万元的"流通券"代替通用货币到市场采购军需用品。商民自然不会接受这种假钱。冯部军官到市场中向民众解释："部队暂时困难只好出此下策，等将来革命成功后，一定用银圆回来兑付。"话虽好听，市民并无人相信。眼看着部队断粮，冯玉祥只好强制推行，那"爱民不扰民"也变成了一句空话。

冯治安的四师是冯玉祥主力部队，他一直尾随冯沿陇海路入豫，直捣吴佩孚的琪县。军情遽变，冯玉祥又令冯治安部随孙连仲的右路军从西安向东疾驰，经蓝田、武关，直奔紫荆关，得胜后进入河南，以便解救樊钟秀之危。

河南全省汇集了形形色色的军阀队伍，除了吴佩孚的直系部队，靳云鹗、魏益之之外，鲁系张宗昌的部队、奉系于学忠的部队共有数十万之众。还有些旗帜暧昧、随风转舵的如刘镇华部，等等。地方上的土匪、红枪会组成的小股军队更是到处丛生。他们有奶便是娘，管你哪军哪派，给枪给钱就听你管，朝秦暮楚。

樊钟秀绰号樊老二，绿林出身，但为人颇重义气，曾因救孙中山广州之厄被授大将军衔，从此加入国民革命军队伍。由于南军自广州一路苦战到达河南后，遭奉系军队于学忠部围攻，危急中向冯玉祥求援。冯治安奉命由紫荆关入豫境时，樊钟秀已突围，其部队星散无法解救。于学忠与冯治安略接战，便知西北军大刀片的厉害，于军不愿硬拼，连夜转移。冯治安不战得胜，便挥师南下，追击吴佩孚。

吴佩孚原在琪县坐镇指挥，同学张良诚部强攻仓皇南撤，经郾城到西北襄樊地区老河口。冯治安部见状从两翼斜插，经邓县进入湖北截击。不料在邓县遇敌顽抗贻误时日，结果包抄失败。

驻老河口的镇守使张联升是首鼠两端的小军阀。国民军刚进攻河南时，他认为冯玉祥必胜，便私下派亲信向冯玉祥输诚。冯玉祥立即授予了他三十八军的番号，后又向吴佩孚邀功，扣留了老河口冯玉祥的军需物资。冯治安大怒，立即向张联升部发起攻击，首仗张部大败，张见势危殆，再次倒戈，冯治安出于战略考虑，接受其"诚意"。吴佩孚见张联升又卖主求荣，连忙找来一艘轮船，只携亲信数十人欲乘舟溯江向四川方向逃去。张联升见吴佩孚逃逸，便来了个落井下石，命令樊江口江防炮兵炮击。吴佩孚的参谋长张其锽被炸死，吴佩孚侥幸逃脱。

一代枭雄吴佩孚从此销声匿迹。这位清初秀才、山东蓬莱汉子，从一九一七年起任师长，很快便扶摇直上，成为民初最重要的军阀之一。在英美等外国势力扶持下，两次发动直奉战争，制造了"二七惨案"。此次溃逃四川后蛰居北京。

冯玉祥的战略意图，至此得到越来越多的成果，军饷得到了新的补充。一有钱，他做的第一件事仍是扩充军队，这是冯玉祥多年来的成功经验。西北军又一次扩大编制，冯治安首先得到实惠，他被任命为第十四军军长，奉命立即折转回豫在信阳驻扎，监视靳云鹗部的行动。

靳云鹗久居河南，自封为"河南保卫军总司令"，是豫境内最有实力的地方军阀。其部队荼毒人民，无所不用其极。他曾去洛阳拜会冯玉祥，冯玉祥以青菜馒头招待他，他觉得不可思议，逢人辄道："我到他那里，连桌像样的酒席都没有，这样的部队，死也不到他那里死呀！"这年三月，靳云鹗盘踞的信阳、确山等县人民不堪其压榨，纷纷起来抗争，渐而有十万之众，展开与靳云鹗的拼杀，靳下令凡持武器者不论老幼杀无赦。有的村庄的壮丁被屠戮净尽。

冯玉祥见靳云鹗不可争取，便命令孙良诚部从陇海线南下，配合冯治安部南北夹击，向驻郾城的靳部发起猛攻。冯治安部率先打响，靳军本就腐败，百姓又恨之入骨，对他的军需供应尽力阻断截取，加之孙良诚部的北面突袭，靳军瓦解，向郾城一线退去，后在禹县惨败，走投无路才接受了冯玉祥的改编。时日不多又叛冯出走，被冯治安部全歼，靳云鹗仅以身免。

冯治安率军北伐转战期间，中国政坛风云突变。蒋介石对武汉政府与共产党合作不满，在南京重组中央制造了宁汉分裂。这年四月六日，军阀张作霖在北京逮捕了李大钊，随后又悍然杀害了这位共产党的创始者。四月十二日，蒋介石公开撕下联共面具，对中共发动大规模屠杀。国民党与共产党由并肩讨伐军阀而变成仇敌，革命形势逆转。

冯玉祥起始还以中间人身份调停两党冲突。不久，他的立场逐渐右转。六月十九日，蒋介石与冯玉祥在徐州会晤。两天后，冯玉祥通电谴责共产党，公开拥戴蒋介石，将其部队中的共产党人清洗出去。为表示其态度，杀害了中山军事学校校长史可轩。苏联顾问也被他"礼送出境"。冯玉祥的部队原是武汉政府的军事支柱，由于他的叛离，使武汉政府陷于孤悬状态。紧接着汪精卫也宣布了"分共"。轰轰烈烈的武汉国民政府分崩离析，大革命失败。

一九二七年初秋，冯玉祥接受南京政府任命，正式就任第二集团军总司令职务。这期间，有一个重要人物进入冯治安的军政生涯中：原靳云鹗所属将领秦德纯。靳惨遭失败，秦德纯无所依附，遂降冯玉祥，冯玉祥委任他为二十三军军长，不久，为防止秦部原班人马携有二心，便将冯治安与秦德纯对调，上层将佐亦互有调遣。从此，冯治安又成为第二十三军军长。而秦德纯见冯治安对自己的老部队关爱有加，便与冯治安结缘，对冯治安以后产生了越来越大的影响。

据守琪县的孙殿英被冯治安、韩复榘包围城中，给养困难，他见大势已去，便弃城北逃。琪县攻克，冯治安马不停蹄，继续挥师北进，又顺利拿下安阳。

张作霖见北伐军节节进逼，情势危急，便调其精锐部队十个师南下。由张学良、杨宇霆亲自督率，在漳河北岸集结，沿河构筑防御工事，准备死守。冯玉祥各路大军同时汇集在漳河南岸，准备相机进攻。一九二九年四月初开战。激烈的彰德之战打响，历时一个月，双方都有大量伤亡。成为北伐战争中规模最大、代价最惨重的一次战役。

奉军拥有飞机、坦克和重炮，弹药源源不断，技术兵由许多"白俄"雇用等参谋掌握。冯治安等国民军仍然只靠步枪、手榴弹、大刀片这些简陋武器，且步枪子弹奇缺。漳河一带地形开阔，奉军在北岸所筑工事成一线配置，互相呼应很难接近。偶有小股突击队冲上北岸，最终也被敌方包围全歼。对峙地带被奉军火力严密封锁，重机枪扫射如倾盆大雨，国民军无法冲锋。冯治安部打得最为激烈，近战、夜战被漳河阻碍，优势全无。一个营半个月的时间阵亡三个营长，其余连排长牺牲之巨更不待言。由于缺少子弹，每次组织冲锋，都强行从每一个士兵手中敛一粒子弹凑起来交给机枪手。而士兵都知道"子弹是第二生命"的道理，往往为了一粒子弹指天骂地。

前线指挥刘郁芬、鹿钟麟向冯玉祥请求后撤休整一下再进攻。冯玉祥坚决不允，说："你们要退你们退，我是不退的。我这里已经预备了一支手枪，两粒子弹，敌人若来，我用一粒打敌人，一粒留着打自己……你们谁要退，请先把我打死！"

赶来支援的韩复榘部因转战日久疲惫不堪，子弹不敷用，往前冲上去的又被压了回来。韩复榘生性暴烈，见部队士气萎靡，急得满地打滚，哭叫着说："我们现在的情况只有前进，否则总司令必定枪毙我，我与其被枪毙而死，不如就死在这里！"部下见他如此，被感染得人人激愤，大家又鼓足勇气冲了上去。

战斗最惨烈的地方，你随便抓一把黄土，里面就会有弹头。冯治安部参谋长李炎在前线指挥时中弹身亡。冯治安已没有了眼泪，他亲赴前线指挥。冯玉祥见漳河北沿阵地久攻不下，又调刘汝明部从右路包抄到敌背后突袭，奉军此时也早已疲惫，面对前后夹击终大败溃逃，国民军长驱渡河穷追不舍。奉军原想边撤边设立新的防线，但过了河的国民军势如破竹、猛虎下山一般，奉军已不能有效组织抗战了。

彰德之战国民军伤亡惨重，尸首如山计万余人。安阳城到处都是运来的尸体，冯玉祥拿不出买棺材的钱，加之天气太热，纵使有钱也无法赶制棺材，只好用白布缝制大口袋，将尸体装入埋葬。部队官兵自嘲地取名为"革命棺"。

阎锡山的晋军见北伐大功将成，便派兵出娘子关到平汉路截击奉军。奉军兵败如山倒，退潮般缩回北京城。张作霖见大势已去，决定退守东北老巢。六月三日，他通电全国，退出北京。四日，张作霖乘专列出关回奉天，东行至皇姑屯，被日本军预埋的炸药炸死，时年五十三岁。这位马贼出身的风云人物，从统治东北全境到控制北洋军阀政府，影响中国政坛十几年的东北王，因日本帝国主义支持起家，最后又被日本帝国主义杀害而终结。

张作霖一死，奉军蜂拥北撤出关。北伐军各路云集京都，阎锡山部捷足先登进了北京。冯治安部奉命进驻通州。

奉军留在北京维持秩序的鲍毓麟旅，迎接阎锡山晋军进城交接后，从北京东撤到通州，意欲乘火车出关。冯治安因在彰德大战中损失惨重，全军对奉军恨入骨髓，晋军又摘桃接收，西北军无一收获，见鲍旅来到通州，不由分说立即开火截击。鲍旅一则猝不及防，二则军心怯战，很快被冯治安全部缴了械。此举被新闻界广泛报道，立即引起外国驻华公使的干预。公使团认为："鲍毓麟旅已和平交出军权，撤退途中冯治安部截击不符合国际公约。"冯治安部已是饥不择食、穷困至极，管你何公约。他将大量的补给装备上缴一部分后，其余全部分配完毕。全军喜出望外，岂肯听洋人指责？鲍旅败军之将归心似箭，也不愿坐等洋人调停，匆匆率领光杆部队星夜出关，此事不了了之。

奉军既撤，"少帅"张学良易帜通电全国，表示服从中央政府。北伐大功告成，全国掀起一片欢喜之浪潮，仿佛中国由此将结束战乱。

这正是：军阀混战终有结
　　　　　北伐功成名千古

第十五回
中原大战冯阎反蒋
降将隐归北平闲居

北伐成功后，蒋介石提出了以裁汰军备为中心内容的整编军队的计划，受到全国舆论的拥护。冯治安对天下大事并无深刻预测，他是个军人，一向对政治不甚热衷，只觉得北伐后国家对高级军官的要求将会越来越高。自己只读过三年私塾，自学的东西极不系统，急需充实提高一番。而冯玉祥也要求他去陆军大学学习，他欣然从命，进入陆大。

陆大设备简陋，但课程配置确实按照欧洲、日本同类学校的标准设立。对冯治安这类没有学过新式教育的军官来讲，学习自然有不可逾越的困难。校方为迁就这批学员，专门开设了"特别班"，进入特别班的大都年龄较大，职级较高而文化较低。冯治安一生没有进过正规学校，带着新鲜感和求知欲匆匆报了到，准备埋头于青灯寒窗，下一番修炼功夫。

回到北京家中，妻子陪他到西山母亲坟前大哭了一场，冯治安不能立即将母亲的灵柩送回故乡安葬，仍暂置于北京。

国人注目的编遣会议矛盾百出，蒋介石目的十分清楚，他以缩编为名，狠裁杂牌军，变相扩充中央军。这引起冯玉祥、阎锡山、李宗仁的强烈不满。冯玉祥当面指斥蒋介石吞并非嫡系部队，对蒋的方案一再公开抵制，阎锡山、李宗仁各不相让，编遣会议在争吵中进展。最后，勉强达成表面上的共识，桌子下面谁都不准备执行协议。

冯玉祥佯装接受编遣会议决议，将自己的第二集团军数十万人缩编为十二个师，番号都冠以"整编"字样。冯治安的第二十三军变为整编第四师。冯治安入学前将二十三军军长职务交参谋长赵博生兼任。赵博生也是河北人、冯的老乡，为人沉毅多才，甚为冯治安倚重，是名共产党员。

冯治安的挚友张自忠也是冯玉祥钟爱的"小孩儿"，但因他在淮北战役中受到石三友的迫害，为免遭毒手投降晋军，对此事冯玉祥一直耿耿于怀。所以，北伐时未晋升他为军长，只任二十五师师长。张自忠与冯治安一直保持密友关系，二十三军缩编为整编第四师后，人员饷银压缩，经费十分紧张。冯治安有几匹心爱的良马，因怕照料有误，乃派人将马送到张自忠处代为照料。

一九二九年三月，编遣会议因李宗仁公开反蒋而正式破裂。冯玉祥表面"服务中央"。冯治安利用这短暂的宝贵时间，将母亲的灵柩送回故城县东辛庄，了却了他一大心事。

已升任团长的李贵派出两辆苏制卡车，一车装灵柩，一车载士兵一班护送灵车。冯治安携夫人解梅坐黑色轿车护灵。其余亲属坐火车到德州，再回老家故城。为了慰亡母于九泉之下，冯治安破例向军政界送去讣告，一时要人都送来挽联、挽幛，将灵车披挂得庄严肃穆。有的还送来奠仪，长期在西北军中任高级幕僚的一代名士王湖（铁珊）为冯母撰写碑文。冯治安夫妇披麻戴孝，灵车队虽不浩浩荡荡却也风光无限。车队出永定门后，几匹快马从车尾赶至车头拦下车队。一位中校军衔的年轻军官行大礼之后，递上蒋介石亲笔写的挽幛以示慰问。冯治安激动万分，他深知自己的身份并不够显赫，北伐战将如云，蒋公能礼贤下士，心中陡然多了一分敬重。

沿途各县军政熟友都界迎界送，灵车起早贪黑整整一长天才回到故城东辛庄。这是冯治安第二次回故乡。东辛庄老少爷们儿倾巢出动，灵棚早已搭好，吹鼓手、戏班子也已就绪。父亲冯元玺是红白喜事的行家里手，妻子病故一定要风风光光，凡丧制该遵守的一切礼仪都要恪守不渝。冯治安作为孝子，擗踊尽哀，所有告慰母亲的礼仪都不为过。冯治安陪父亲冯元玺、大哥冯兰台、三弟冯玉楷在村东自家地里寻找墓地的合适位置。故城县风水先生闻讯早早赶到测量之后，先选位置。村里几个年轻小伙子打坑，三月份冻土融化没费多大力气，一个长方形的墓穴就打好了。

冯治安亲自来到古城街里的棺材铺，重新选了一口上好的柏木大棺，定制了一块三米高的青石大碑，莲花底座，祥云盘头，刻上碑文。一切就绪之后，冯治安要亲自为母亲袁氏换棺。

桃花、杏花盛开，围满了东辛庄，小麦返青碧绿，万物复苏。选一黄道吉日，换棺仪式开始，众人都屏住了呼吸。旧棺盖徐徐被打开，冯治安上前给母亲磕了三个响头后，起身揭开盖在母亲大人身上的白布。

冯治安在悲痛中将母亲袁氏抱到了新棺之中，然后举行封棺仪式。三十二抬大杠的灵盖棺罩，三十二位青壮的小伙全部就绪，风水大师高喊了一声："起灵！"大儿子冯兰台跪在众人之前，将瓦盆高高举过头顶啪的一声摔得粉碎。接着哭声又起，队伍前奏起低沉的哀乐，白幡如林，纸钱如雪。纸马、纸牛、纸羊掺杂在送葬的队伍之中。全村乡邻人人佩戴黑纱，尾随前行，好不壮观。

三十二抬大杠不能沾地，一气抬到墓穴中央，两条粗麻绳兜底穿过。八人拉住绳索，听到下葬的号令后，共同放绳，将棺木放到穴底，然后撤去搭在墓坑上的大杠。冯元玺大喊一声："孩儿他娘呀，走好哇！"他填上第一锨土。接着儿女们、近亲们，最后是乡邻们依次填土，不大一会儿工夫，一座硕大的坟茔就堆砌完成。众人又将那三米之高的墓碑立好，摆上糕点糖果。点上青香，冯治安再次下跪，泪如泉涌。或许真情感动了上苍，贵如油的春雨也忽然淋下示哀。众人连忙扶起冯家老少，顶着蒙蒙细雨回村去了。

全村百姓坐在席棚里，就像冯治安结婚时一样，痛痛快快地吃了一顿四八席。

冯治安将母亲安葬完毕，不敢久留，就要返回军中。临行前，他召集开了家庭会议："现只剩父亲一人，为完父亲心愿，仰之投钱重盖家院，算冯家财产。"冯治安拿出在北平提前设计好的图纸交给父亲冯元玺，老人一看大喜。正房五间，耳房各两间，厢房东西各两间，圆形月亮门处是东西偏房各两间，然后是石狮门楼；一色的水洗青砖对缝，布瓦封脊；正房后是后院，水井一口菜地五分；十三层砖上土坯院墙。

冯治安走后，三弟回哈尔滨，大哥同父亲开始拿着冯治安留下的银圆，照图纸施工，大兴土木。

是年三月二十七日，蒋介石的中央政府发表讨伐李宗仁的檄电。冯玉祥下决心反蒋，为了先把散布于各地的西北军旧部集结起来，五月，他在陕西华阴召开本系统军事会议，把自己想打一场反蒋战争的决心传达给各部。按他的意图：全军一律先撤至陕西至西北一线，待"握成拳头"再打进中原。对"冯老先生"的这一战略意图，加之他的几进几出，面对正统的蒋政府庞大的军事力量，诸将很难像早期那样对冯玉祥言听计从。表面上都表示拥护，暗地里却各有心思。

冯玉祥和他的旧部一直维持封建人身依附性质的关系。他视部下如儿女，有疼有爱，大家都遵守他的"家法"。他可张口便骂，举手便打。初期大家都觉得这是理所当然。待下属一个个都成了将军之后，"翅膀硬了"，每个人的个性、修养不同，价值观念不可能都按"老先生"划定的模式发展。升官发财毕竟无法抗拒，但许多人早已背着冯玉祥干起一般军阀都干的勾当。"儿大不由爷"，韩复榘先站出来唱起了反调。

北伐后，韩复榘当上了河南省主席。他本身是个雄心勃勃的人，正想有所作为，不料冯玉祥又令他把部队撤出，去大西北不毛之地受罪。他在华阴会议上公然向冯玉祥建言："把整个河南放弃，部队全部撤到潼关以西，无疑是自取灭亡，几十万人马集中在贫瘠之地，绝无好下场。"韩复榘主张全军集中在平汉路以西，主力集中在洛阳、南阳一线。冯玉祥见韩复榘当着众将的面公然顶撞，便勃然大怒，愤极给了韩一个耳光。韩复榘没有示弱，竟然离开华阴回到河南驻地。

蒋介石私下早就接见过韩复榘，夸奖他是作战英雄，带兵有方，还赏了巨额银圆，韩感到很温暖。现在既然和冯翻了脸，他索性公开电呈蒋介石，声明未参与"破坏和平"，表示已在洛阳集中部队十万人专候中央差遣。石友三受韩复榘的鼓动，也紧随其后接受蒋委任的"讨逆第十三路总指挥"一职。韩石叛离，冯玉祥的实力和士气都受到了极大的打击。蒋介石火上浇油，下令开除冯玉祥国民党党籍，"严缉拿办"。

冯玉祥内遭韩石叛离，外遭国内舆论批评，为缓解困局，于五月二十三日通电下野，携家眷赴山西"读书"。入晋不久，即被阎锡山软禁。蒋介石抓住有利时机，逼迫原西北军代理首领刘郁芬、宋哲元军就范，并强行将西北军将领方振武拘禁，收编其部队。刘郁芬、宋哲元军在冯玉祥遥控之下，故意装出向蒋靠拢姿态，使阎锡山大为惶恐而被迫采纳了联冯抗蒋的战略，并立即向冯玉祥亮了底牌。冯玉祥自然求之不得，这对"金兰契友"又拥抱在一起。冯玉祥和阎锡山匿在幕后指挥，宋哲元领衔率前西北军二十七个将领联名通电讨蒋，并就任国民军总司令，准备兵分八路向豫境内推进。

大将孙良诚正处大红大紫时段，让他听从宋哲元调遣心中不服，对冯玉祥的人事安排自然心怀愤懑，埋下了豫战惨败的祸根。

冯治安发丧后赶到河南灵宝第四师驻地，即赴潼关谒见冯玉祥。冯玉祥命他去西安接替宋哲元所兼二十八师师长职务。入豫前夕，冯玉祥又改任十一军军长。早在冯治安入陕前，张自忠的原二十五师师长职务又被冯玉祥裁撤掉，改由张凌云接替。张自忠本来是冯玉祥多年的近卫人员，只因南口大战时，张自忠雁北作战因石友三而降晋军一事，使冯玉祥对他产生厌恶，故一再撤销他的职务。张自忠赋闲家中。

冯治安就任十一军军长后，多次向冯玉祥恳请让张自忠回军与他共事，终得冯玉祥应允，任命张自忠为十一军副军长兼二十六师师长。这一对好朋友，多年来私交极厚。两个人的温厚和刚烈，恰好互相补充。

十一军驻地西安，连年荒旱，饥民遍野。冯玉祥二十万大军入陕更加剧了天灾人祸。冯治安见状，将部队从城里移至西关外大营。官兵伙食极差。军队人员虽略好于一般，也只是免予饥饿而已。冯治安和张自忠改善伙食，让卫兵弄来了砂锅，盐水煮白菜加一把粉条无一肉星。他俩围着炭火，烤上几个窝头，脚踏着板凳，吃得兴高采烈。随从人员看着两位军长吃得有滋有味，在他们心中也真是山珍海馐一般高级了。部队如此，营外还聚集了大量流入市内的灾民，军伙房将刷锅水抬出来，灾民们蜂拥而至，用碗舀着喝。冯治安欲哭无泪。他领着下级没有婚配的年轻军官到"人市"上，那里有卖儿卖女的，也有女人自卖的，皆是头上插草为标。冯治安批准军官未婚者挑选女人，部队当时戏称"拾媳妇"。冯玉祥对携家眷的军官明令优待，一时间结婚在下级军官中成风，生下的孩子都被大家称为"陕西娃"。

天灾不断，匪患人祸四起，大者成军小者成帮。宋哲元对剿匪惯用铁腕。凤翔匪首党拐子及其婆姨"小白鞋"聚众上万，攻城略地，杀人如麻，后据有凤翔县城。宋哲元督军攻打，颇费周折才攻克城池，没来得及突围的五千匪众被俘获。宋只略审讯便下令杀掉。官兵们在关帝庙旁挖了一个大坑。行刑队手持大刀，逐次将人犯架在坑前，枭首后推进坑内。宋哲元在旁边置一公案，摆上肴酒，边饮边看杀人。被杀的数千俘虏中，确有因饥饿裹胁进来的，宋不听劝阻，认为不全杀不能震慑其他匪众。一律杀无赦。

冯治安在陕期间,匪患渐少。冯治安曾率军去乾州、永寿、邠州剿匪,他多用招安手段绝不妄杀。有个叫黄德贵的匪首接受招安后,冯治安给予了安置。此人一直安分再未生乱。邠州有一小股土匪被剿,俘获十余人,押在临时牢房中。一土匪谎称大便,在厕所拾起一块砖头,趁哨兵不备将其砸晕,然后翻墙逃跑。另一哨兵将逃匪砍翻,哨兵们红了眼,欲将土匪们全部砍首。冯治安得知立即制止,将已死匪首埋掉,其余在押土匪交当地政府处置。同僚们说冯军长"优柔寡断""妇人之仁"。冯治安对土匪如此,对士兵们却极严格。在杞县剿匪时,有一士兵入富户抢得小注钱财被告发,请示冯治安处置,冯最恨欺负百姓之人,盛怒之下说:"杀!"旋又指示"交军法处按律处置"。军法处认为数额很小且该士兵确因家中急难才犯下罪行,上报冯治安说:"罪不至死。"冯治安立即批复"可",只将该兵判了徒刑。

一九二九年七月中旬,冯治安督十一军随国民军大部队入河南,参加攻克洛阳之战。"中央军"没想到穷得像乞丐般的国民军会有如此之强的战斗力。冯治安当面之敌是刘恩茂的部队,虽也是杂牌军,但装备精良、军官穿呢制军服,伙食是白米猪肉。冯治安部食物粗粝,衣服破旧,武器装备劣陋不堪。为避己短,冯治安白天休战不攻,夜间出击,这是冯治安多年积累下的夜战经验。敢死队带头,后续部队跟上,一律的西北军大刀片,月夜杀敌出奇制胜。南军对大砍刀非常惧怕,士兵们每逢赌誓时辄说:"谁要是……就让冯治安的大刀砍了。"

冯玉祥部连年作战,疲惫不堪,更无固定财政来源。大西北这块鸟不拉屎的贫困之地供养着二十万大军不胜重负。阎锡山见风使舵、背约食言,他令部队龟缩不出,更使冯军雪上加霜。他甚者还接受了蒋介石赐予的"陆海空军副总司令"的虚衔。宋哲元前线指挥,冯玉祥幕后遥控,宋哲元成为木偶,无权无威。蒋介石巧妙地利用这种矛盾,战场上加大压力,背地里派说客分化瓦解,许以高官厚禄。蒋施一计,故意把送给宋哲元的委任状"错送"给孙良诚。性情粗豪的孙良诚大怒,原本就不服气的他认为宋哲元"吃里爬外"。孙的幕僚认为有诈,劝孙不要轻信。孙仍半信半疑而斗志松懈。宋哲元指挥失灵,西北军大败。

豫战之败,拖垮了不少部队。原由冯治安带领的第四军和原由张自忠带领的二十五师败得尤惨。内部不少团长找到冯治安、张自忠哭诉，冯、张二人仰天长叹，安慰数语奈何？谁来安慰我俩！

冯治安的十一军撤到了陕州，年底又西撤到西安。全军残败不堪，加上地方困穷无力供给，部队生活极为困难。这年春节，军队人员每人分得三个馒头。士兵何况？开小差的增多。

一九三〇年三月，宋哲元军召西北军将领在潼关开会，研讨以后出路。众将纷纷谴责阎锡山，认为是阎背约失义造成豫战之败，主张挥师北上渡黄河入晋讨阎，把山西拿过来。对南京方面则主张做出和解姿态，接受编遣，以此稳住蒋介石，免得腹背受敌。此议一起，阎锡山闻讯惊慌失措，立即向冯玉祥表示悔痛，送上八十万块银洋和一部分枪械弹药，指天誓日地保证和冯一起反蒋到底。

由于阎锡山的转变，由冯、阎、李宗仁组成的新军事同盟产生，阎锡山被推举为总司令，冯玉祥、李宗仁为副总司令。这支联军命名曰中华民国军。

冯玉祥回军后，又将所部匆匆整编了一番，冯治安被委任为第四路军副总指挥兼第九军军长。原第四军军长一职由张自忠接任。第四路军由宋哲元任总指挥，担任沿陇海线铁路东进的主攻任务。

二次入豫，冯治安部的装备及供应有所改善。阎锡山拿出多年囤积的军械物资慷慨相赠，使多年习惯了粝粢果腹的士兵偶尔吃上军用罐头而新鲜。冯治安面对之敌是陈诚所率精锐部队，装备精良，与冯军判若天渊。他们有飞机、坦克、平射炮、自动步枪、骑兵，而西北军强大的战斗力来源于人。他们一经交手，冯军便利用夜战、近战的优势靠大砍刀、手榴弹，仍能取得节节胜利。战事顺利由西向东推进。洛阳、开封、郑州相继攻克。蒋军被打得狼狈不堪。蒋介石亲临前线指挥，到归德朱集站时，冯治安部突然攻上来，蒋介石险些被俘，蒋军士气低落下来。

冯治安在杞县老铁岭驻军。夜间突然有一小队蒋军越过防线。这支小部队由号称最精锐的教导师中校参谋蔡邦杰率领，要亲见冯治安。冯治安以礼相待，秉烛夜谈。冯治安问："蔡中校身居正统劲师，前途无量，为何投奔我军？"蔡说："蒋军弊端丛生，上下敌对，当官只求荣华富贵，不顾下层疾苦，军无斗志必败无疑，何来前途？故投之。"蔡邦杰详细介绍了蒋军的部署。冯问："蒋方是否打算长期作战？"蔡说："不，他们随时都准备撤退，从南方运来辎重的货车，一直停靠不卸，骡马车装运的辎重也都停靠在火车站台，准备一旦大败立即装车南逃。"冯治安大喜，将蔡邦杰安排在军部当参谋。

中原大战爆发后，由于冯玉祥亲自指挥，群龙有首战事相当顺利。阎锡山部虽无大捷，但也构成对蒋介石的严重威胁。双方对峙的天平，只有一支部队可以左右战局，那就是一直观望的东北军。双方对张学良竞相笼络。

东北军在张作霖、张学良父子多年的经营之下，靠日本在东北势力的支持，军力日趋壮大。就中原大战的双方而言，张学良无论倾斜向哪方，都会使这方稳操胜券。蒋介石当时的社会影响、国际地位、财政实力都非冯玉祥可比。张学良权衡利弊后决定拥蒋。九月十八日发表拥护中央的通电，立即驱大军入关据有平津。

张学良这一出招，给冯玉祥军反蒋势力捅了致命一刀。局势急转直下。阎锡山的晋军见风使舵率先撤军。冯玉祥的部队也如决堤之水，各寻归宿。梁冠英、孙连仲、吉鸿昌、张印湘、葛云龙甚至卫队旅长季振国相继投降，更多的将领则选择了弃军而走。

冯治安铁杆护主，在洛阳率军苦战，忽接冯玉祥电令，命他速往新郑一带去增援张维玺部。冯治安接令后，只带手枪队李贵的百余号人连夜赶到新郑。张维玺正焦灼无计之际，见冯治安只领百余人来援，大失所望。西北军此时已兵败如山倒，冯治安与张维玺无法控制局面。冯治安惦念着洛阳自己的部队，便率领手枪队向本军驻地进发。

一夜急行，冯治安的汽车左突右转，竟连新郑县境都没能出去。他晓得归路已断，无奈，他率领李贵卫队又返回了新郑县城，谁知那张维玺已经只身逃走。树倒猢狲散，士兵们各自逃命去了，根本无法组织抵抗。冯治安站在城楼向城外望去，顾祝同率蒋军将县城围得铁桶一般。这时李贵来报："军长，你看看吧，这是孙连仲等将领的投降通电，咱们咋办？"冯治安挥了挥手，他知大厦已倾，凭俺匹夫之勇已无力回天了。他叫李贵集合部队。冯治安沉痛地宣布他的决定："各位兄弟，咱们已是四面楚歌了，这还有些银圆分与大家，各自散去。我一人投降！"士兵们全部跪下不起："要降我们护着军长降！俺们绝不离去！"冯治安拔出手枪对准自己的脑袋下达了命令。大家无奈："军长委屈了，只要东山再起，我们定会从四面八方投奔军长！"

李贵不走，说："大哥！咱俩一同从东辛庄出来投军，近二十年都没有离开过，李贵生死追随大哥！"冯治安见李贵真情，只带李贵和一护卫加司机出城投降。李贵将白衬衣脱下作为白旗，乘汽车直奔顾祝同驻防的新郑车站。

顾祝同大喜，他深知冯治安的为人和军事才干，立刻出营迎接，好言安慰之后，当即拿出一纸中将参议的委任状。并告之西北军将领投降后的安排。冯治安苦笑："顾将军见谅，仰之多年征战早已厌倦，败军之将光杆一人，怎能接职，望将军抬手，仰之愿解甲归田，做一平民度日为好！"顾祝同再三挽留，冯治安婉言谢绝。顾允诺后，将冯治安暂送到一个货栈里休息。很快，张维玺部的几个高级军官吴振声、倪玉声、田金楷、许昌霖也陆续来到客栈。几个人倒在炕角默默无语，心酸苦难的泪水全部倾倒在心田。

张维玺字楚玉，在西北军中以文化修养高著称，平时谦和寡言，颇得同僚器重。但他善于聚敛，在西北军诸将中是一位"富将"，为此很惹冯玉祥鄙视。一次张敛财事情败露，冯玉祥大怒，他掏出一块银圆放在手中掂来掂去问张维玺："你说，是你参沉呢，还是这东西沉呢？"说罢将那银圆抛进湖水中。张维玺羞愧地躲到了一旁。中原战败，张维玺逃到了上海居住，安享宦囊充裕之福。

人到悲痛更思亲，冯治安想念北平的妻儿和河北老家的父亲了。顾祝同言而有信，给冯治安等军官发放了路费签证，冯治安将汽车丢给了蒋军，坐火车顺利地回到了北平。

这正是：二十年荣光成降将
寒严落叶始做寓公

第十六回

西北军败骨血残留
枯木逢春新军建立

冯治安回到北平。全家喜忧参半。战乱之中能赋闲家里，老人孩子团聚一起度平民之乐，真是天大之喜。冯治安短暂笑容过后，郁闷阴沉的脸色让解梅心急。她尽量顺从丈夫体贴入微，同时拿出家中积蓄改善生活。她知道夫君不会甘为寓公，她想尽一切办法，要让他充分享受这美好短暂的时光。

李贵北平无家，住在冯府。一天，他陪着军长逛游北平城，走累了，坐在北海的石桥旁，李贵问冯治安说："大哥，咱西北军兵强马壮三十万之众，到头来却落得如此下场，你说这是为什么呢？"其实，这些天来，冯治安一直在思考这个问题。冯治安说："西北军是冯玉祥先生拼一生精力打造的。西北军的灵魂到底是什么？那就是冯玉祥，也就是说，冯强军强，冯弱而军败。我这些日子明白了许多。咱们西北军儒家的仁义，纵横家的权术，基督教徒的博爱，铁腕人物的杀戮都混在一个锅中，结果端出来的是一个难以品味的'杂烩'。"冯治安又说："我最崇拜的是关公一生不择二主，可我算什么？苟且偷生当了降将。这是我终生不可原谅的一件事情，故不想复出。"

李贵从衣袋里掏出昨天的《北平日报》。那里记载了西北军将领的归宿。尤其提到了军长的好友"吉大胆"吉鸿昌将军。冯治安接过报纸翻阅。中原大战之后，吉鸿昌部被蒋介石收编，任第二十二路总指挥兼第三十师师长，率部参加对鄂豫皖革命根据地的围剿。冯治安心中起了波澜，"吉大胆"和自己的成长极为相似。一个连的兵呀！俺俩从士兵到军长，都因俺们骁勇善战，屡立战功啊。听说他"吉大胆"思想赤色，去围剿红军怕是军令难违呀！冯治安长叹一声，吟了一首自作小诗：

> 诸将纷纷乱倒戈，二次徒漫渡黄河。
> 仰之背主丢信义，偷生北平无奈何。
> 兄弟相残哪日了，国泰民安路途遥。
> 再盼西北军旗展，血照丹心英雄歌。

中原大战兵败后，残将残兵心中仍追随西北军这面大旗，降军中的西北将领享有人望者只有宋哲元、孙良诚二人。尤其以宋哲元沉雄大度声誉更著。很快，其麾下就集结了刘汝明、秦德纯、张自忠、张维藩、过之纲、魏凤楼等所部兵员，共达六万多人。

蒋介石平定了北方局势，便倾心于南方剿共大业。他将晋南西北军残部的编遣事宜，交给已任军委会北平分会委员长的张学良全权处置。张学良决定将这支部队编成一个军纳入其东北军系列。军长一职由谁出任，一时难于委决。宋哲元、孙良诚各自寻求门径，展开激烈竞逐。他俩都知道要有职位，才能名正言顺。

这时，一位高参出现，决定了军长的人选。这个人叫萧振瀛，吉林扶余人，幼年曾读过几年私塾，后随父经商，因负债累累被迫逃往关内。因和石友三同乡，遂依附石友三，在其部队任文职官。萧振瀛身材伟岸，口若悬河，辞彩飞扬，为人锋芒毕露，勇决善断，敢干人所不干或不愿干之事，典型的一条东北汉子。他经石友三推荐，被冯玉祥任命为绥远临河设置局局长。一九二六年，直奉联军撤退时路经临河。时任西路军总司令宋哲元曾令萧振瀛筹办粮饷，萧振瀛居然能在土地贫瘠、黄沙漫漫的辖区内保证了大军的供给。宋哲元对其称誉不已。后此人调入宋哲元手下任军法部长。此时萧振瀛毛遂自荐，愿助宋哲元一臂之力赢得军长一职。

宋哲元大喜，他带萧振瀛、秦德纯、张自忠去北平谒拜张学良。年华正盛的少帅忽然对张自忠产生浓厚的兴趣，他撇开宋哲元首先召见了张自忠，并提出让张自忠出任军长一职。张自忠是位极重道义之人，哪能夺自己长官之职，便立即辞谢道："我的资望浅，德不足以服人，才不足以驭众，宋先生是我的老长官，资深望重，我们均愿推宋哲元先生领导。"张学良沉吟片刻，没有再说什么，但并未立即表态委任宋哲元为军长。

此时，孙良诚也准备重金厚礼派专人去北平上下活动。宋、孙竞争逐步白热化，不知鹿死谁手。萧振瀛在这关键时刻，以东北老乡为由，充分施展他八面玲珑的政客才干，用三千大洋买通了张学良的承启官裴某，由裴某引荐，萧得以在张学良面前，鼓如簧之舌，慷慨陈词，做出一副忠贞不贰的姿态，赢得了少帅的信任，终于将军长一职界与宋哲元。宋哲元获得了东山再起的机会，西北军的骨脉也得以相传。

张学良给宋哲元的番号是东北边防军第三军，是按东北军序列编排的，规定只有三个师。可是聚集的晋军的各路残兵，其首领全是什么"司令"或"总指挥"级的人物。如何安排这些落拓之将？宋哲元思前想后，采取了务实态度。首先，张自忠人马既多又硬整，用他绝无非议，况且张自忠首先将张学良找他之事告之宋哲元，宋哲元也感激和敬佩张自忠的为人。这样，给了张自忠一个师长的职位。另一师准备让宋的老部下赵登禹统率。还有一个师长宋哲元未下决心选定。张自忠见状，立即向宋哲元推荐冯治安担任。此刻的冯治安尚在北平闲住，手上无一兵一卒。资历、才干和为人不用挑剔，只怕拥兵的将领不服。张自忠和冯治安兄弟之情，加之上次南口战败投晋，是冯治安力荐张自忠出任师长，终得冯玉祥批准。今天如错失良机，冯仰之很难再遇到这样的机会了。张自忠再呈宋哲元："张自忠甘愿作副师长，恭让冯治安老弟当师长，他也是俺多年的上峰了。还望宋军长应允！"宋哲元其实对冯治安的印象极好，见有了台阶，立刻欣然答应。

赵登禹也曾是冯治安的部下，冯出任师长，他表示乐于从命，并亲自赴北平将冯治安接来。冯治安表面上再三推辞，其实早有重返军旅之心，他见赵登禹情深意切一片诚心，便告辞家小，带着李贵重返不是西北军的西北军。他心中默默地向着冯玉祥祷告："先生请放心，西北军把根留下，冯家小孩再不做降将！"这样两个师长已定，另一个师长在赵登禹和刘汝明之间反复斟酌。最后决定由原第三路总指挥刘汝明担任，其余各将按其年资辈分，均分别编入三个师中。孙良诚自持资深望重，怎能羞居人下，便带其心腹旧部数十人离开了山西。过之纲也认为自己"本钱"雄厚却倍遭冷遇，愤而离军去了北平。

编排既定，宋哲元忙遣人将名册送呈南京政府。不料南京只批准了冯治安、张自忠两个师的建制，刘汝明师遭驳回。宋哲元无奈，只好撤销该师番号，改任刘汝明为副军长。

一九三一年一月十六日，蒋介石以全国陆海军总司令名义与副总司令张学良联署发表铣电，正式任命宋哲元为第三军军长，属东北军序列。冯治安、张自忠分别任师长职务。二月六日，宋哲元通电就职，军部驻于运城。至此，一代劲旅西北军完全消逝在中国历史的茫茫尘烟之中。孙良诚离去后，其原属兵马皆编入冯治安的第三十七师。冯治安将原骑兵营、炮兵营编为特种兵，其余混编一个旅，任王治邦为旅长。孙良诚旧部多剽悍之士，对于这种编遣极为不满。其中原团长汤传声素性狂傲，他私下里串联几个营长，计议将孙良诚原兵马偷偷招走。此事让李贵探到告之冯治安。冯治安不动声色，先将汤传声调到军部任职，使其孤立起来。然后又一一安抚原孙部军官，推心置腹地晓之以理，动之以情。又将原手枪营长戴守义提为团长。终于使准备哗变的兵员全部安定下来。汤传声见事败无脸再待下去，只身偷偷逃走寻找旧主。不料四面楚歌无安身之地，在走投无路的情况下，掩着红脸哭拜在三十七师师长冯治安的面前，捶胸痛哭，发誓追随永不变心。冯治安心软，见汤传声确有悔改之心，就不计前嫌，将其留在军中，并委任为团长。孙良诚旧部见状心悦诚服。

"师长，不好了，军营里挂出了一幅大标语，上面写道：打倒投降将军冯治安！俺已让人摘了下去。"仍当卫队长的李贵火气冲天地说道。他已查明挂标语之人是刘汝明的部下。冯治安笑了笑："李贵，难道我不是降将吗？立刻将标语原处挂好。"李贵不解，只好又将标语重新挂回。

原来，刘汝明的残部大都编入了三十七师，其中层军官见旧主被安排一个虚职副军长，没有兵权坐了冷板凳，便心怀愤懑，暗地里互相串联闹事，借天黑夜半挂出了这幅标语。哪有不透风的墙。有正直的军官认为，刘汝明师长不批，那是蒋介石，又不是冯治安！便将信息透给了李贵。

冯治安召集刘汝明部下的所有军官在标语下集合。挂标语的几人自觉有愧心里慌张，只得任凭处罚。冯治安与大家谈心："今天我冯治安绝不纠察挂标语之人，我只提一个问题，事到如今，还有哪位是不投降的人？请你举起手来！"大家面面相觑，仿佛才明白，咱们是集体投降后才改编的呀！冯治安又说："要说西北军中原大战败后俺冯仰之投了不假，可俺没降，而是光杆回家，这次兄弟们抬爱，又将俺冯治安从北平接回老家，我们都到了这等田地，难道还要自家窝里斗吗？"冯治安苦口婆心劝告众人随遇而安，不要再生是非。

刘部的几位军官主动站出承认了不是，摘掉了标语，刘汝明听讯也前来安抚。三十七师这块东拼西补的凑合之师，总算在冯治安的工作下，心平气和地形成了一个拳头。

宋哲元偕秦德纯再去沈阳谒拜张学良，陈述："西北军残部众多，第三军只有两个师的编制，实在无法容纳。这些都是强兵，荒废可惜，他们愿为国效力，恳请少帅扩编。"张学良立即允准，增加一个师，叫暂编第二师，委任刘汝明为师长。

一九三一年六月，南京政府重新整顿全国军队，将宋哲元的第三军番号撤去，改为第二十九军，冯治安任二十九军三十七师师长，时年三十五岁。

二十九军暂住晋南，万余之众，每月总饷银仅五万元，但是伙食一项都不够。山西是阎锡山的地盘，晋军杨爱源部驻扎晋南拥有重兵，时刻对二十九军公开监视。二十九军从地方上筹不到粮饷，全军扎紧腰带勉强度日。运城地区有全国著名的盐地，食盐供应方便廉价。二十九军官兵常常以咸菜佐餐，有时咸菜吃光便用盐水拌饭，宋哲元多次拿出自己的私蓄当菜金。冯治安对军长说："二十九军是后娘养的，带兵还赔钱！"

二十九军的衣着更是褴褛不堪，单从外表就能辨别，众人自嘲是一支"武装丐帮"。西北军素有缝缝补补的传统，人人配有针线包。冯治安是有名的缝补巧手，缝衣补被都得心应手，补丁圆方规整，针线竖直。几个老兵休息之日补裤子，他们一边补缀破衣一边开着玩笑："从前咱们跟着大冯（冯玉祥）是缝，现在跟着小冯（冯治安）还是缝，咱们是老缝了！"

二十九军的部队散住在晋南运城、安邑、曲沃、闻喜、永济等县，宋哲元一度将军部驻于解县。解县即古解州，是三国名将关羽的故乡。这里有全国最大的关帝庙，规模恢宏。冯治安前来谒拜，关羽是他心中的圣人。他看到偶像居住处如此气派，便想起故城街北的那座破旧的小关帝庙。他时时没有忘记他对关圣人许下的诺言，重修关帝庙！不是不修，而是时间未到。

冯治安继承了恩人冯玉祥的领兵传统，越是衣食不周，军事训练越是加紧。这和其他师团松弛的状况有了鲜明的对比。他首先将三十七师全师官兵的大刀补齐,继续操练冯氏刀法,苦练夜战、近战的本领。一次宋哲元到三十七师视察,正赶全师吃午饭,宋哲元驻步停留在点将演兵台后面。正午十二点,号兵们吹响了午饭号:"嗒嘀嗒嗒嗒嘀嗒。"营房门大开,士兵有序跑入大操场,每横排之间为两米,瞬间列队整齐无一声响。冯治安早已站在土台之上。待号音落下,哨音响起,伙房处便涌出二十位身着白围裙的炊事兵,每人挑两大桶饭菜,快步走出并停留在各队横列中央。冯治安拿出喊操的调门高声问:"谁给我们种的粮?"士兵们齐答:"老百姓!"问:"谁给我们织的布?"士兵们齐答:"老百姓!"冯治安等话音落地后下令:"吃饭!"士兵们亮出了饭碗,全体坐下,恭候炊事员每人分发两个窝头,一块咸菜,一碗漂着几片冬瓜的汤。这一套程序有条不紊。冯治安在土台之上,同样的饭菜和数量,一样的时间和速度。喜得宋哲元大笑起来,他和随从同冯治安一起吃了这顿让人激昂的午餐。

为了改变二十九军穷局,宋哲元又想到了萧振瀛。他派萧振瀛携数万银圆跑到南京,采购了许多贵重的礼品,敲开了山西籍政要孔祥熙的大门。孔祥熙向蒋介石引见,使萧振瀛顺利地进入了南京政府的大门。

蒋介石清楚,阎锡山虽通电"下野",实际在幕后控制指挥着山西的军政大事,冯玉祥也在山西,被阎锡山名为"招待",实为"软禁"。有舆论爆出消息:"阎冯再次合作反蒋。"此说一出,全国闹得沸沸扬扬,蒋介石正心怀忐忑。萧振瀛抓住蒋的这一心理,鼓动如簧之舌,在蒋面前述说西北军早已不复存在,残留之军队早已是蒋先生麾下之二十九军,冯玉祥凭何?宋哲元厌其内战,企盼统一,早已心仪委员长,但现在二十九军仍处于阎冯势力范围中,军队困顿不堪。阎锡山正想利用宋哲元,若委员长拉宋一把,宋会踊跃拥护中央,成为制约阎冯的一支重要力量。若中央对宋哲元艰难之处仍视若无睹,二十九军再困顿下去,不是将宋再次推向冯阎吗?

一席话化解了蒋介石的心病,蒋立即表态:一、拨款五十万给二十九军,改善其装备供应;二、今后二十九军的饷给按中央标准全数发放。至此萧振瀛带着大获成功的喜悦回到山西。他前脚刚进门,后脚的五十万元就汇拨到了宋哲元的军部。全军山呼!二十九军有了稳定的财政来源,彻底改变了只吃饭不发饷的"老传统",连普通士兵也有了零花钱。

蒋介石原来心中盘算的是让二十九军南下剿共，意在瓦解宋哲元部，借刀杀之。现在听了萧振瀛的慷慨陈词，便放弃调二十九军南下的初衷。为了锁住山西门户，切断山西与河北的自然联系，他下令二十九军由晋南调往晋冀边界的阳泉以南一带，卡住正太铁路的咽喉。

一九三一年夏，二十九军浩浩荡荡移驻晋东。由于粮饷充足，部队虽不是马敲金镫人唱凯歌，却也不是鹑衣百结的武装丐帮了。一路军歌嘹亮秋毫无犯。军部到达晋东之后，冯治安的三十七师和军部驻扎在和顺县，张自忠的三十八师驻扎在正太线两侧的平定，刘汝明的整编第二师驻扎于沁县，赵登禹旅驻辽县。宋哲元乘机更新装备，调整军官队伍，裁汰一些老弱病残的士兵，招收新的兵源，展开以"中兴"为目标的整军备战。

和顺县位于太行山西麓，县城贫困却民风安定，就和这县名一样，人与人之间和顺相处。三十七师驻扎此地，军纪严明，保留了西北军爱民不扰民的好传统。军民关系极好。连年血战给这支西北军余脉创造了一个休养生息的环境，无异于世外桃源。冯治安唯一的爱好就是训练兵士，以练兵凝神静观山外之变。

冯治安早遛，他愿到军营外的大集市为士兵们采购一些鱼肉蔬菜改善伙食。肉市上新杀的猪肉蒸腾着热气，红白相间富有弹性，看一眼食欲大增。他问了问价钱，那卖肉的却不应声回答，而是一双大眼紧紧盯住冯治安。忽然，那汉子搁下砍刀，惊呼起来："冯治安！你是冯治安！不，是冯师长啊！"说罢竟哭出声来！冯治安先是一愣，待仔细一看，也感到十分惊愕，连忙回答："俺是冯治安呀！你不是班长张秀林嘛！你怎么会到山西卖肉呀！"张秀林高兴得不知所措，他将肉摊收拾不卖了，推上猪肉跟冯治安回了军营。

冯治安这几年一直打听他的这位老班长，当年吃不上饭时，是这位兄长一般的班长，偷偷塞给他几个铜钱吃碗面条改善生活。怎能忘呢！张秀林哭着说："俺早就看出你是个当将军的材料。真为你高兴哇！"原来，冯治安与石友三不和而调出，张秀林经常受石欺负。惹不起还躲不起呀，正巧他和顺县有一个亲戚，去军营看他，劝他到山西做生意，张秀林就投奔他而来。没想到，还能和兄弟再见。冯治安十分高兴，他为老班长安排了两条出路，一是回军营当个司务长，负责军部的伙食，二是回老家河北，给他一些银两，盖房置地做点买卖。张秀林万分感激，他在山西已成家立业，但思乡之情一直急切，只是没有更多的钱。今天见了冯治安，是这位老弟官大不忘旧，他便选择了第二方案。

冯治安又问张秀林可有老连长张虎兵的消息，张秀林说老连长已故去了，是在一次激战中牺牲的。冯治安听后掉了眼泪。他应允，一旦有时间回河北老家，定去看望老班长张秀林。

三十七师自晋南草创、匆促成军，用人方面不遑慎重选拔。移师和顺后，大局抵定，冯治安决定将人事整顿一番。首先换掉了师参谋长黄维诚。黄虽然不乏才干，但作风疏懒，尤嗜睡。他向师长汇报工作时竟能鼾声如雷而常误大事。冯治安为资遣后，请张樾亭继任三十七师参谋长。

张樾亭原名祖荫，河北蓟县人，世家子弟。张幼年熟读经史，长大后入保定陆军大学学习。张原任晋军杨爱源师参谋长，因晋军有排斥外籍军官之顽习，张樾亭常感四处掣肘早有离志。二十九军移师晋东后，在交往中感到这支部队勃勃生机，又多是河北老乡，经军部参谋长张维藩引荐，便辞去晋军职到冯治安部任参谋长，冯治安对张极为器重，一直为己臂膀。

张樾亭五短身材，面有微麻，为人正直勤谨，从不轻言臧否。来三十七师后，积极协助冯治安整军经武、建树很高。他根据二十九军实际，亲编战术系统教材，宋哲元阅后大为赞赏，命令全军实施并将书稿交北京印刷厂内部印刷成册。某书局见此书稿后，要求购买版权公开发行，并给重稿酬，张樾亭认为此稿并未成熟，不宜问世误人子弟，坚决谢绝。冯治安更是给予了很高的评价，并规定：全师提拔官佐时，必须按此书的教程考核合格后方可晋升任用。后来，此书被兄弟部队引进使用。

张樾亭还为师属"八大处"（参谋处、副官处、军需处、军械处、书记处、粮秣处、稽查处、军法处）分别编写了各自的职责须知等文件之本，使三十七师管理变得更加规范化。

三十七师纳贤声名在外，冯治安还接纳了另一位人物，对冯治安影响很大，他就是何基沣。

何基沣字芑荪，河北藁城县席村人。出身耕读富家，长成后投西北军与冯治安同在冯玉祥麾下。当年驱逐溥仪出宫时是冯治安的下级，陆大特别班时，何基沣、刘自珍和冯治安同班。因都是河北同乡，感情较他人深厚。冯治安是个善与人处、素以宽容厚道对待朋友的人，何基沣无论年龄、职级都比冯治安低，冯并不以此鄙视何基沣，二人在陆大时已默契甚深。这年，宋哲元、冯治安赴北平向少帅张学良述职，何基沣正在北平闲住，他闻讯到西四砖塔胡同冯府探望。冯治安十分高兴与何交谈，欣然允诺何基沣的要求。他经宋哲元同意，偕何基沣、刘自珍回到山西。刘自珍曾任西北军钢甲车司令，他身材伟岸亦沉静端厚，到和顺后，被委任三十七师副师长，后又被任命为一〇一旅旅长。何基沣被任命为一〇一旅副旅长。

二十九军三十七师在和顺县短短一年的时间里，修炼得面貌一新，蓄养成一支精锐之师。

这正是：重返部队虎添翼
　　　　再整旗鼓待河山

第十七回

石友三反蒋叛张终惨败
"一·二八"淞沪抗战序幕拉

少帅张学良获悉二十九军近况，为得到第一手材料，以便掌握部队的实力，他派东北军元老张焕相去二十九军检阅。

张焕相率随从数十人，身着崭新的绿军装，脚蹬黑亮闪光的长筒马靴，腰间佩带短剑，一副贵族气派。宋哲元将检阅团安排在冯治安的三十七师师部住下。冯治安率师部人员列队欢迎。大家见东北军如此装束，个个都目眩神迷。师长冯治安着一身半灰不白的旧军衣，布鞋布袜，浆洗得十分干净。他身后一排灰色的人墙，却精神抖擞。张焕相的随从见状十分高傲，这些西北军的底子真是寒酸，一搭眼就没有什么好印象，从骨子里瞧不起三十七师这支部队。

张焕相从军多年，明白军容军姿固然重要，但也要看一看支撑这套军装下面的骨头是否硬朗。老将军不露声色，不循日程安排，昧爽即起，悄悄到各营房转转。当他看到营连基层官兵后，不觉大吃一惊，这些身穿旧军衣的士兵，都捧着书本在阅读。到机关一看，参谋干事都在研究战法。张焕相心想，难道是在做样子给俺看的？他转身溜进了伙房。只见早餐全部准备完毕。大家在看伙食谱里的各自的做菜要领。张焕相拉起一位小兵问道："小兄弟，你们这做样子是给谁看呢？"小兵看看这位穿便衣的老爷子说："老爷子第一次来三十七师吧，是来看儿子的吧，这是三十七师雷打不动的规矩，每天早晚各半小时的学习时间。"

张焕相戎马一生，这是破天荒头一次见到，不禁欣喜。

看战术演练，检阅团整装列队观看。三十七师除当时军界通行那套日本教法之外，结合部队子弹短缺的实际情况，射击注重"端枪架子""瞄三角"。对劈刺训练特别强调当年西北军的大刀片，在三十七师辉煌发展。除冯治安摸索的那套冯氏刀法外，还为张焕相表演了"五行刀法"，这是请扬名北方武林绰号"铁脚佛"的尚云祥传授的。冯治安在演武场最前列领练，只见刀光翻飞杀声震天。张焕相拉住宋哲元的手一个劲儿叫好。刀法演练结束，他又看了体能的单杠训练，这是冯治安多年的拿手好戏，年轻时是西北军的明星。一个近四十岁的将军，在东北军面前表演了"屈臂向上""大小回环""大顶"。精彩！军官如此，何况士兵呢！

张焕相经过几天的视察，三十七师到处是生龙活虎。临行前，他拍着冯治安的肩膀说："我是个老行伍了，一生见过的军队不计其数，像二十九军这样的精锐，尤其是三十七师精中之精，还是第一次呀！"

张焕相一行兴奋地回到北平，向少帅张学良汇报了在二十九军的所见所闻，张学良甚是欣喜，对二十九军的军费愈加慷慨。孔祥熙听说，也借从南京专程回山西太谷老家扫墓之机，到了二十九军防地。在宋哲元的陪同下，特意检阅了二十九军。看后赞叹不已，名不虚传呀！他下评语曰："率伍整饬，无矜气、无怠容。"两次察检，二十九军算走入了军需供给的正轨。

宋哲元也按东北军军官的服装模式，先从上层军官开始，添置了马靴、军刀。那笔挺的衣料做成的将校制服虽然好看，冯治安却觉得穿着极不舒服，又不合适作战。他只在规定的场合穿，其他时间便叠起压在箱子底下，他更习惯穿那套棉布的灰军装。有一件是他非常感兴趣的，那就是军官每人配制的短剑。他知道一个部队统帅的精神力量，就像当年的冯玉祥先生，那是西北军的魂呀！现在军费宽裕了，他派李贵到北平定制一批短剑，镌上"冯治安赠"的字样，分别赠送给中层官佐。军官们头一次见到这种"洋味儿"的东西，新鲜好玩之余，又都深感师长对他们的恩泽。

师部移至阳泉后，军饷充足。冯治安家中的生活顿显宽裕，但冯治安俭朴成性，解夫人又是持家好手，全家一直过着清素的生活。春节回北平家过年时，张自忠约冯治安两家过完十五一同回山西驻地。那天，张自忠的汽车到砖塔胡同约冯治安同行。冯治安连忙拿出香烟招待，那是一盒北平平民抽的品牌"大婴孩"。冯治安次子、年方五岁的冯炳沄，从烟盒里抽出一支，双手递给张自忠伯父。张笑着抚摩了一下孩子的头："好孩子，大伯不抽！"炳沄将香烟放回烟盒。孩子好奇，他将放回的那支烟又抽了出来，自己找洋火点燃。冯治安见状，不由分说就一巴掌打掉，吓得炳沄大哭了一场，再不敢碰烟。张自忠心想，这仰之兄在外温良和顺，管教孩子竟如此严厉。

冯治安一家、张自忠一家分乘两部汽车出北平回山西。车抵娘子关。冯治安前车进了城后，守城的晋军忽然关上城门，严拒张的汽车进城。张自忠性情刚烈，顿时大怒，命令司机闯进城去，无奈城门十分坚固，汽车前庭撞坏仍不得进城，张自忠鸣枪示威也无济于事。冯治安返出城，劝道："老兄消消气吧，这是晋军的地盘，既在'矮檐下，怎能不低头'？走吧，挤到我车上吧！"张自忠没有办法，只好丢车同冯家一起回到了驻地。晋军排挤二十九军是家常便饭。他们是"卧榻之旁岂容他人鼾睡"！连张自忠这高级别官员都敢不假以辞色。

一九三一年七月，华北发生石友三部反蒋叛张之战。

石友三在西北军中以剽悍善战著称，其为人刚愎桀骜，不甘人下，且反复无常，见利忘义。他独立领兵之后，三次叛冯玉祥、两次叛蒋介石，以"倒戈将军"的绰号为军界所不齿。中原大战开始前，他与韩复榘率先叛冯降蒋，从内部捅了西北军一刀，西北军垮台后，石部改编为十三路军，盘踞于豫北安阳至冀南顺德一带。他和张学良是东北老乡，张学良初时对其颇为欣赏。为稳定北方局势，便极力笼络石友三，致使石友三拥有步兵两个师十个团，外加骑、炮、工、警卫各一团，钢甲车一个大队，总兵力达六万之众，石友三腰粗胆肥，悍然扣留平汉路机车头二十余台，客货车辆五百辆，成立了"运输司令部"，自办商业性运输以自肥。张学良方知此人胆大妄为，狂躁不羁，实难驾驭。张虑其生变，遂萌生除石之意，张学良先将其钢甲大队收归军分会直辖。石虽不敢公开抵抗违命，却心生怨妒，乃伺机倒张。

张学良易帜拥蒋，使英美势力扩张，日本军国主义深感其在华利益受到威胁，便寻找新的代言势力。中原大战后受通缉的阎锡山被日本保护，隐匿在大连。此时，由日本暗中操纵，阎锡山与石友三串联起来，遥相呼应广州的汪精卫、陈济棠自立的国民政府，共同反蒋倒张。石友三打算以晋军石军为基础，发动山东的韩复榘部、山西宋哲元部共同举事，可一举推翻张学良的宝座。石友三心急狂躁，不等酝酿成熟，先于七月中旬在顺德誓师北进。同时，派出干员分赴济南、阳泉向韩复榘、宋哲元恳请"共图大业"。

宋哲元、冯治安、张自忠等人对石友三的这一举动都嗤之以鼻。特别是冯治安和张自忠二人都在西北军做过石友三的部下，都吃过石的苦头，对石友三其人深恶痛绝，坚决反对出兵且不予理睬。宋哲元从大局着眼则认定石友三此次纯属蛮干，绝无成功可能。秦德纯、刘汝明自然赞同宋的看法。二十九军对石友三的招徕不做任何反应。

山西晋军系统受阎锡山遥控指挥，正紧锣密鼓准备在娘子关与石友三联袂作战，不料原是晋军大将的商震竟率所部三十二军冲出娘子关，宣称拥护中央，声讨石友三叛变。商震在石家庄截击石军的后路辎重，使正在保定北苦战的石友三部腹背受敌。商震叛晋，使晋军将领徐永昌等蒙受当头一棒，正在惊慌中，徐部截获二十九军驻南京代表萧振瀛发给宋哲元的密电，电曰："蒋委员长指示，如晋军倾巢而出助石叛乱，二十九军可迅速拿下山西地盘，成功后全省军政归二十九军掌握，中央每月发饷二百三十万元……"徐永昌见此电文大吃一惊，深自庆幸尚未全军出晋，否则后果不堪设想。阎锡山见风使舵，决定按兵不动，石友三受到前后夹击终于惨败，全军覆没后只身逃往天津租界隐匿。二十九军虽未支持石友三，但也未落井下石，即使对石友三个人恨之入骨也不忍心对众士兵兄弟下手。

宋哲元拒绝了石友三，等于支持了张学良。作为补偿，张学良批准二十九军进驻冀南，从原东北军防区划出高邑、元氏、内丘、赞皇四县作为二十九军防区。四个县地盘虽小，但意义颇大，这使二十九军有了一个自由出入山西的缓冲地带，初步改变了局促晋东、寄人篱下的窘况。

一九三一年九月十八日，日军炮轰沈阳，发动了蓄谋已久的侵吞东北三省的侵略战争，"九一八事变"激起了全国各界的强烈反响。蒋介石正倾全力"剿共"，电令张学良不准抵抗。东北三十万大军一弹未发退出守地。九月二十日，宋哲元率冯治安、张自忠、刘汝明联署通电谴责日本当局蔑视国际公法，蔑视中国主权，侮辱中华民族……是可忍孰不可忍！并鲜明表态："哲元等分属军人，责任保国，谨率所部枕戈待命，宁为战死鬼，不做亡国奴，奋斗牺牲，誓雪此耻！"冯治安从军二十余年征战无数，那可都是中国人在打中国人，今天面对日本弹丸之地，竟敢欺我泱泱中华，命令三十七师夜不脱衣，随时准备出征，打一场真正属于中国军人的战争。他多次找宋哲元请战，然而南京皆无音信。冯治安在焦虑中等待。

全国一片声讨日本侵略之声，责骂南京政府及张学良的不抵抗主义，宋哲元的这份通电显得很有节制，没有引起瞩目。南京政府只抗议，不抗争，把希望寄托于国联的裁判。国人的怒吼、中国军人的愤恨犹如被浇上一盆凉水，日趋消沉。二十九军的备战渐而松弛了。冯治安与张自忠饮酒浇愁，仰天长啸伤感无为。

一九三二年初，上海爆发了"一·二八"事变，爱国将领蒋光鼐、蔡廷锴率领十九路军与日军展开血战。日军三易侵沪部队主将，死伤万余人。全国再次掀起声援十九路军、声讨日寇侵华的怒潮。蒋介石自料吉凶难卜，决定临时迁都洛阳，将洛阳定为陪都。一时国民政府众多要员及一些中央机关拥向洛阳，寂寞的古都顿时冠盖如云，蜂合蚁聚，热闹非凡。淞沪抗战由于日本并没有做好全面侵华的战争准备，在南京让步的前提下偃旗息鼓。中国军人局部的抗战小试，抗战中的许多英雄事迹则被全国各宣传媒介传颂。二十九军早就跃跃欲试，恨不得明天就上战场，与日寇决一雄雌。冯治安一改安稳之态，热血沸腾地求战无果，他又向宋哲元提议，派出何基沣为代表团团长的参观团去上海淞沪抗战现场参观访问。上海人民及十九路军在战争中可歌可泣的光辉事迹深深感染了代表团。回驻地后，代表团向二十九军官兵进行了宣讲，在全军上下再次掀起了爱国主义热潮。宋哲元亲自撰写了《国耻歌》在全军传唱。每逢国耻纪念日，冯治安的三十七师都举办以"爱国御侮"为主题的演讲会。冯治安还会令全师伙房当日吃的馒头上都印上"勿忘国耻"四个大字，官兵们对日寇的仇恨刻骨铭心。冯治安下定决心，只要给我机会，俺冯仰之定率三十七师以大刀砍杀日寇。

"九一八"后，北方局势越来越紧张，日本帝国主义蚕食鲸吞并举。东北三省被日寇全部占领，大好河山拱手相让。冯治安痛心疾首。他敏感地预测，这绝不会满足日寇狼子野心，定会得寸进尺犯我中华之腹地。河北首当其冲，而热河、察哈尔等省顿时成为敏感地区。张学良在全国一片骂声中有苦难言，其军威严重受挫，二十九军在平息石友三叛乱中经受住了考验，使蒋介石对之愈益放心。为了防止日寇塞上闹事生变，蒋介石于一九三二年八月，任命宋哲元为察哈尔省主席。二十九军军长宋哲元迅疾走马上任，部队除了驻守河北省及阳泉防地的官兵外，大部分移师察哈尔。冯治安随宋哲元到达张家口，除照常领导三十七师之外，又兼任了张家口警备司令之职。

故地重游，冯治安又想起当年追随冯玉祥在张家口的日子。今非昔比啊，他想起了冯玉祥教他的一首唐诗："去年今日此门中，人面桃花相映红。人面不知何处去，桃花依旧笑春风。"冯治安决定将师部建立在冯玉祥在张家口所建的新村中，自己的家则安顿在图儿沟原冯玉祥的图书馆内。房子依然如故，可主人已更，真是铁打的营盘流水的兵。

李贵已升任三十七师军械处处长。他到图儿沟请示筹建张家口枪械修理所事宜，冯治安家的卫兵不用通报，李贵是推门便进，如同自己家中一样。他进门的第一句话是："大哥！兄弟李贵看你来了！"他拎着在张北县打的几只山鸡、野兔，冯治安爱吃这一口。大厅里，冯治安踩着板凳在换灯泡，一个卫兵扶着凳子。"大哥，这换灯泡的活怎么能让你干呀，快快下来！"李贵回头朝卫兵骂道："他妈的，你怎么不上去，摔了师长，看俺怎么处置你！"卫兵说："李处长，师长是事必躬亲，连师部的灯泡更换也是师长亲为，决不许我们插手！"冯治安从凳子上下来，脸色阴沉，一声没吱。

李贵不知何故，仍嬉皮笑脸地往冯治安眼前凑。忽然，师长大喝一声："李贵！枪械修理所的所长是怎么回事？"李贵心里一惊，脸立刻就红了起来，原来李贵手下有一位副营长想到枪械修理所当所长，这是一个肥缺，采购零部件都需现钱支付，另外，级别提升一级还不用上战场拼命，竞聘者都四下托人。那日李贵醉酒，家属又未随军，一时寂寞难熬，王副营长趁机把自己的胞妹，给李贵送来陪宿，谎称是"条子"。李贵发现是一位处女，他连忙询问才知原委。王副营长苦苦哀求李贵收其妹做侍妾，李贵无奈勉强答应，王某也顺利当上了修理所所长。竞争者将此事向冯治安告发。冯治安等到李贵说出真情知罪认错后，才大骂李贵："你这胆大色徒，坏了西北军的传统，咱三十七师也是唯才不唯亲，俺兄弟多，都求过我，想到军队谋上一官半职，他们才干资历不足，现都在老家务农，除俺三弟凭本事闯关东，在哈尔滨中东铁路干事，你看俺安排过谁！

冯先生早就告诫咱们：不许搞裙带关系，他用粗话表态：'谁也休想把你那一裤裆的亲戚全都弄到我这来！'你说，李贵，怎么处理你？"

李贵惊吓了一身汗。他只得将王某妹妹好言相劝，又送钱财，找了一个人家嫁出。王所长靠"拿妹妹拉来的官"在全军上下传开，遭到大家的鄙视，无论他请谁吃饭都遭拒绝。冯治安总想打发掉却又下不了手，他不想将李贵此事坐实。凡修理所报销材料费之类的呈文，冯治安故意拖着不批。王某知其原因，实难立足，便辞职他去了。

冯治安在张家口可谓权力显赫，但他依然保持平易随和、不讲煊赫的作风。而在治军上又实显严格、严厉、率先垂范的一贯理念。

　　这正是：日本侵华小试屠刀
　　　　　　中国抗战初露锋芒

第十八回
喜峰口喋血染长城
大刀片威震破敌胆

　　图儿沟图书馆挂上了两盏鲜红的灯笼。灯光照射在雪地上，映出一片殷红。张家口市没有一点喜庆。一九三三年的元旦，没有鞭炮，没有喧闹，空气凝固。冯治安站在大门口，仰望着铅块一样低沉的天空，心里翻腾着，怎么也静不下来。刚接到的一封电报就像一颗炸弹落下，让他五脏俱焚。电报上说：驻榆关日本官兵守备队借口保护日侨，居然向我驻守榆城的何柱国部哨兵开枪射击。翌晨，驻榆日军又胁迫我方撤入城内，继而得寸进尺要求开放南门，遭我方拒绝后，日军竟悍然炮轰城楼，并派步兵强行爬城。六二六团官兵激愤，不顾上峰"不准还击"的命令，以手榴弹据城还击，击毙日军中尉儿玉。日军乃发起全面攻击，出动飞机、坦克，并在海军炮舰的支援下猛攻临榆城。三日，城陷。六二六团全体将士拒绝撤退，与日军展开惨烈的巷战，终因孤立无援而失败。该团第一营营长安德馨捐躯，一营全体官兵无一生还，榆关遂告失陷。冯治安恨呀！中国军人为何不去支援？他低下头来，那灯光就像六二六团牺牲战士的鲜血在凄冷中流淌。冯治安用雪洗了洗僵硬的脸，令侍卫通知营以上官佐到师部开会，并摘掉了那两盏带血的红灯。

　　冯治安下令一级备战，随时准备出征。榆关一战让张学良悚然一震，急忙召集华北各将领商议对策。宋哲元率冯治安、张自忠、刘汝明三位师长参加了会议，会议决定：二十九军冯治安部的赵登禹旅为先头部队，黄维刚旅殿后，由察哈尔登车，限二十四小时内开到三河、香河集中待命。

其余二十九军驻晋部队限时开赴宝坻、香河一带待命。二十九军训练有素，早已同仇敌忾，做好了出发准备。一月八日接到命令后，全军闻风而动，星夜兼程，提前抵达指定目的地。冯治安将师部设在三河县，几天之后，又接命令移驻蓟县，监视黄崖关长城一段的城外敌情。

冯治安的参谋长张樾亭是蓟县人，他多次邀请，冯治安终同意将师部驻于张的家中。蓟县古称渔阳，多文物古迹。张樾亭陪冯治安游览了清东陵、观音阁、翠屏山等胜地。"此等大好河山，怎能让日寇侵犯！"冯治安在留言簿上表述了自己的爱国之心。参谋长介绍一处《水浒传》故事中石秀杀潘巧云的"遗迹"时，随从人员不觉开怀大笑，没料到却遭师长的训骂！大家这才觉得这笑声实在不合时宜。

进入腊月到农历年关，三十七师陡然增强了一些过年的气氛。张学良派人犒劳部队，物资丰富，猪羊成群。这是冯治安部多年不易的肥年。只可惜，冯师长严令："只许吃，不许喝，不许笑！"枕戈待命，战备不懈。

春节过后，热河前线渐有敌军集结的移动迹象。二月二十一日，日军趁中国过年的松懈之时，突发总攻。东北军驻朝阳、开鲁守军奋起抵抗。二十七日，日军倾巢而出，兵分三路向朝阳、凌源、赤峰进击。东北军面对强大攻势，只勉强支持数日便溃退。三月之初，张学良下令"全线反击"，然而命令传到省会承德时，承德已经成为空城一座了。

热战一起，宋哲元急令冯治安的三十七师移至建昌营。凌源陷落后，又令冯治安折向西北的三屯营，准备防守董家口经铁门关、喜峰口至潘家口一线的长城防线。冯治安立即督师前进，到达后就地构筑工事并遮断交通，以资防堵。北地冰天雪地，铁镐刨到地上一个白眼，冯治安立刻征购老乡的玉米秆，点火烤地。他甩掉棉衣锤敲镐刨，士兵们气势高昂："吃了肉过了年，杀日寇喝鬼血！"日夜轮换施工，歇人不歇工具，按时完成了筑城任务。冯治安召集将士誓师大会，他动员说："与日寇血战、恶战已不可避免，平日训练都以日寇为假想之敌，如今大战在即，日本鬼子就在我们的面前，到了为国家出力牺牲的时候了！我们端的是老百姓的饭碗，就要保家卫国，奋勇杀敌！"士兵们高举大刀片，红缨飘舞，刀光闪寒，齐声高呼："养兵千日用兵一时！刀砍鬼子头，生喝鬼子血！"三十七师上下磨刀霍霍，士气极为高涨。

坐镇承德的热河省主席汤玉麟，是张作霖笑傲绿林时的拜把子兄弟，手下数万军队。装备虽不及日军，但枪源充足、器械齐全，完全可与日寇一搏生死。然而这位江湖人称汤大虎的绿林将军，守热河五年，暴虐纵恣，只知道鱼肉百姓，不虑抗敌御侮，部下的官兵大多是烟鬼之流、淫棍之徒，盘剥无度，搞得百姓如陷鬼城一般。百姓夫妻共穿一条裤子者并非鲜见。日寇陷凌源、平泉后，汤玉麟未见敌寇，即匆忙打点金银细软、美女烟枪，卷包南逃，演出了一场"弃土保土"（弃国土、保烟土）的丑剧。日军一路如入无人之境。三月三日，日寇仅有一百二十八骑人马，就耀武扬威开进了承德。

东北军潮水般向南败逃。平津立刻就处于危殆之中，北平军分会的将军们，原以为热河数十万大军，纵使战斗力不高，每人放一枪，也能让日军招架一番。万万料想不到，承德不战弃守后，战线崩溃，全军望风南窜，败逃速度一日千里。胆壮的日军则衔尾不舍猛追不放，只消数日，败军前锋已抵达长城脚下。万福麟率部分军队在喜峰口外与超越追击的日军快速部队接上了火，但军无斗志。后面大量溃军继续向关内蜂拥而来。部队一片混乱，战局根本无法部署。"兵败如山倒"，在极度混战之中，万部连连向北告急。张学良忙令宋哲元二十九军接应。

三月八日晚，冯治安接到火速奔长城接防的命令，急派一〇九旅旅长赵登禹部急行军驰援喜峰口，并命王长海的二十一团为前锋。王长海率部星夜开拔，沿着漆黑的山路，踏着崎岖古驿道一路向北飞奔。一夜急行军百里有余。

东方欲晓，天色渐亮。军队一下停止了前进。王长海孤军至前，只见狭窄的山路上人马车辆充塞，溃军如潮水般堵得进退两难，王团长喊破嗓子毫无作用。他从机枪手手中接过机枪，向天连续打了一梭子子弹，溃军总算安定下来了。一位东北军团长听说二十九军赴前线迎战，惊愕失色说："我们几十万大军都抵抗不住日本兵，就凭你们这不是送死吗？"他话音一落，二十一团官兵齐刷刷地抽出背上的大刀高呼："刀砍鬼子头，生喝鬼子血！"惊得溃逃士兵精神一振。他们被二十九军的军威所震撼、所感动，大家连忙让出一条路来。王长海见状，命令将部分辎重暂搁置路旁派兵看守，余者在乱兵丛中穿梭前行。溃逃军中也有铁血男儿，有部分官兵干脆加入二十九军的队伍，重返前线。十日傍晚，当血红的晚霞笼罩在连绵不断的长城上的时候，王长海团终于抵达喜峰口镇南关。此时，万福麟部尚未全部撤进口里，而日军的装甲车队及骑兵五百余人已迫临喜峰口外，并开始了炮击。

喜峰口系明代朵彦等三卫入贡之通衢。两侧群峰壁立，险要天成。长城依势蜿蜒，自古为兵家必争之地。此处辽时称松亭关，明代宣德年间设置关卡。相传有个士兵久戍此地不能归家，其父来寻，遇于此山下，父子相抱，笑泪交迸，其父竟喜极而绝，故谓之"喜逢口"。后讹传为"喜峰口"。

冯治安令王长海团死守喜峰口待援。如果喜峰口门户洞开，日军必长驱直入，北平将失去屏障，后果不堪设想。二十九军能否守住喜峰口及两侧长城驻地，直接关系到整个华北大局。冯治安深知，在北方诸军中，二十九军装备最为低劣，士兵的枪支型号杂乱，弹药严重匮乏，且难于配套。重武器更是少得可怜。士兵常年不发军饷，食物粗粝。灰布的棉军装屡经补缀，多呈褴褛之相。唯一显示威武之气的是每人斜背一把大砍刀，刀柄红绸用完，只好用染色布条装饰，平添了一股中世纪武士之威。冯治安唯一欣慰的是，二十九军延续了西北军传统，那就是士兵士气高涨，精神抖擞。三十七师迎危而上，与装备精良、气势如虹的日军进行殊死肉搏。这正是一场极不对称的较量，冯治安心中早就准备停当，喜峰口之战必是悲壮。

王长海团不顾饥饿劳乏，一分钟都不敢延误，立即顶了上去，日军已占领了喜峰口镇东北高地，部分日军士兵已爬上了长城，他们居高临下，用重机枪瞰射，掩护其骑兵冲锋。王长海急令第一营登上另一段长城，向对面城上的敌人进击，同时派三营一个步兵连从地面上向日军占领的那段城墙上仰攻。战士们冒着枪林弹雨挥刀冲入敌阵，双方展开惨烈的肉搏。经过数小时激战，卒将这段长城夺回。百余名日寇被砍得血肉模糊或身首异处。王长海团则因仰攀峻崖伤亡更为惨重。一位受伤的班长用钢盔灌满日本大兵的污血，用大刀布缨作笔，蘸上这些亡命之徒的血，在长城的青砖上写下了"还我河山，以血还血！"八个大字。

日寇见中国军队已据有城堞，急调用大炮猛轰，狭窄的古城墙道，那是抵御古代操戈弯弓之敌的堡垒，堪称森严壁垒。面对日本军队现代化的重炮轰炸顿失威仪。士兵们挤在宽仅数尺的城墙之上，目标裸露无处隐蔽。弹雨落下，血花飞溅。城墙之上四百余名官兵瞬间全部倒在血泊之中。城下王长海团后续兵源又无接应，日军连续冲锋，终于又将该段长城占领。

敌寇重占阵地后，从城墙上用刺刀将中国军人的遗体挑起向城下抛掷，砍下头颅挑在枪尖上，狂笑着摇晃着，向城下中国军人示威。王长海团的士兵早已没有了眼泪，壮士们全都杀红了眼，悲愤填膺，士兵们高跳怒骂，几近癫狂。

冯治安见张自忠在指挥部急促地走来走去，自己则坐在简易沙盘旁支颊沉思。三十七师、三十八师两师联合办公，联合指挥，两师参谋长也合居一室。指挥部内电话铃声不断。部下各官佐不断前来打问消息，请示请战，进屋后又被指挥部那种紧张沉重的气氛所震慑，缄口不言。

冯治安对王长海团初战失利进行了分析，他不同意张自忠继续硬拼的想法，但如何克敌制胜又苦无良策。当天夜里，忽报驻守东侧的董家口的友军万福麟部全线溃决，日军已占领董家口，倘若再从长城内侧向我阵地包抄过来，一〇九旅必腹背受敌，冯治安急令赵登禹分兵置警线，又派出一十一旅刘振三团进驻撒河桥，另派戴团进驻三岔口，相机策援。此时，二十九军面临的形势极为严峻，当面是日军著名的服部旅团，不但装备先进又占尽地利，数量亦占优势。东侧的友军部队三十二军是疲软之师，势不能自顾，更谈不上支援，如果喜峰口有失，局面必将全线溃决。冯治安焦虑难眠，日夜苦思，终于想出一个堪称辉煌的出奇制胜之策。

三月十一日，冯治安、张自忠、秦德纯在撒河桥险岸高地侧翼的土坡旁会商战况，冯治安提出："抽出其所部赵登禹、王治邦两个旅，乘夜由喜峰口两侧山地攀越，抄袭敌之侧背。发挥二十九军夜战、近战、大刀神力优势。"冯治安这个乘夜抄袭策略，立刻得到宋哲元的赞赏。随即任命赵登禹为喜峰口方面作战军前敌总指挥，并命冯治安转饬赵说："设法将占领喜峰口长城高地之敌猛力驱逐，倘以山岭难攀，可另派队相机绕袭日军之后方，一举歼灭之。"

冯治安接令后，立即和赵登禹接通了电话。平素冯治安为人和易，习惯称赵登禹为"舜臣"，如今情势危急，冯治安交代完任务后，以沉重的语气呼赵："老弟！千斤担子压在你一人肩上，敌人物资上胜过我们，我们只有在精神上压倒他！"赵登禹素称虎将，新膺重任，心情十分激动，他在电话里连呼："大哥放心，有我赵登禹在，就有喜峰口在！"

第十八回　喜峰口喋血染长城　大刀片威震破敌胆

123

三月九日夜终于来临。赵登禹命仝瑾莹团第一营营长王玉昆率本营官兵出铁门关以西的石梯子长城缺口，经白枣林向白台子日军炮兵基地悄悄摸了上去；另派孙如鑫率第二营出董家口、晶蓝旗地渡河，向蔡家峪敌营进攻。

王玉昆营在一位老猎人的带领下，沿崎岖小路悄无声息地摸到了白台子。王玉昆派侦察兵摸掉岗哨之后，一声口哨，全营壮士挥舞大刀冲进敌营。日军热河之战大胜，以为一切中国军队皆是鼠雀之辈，他们竟然脱衣大睡，就像在家中一般。待砍刀落下，鬼哭狼嚎之声四起，懵懂中疑是神兵天降莫辨东西。压抑多日的中国士兵此刻是热血沸腾，他们挥动大刀片，逢人便砍，见人就杀。日军黑夜之中醒过神来时，已无法阻止抵抗。重武器均成了摆设，仓皇中魂不守舍，先自乱了阵脚。日本士兵多来不及穿上军衣拿枪，糊里糊涂就做了中国军人的刀下鬼。王玉昆的士兵们满脸全是鬼子污血，互不能相识，只凭手中大刀相认。

孙团长所率二营亦顺利攻占蔡家峪。他兵分三路，向狼洞子、黑山嘴，向宿营之敌同时发动猛攻。大刀过处，日寇血溅肉飞，一时两路战场喊杀声交相呼应，如山崩地裂。混战至拂晓，日军方知并非大部队来袭，急组织战车掩护反冲锋，以强大火力向二十九军猛扑过来。王玉昆、孙如鑫按命令不可恋战，见好就收。两个营顺原来山路迅速撤回。日军扑到已不见中国军队人影。

赵登禹将战果报冯治安：毙伤日寇五百余人，夺获机枪十余挺。阵亡赵炳邦连长以下官兵一百余人，创一比五骄傲之战绩。两营官兵返回驻地，赵登禹全旅振臂欢呼，士气大振。冯治安听完之后大喜，他激动地用拳头擂打自己的胸膛，脸上露出了久违的笑容。他总结了这场战役的经验：对日寇作战不可硬拼，只能智取。扬我之长、克己之短。如需硬拼必是中日士兵混战，避之日军重武器，展开肉搏。

猖狂的日寇遭此损失以为奇耻大辱，遂集中炮火从喜峰口镇东北高地向二十九军东翼王长海阵地猛烈轰击。其步兵集团式冲锋六次，均被击退。冯治安命王长海团见机而出，士兵们躲在工事下面休息，日军炮火一停，步兵逼近，王长海团五位号兵立刻吹响冲锋号。战壕中跃起一排排手持大刀片的勇士。他们冲入日军方阵，挥舞着大刀和日寇展开肉搏之战。敌人不敢开枪，二十九军平素的刀术训练，在肉搏之中显出明显的优势。

日军刺杀技术也很精湛，但从未训练面对中国武术的刀法。武士道精神支撑的日军士兵，见身边无数被大刀砍杀的同道，血洗太阳军旗，什么精神都荡然无存。翻飞的大刀让日寇望而胆寒。

日军占领的老婆山，对二十九军造成巨大威胁。赵登禹决定亲率精兵，仰攻老婆山，抢回制高点。

老婆山位于长城内侧，是喜峰口镇东北最高点。相传古代戍守远征前，眷属们千里迢迢到边关探望送别，待亲人列队出关后，众内眷纷纷爬上此山之巅，遥望征人消失在塞外烽烟之中，个个失声痛哭。因此，被军人们冠以"老婆山"的雅号。

日寇占领老婆山后，配置强大火力居高俯射。而通往山顶的羊肠小路迂回曲折、无险可凭。赵登禹所率敢死队冒死顶着枪林弹雨仰攻，被日军当作活靶子来打，伤亡极惨。自晨至暮，冲锋数十次，均未奏效。日军凶焰狂炽，自恃装备精良、地势有利。在中国士兵仰冲到阵地前，筋疲力尽之时，日寇也狂叫着跳出战壕与之肉搏，敢死队死伤枕藉，但仍前仆后继，斗志不衰。在屡次冲锋的间隙中，士兵们遍身血污，拎着大刀在山坳之处稍息喘气。送汤饭的火头军被日军炮火压制封锁，无法靠近。士兵们蜷缩倒卧躲避山顶高寒，血汗凝固，朔风侵入肌骨，加之腹中无食，形同饿殍。虽如此困艰，但只要战令一下，敢死队立即翻身跃起，打呼而进。一整天的反复冲杀，虽也砍死日军百余名，而敢死队伤亡以数倍之敌。旅长赵登禹腿部负伤仍坚持指挥。赵登禹手下晋将、特务营长王宝良等八名军官牺牲，而老婆山阵地仍在日军控制之中。

冯治安不同意靠死拼御攻。这绝非明智之策，但这符合宋哲元用兵死打硬仗的作风。三月十一日，宋哲元手谕传示各师："此次作战，死亦光荣，无论如何要拼命夺阵地……国家存亡、本军存亡，在此一战！"同时订立了奖赏办法，前方官兵生擒日军一名者赏洋一百，砍死一名者赏洋五十，命令传达到敢死队、冲锋队时，一位负伤士兵仰天狂笑："命都不要了，要大洋何用！"

冯治安目睹了前线伤亡累累而收获甚微，内心焦灼。这时，副总指挥秦德纯由蓟县总部来到前线，向冯治安、张自忠传达宋哲元"以攻为守"的战略意图。三人反复磋商，一致认为，我方官兵优势在于近战、夜战，九日的夜袭已提供了成功的经验。应该组织一次大规模夜袭战，趁黑夜悄悄绕至敌后，出其不意进行突袭。二十九军需要一次胜利来鼓舞士气。宋哲元闻报大喜，下令冯治安转饬赵登禹、王治邦、佟泽光三位旅长："抽选劲旅，分由两侧绕攻敌之背后，待绕击成功，即令我坚守阵地之众全线出击！"

冯治安奉命后，即驰赴前敌指挥部，向赵登禹下达战令。由赵登禹亲率王长海、童升堂团及仝瑾莹团的一营，加上旅部手枪队共三个团出潘家口；佟泽光旅长亲率近两个团东出铁门关担任绕袭；王治邦旅率部坚守阵地，相机出击；冯治安坐镇指挥，在他心中，已勾画出一场壮烈的奇袭战役。

三月十二日凌晨一时，一位樵夫带路，赵登禹部出潘家口后衔疾行，沿滦河两岸绕至蓝旗地，然后东折，向盘踞在蔡家峪、白台子的敌炮兵阵地发起猛攻。日军虽然吃过前番被偷袭之苦，但骄横地认为中国军队绝不敢再以数千之众深入其腹地蹈袭，仍戒备疏松。王长海团逼近营门，一声口哨之后，率先挥刀冲入日军营地，他们首先迅速地将护卫炮兵的警卫队消灭，杀入敌炮兵阵地，以集束手榴弹、炸药包将日寇的山炮、铁甲车炸毁。

天已拂晓，盘踞在老婆山之敌发现背后受敌，忙掉转枪口居高射击。二十九军组织反击，同时继续摧毁敌军装备。王长海团营长苏东元熟谙炮兵技术，他组织士兵将获取的敌炮向高地老婆山日军连射二十余发，发发命中，敌人惊愕失色。不料苏营长遭流弹命中阵亡，大炮哑声。

赵登禹见天色大亮，己方已明显暴露，不宜久战，遂命部队打扫战场，焚毁其接应车弹药纵列。一时火光四起，浓烟蔽室，十八门敌炮悉数被毁，炮镜、炮栓均被我方卸回，并缴获机枪二十余挺及作战地图、望远镜等物品，敌人的装甲车也被破坏殆尽。

日军很快就组织追击。一辆修复的装甲车紧追不舍，造成战士伤亡。在这关键时刻，只见一位负伤的手枪队士兵，将大束手榴弹捆在身上，仰卧平地装死，待日军铁甲车开到后引爆。瞬间爆炸声如雷，火光冲天，黑云团旋转着直入空中。这位中国壮士没有留下姓名。赵登禹哭喊着："中国军人视死如归，何愁日寇侵吾中华！"

佟泽光旅长率两团兵力出潘家口后，一路沿长城东墙过跑岭庄、关王台，由东翼突袭白台子之敌。佟旅与日军激烈拼杀四小时之久。但因兵力薄弱，加之天光已亮，终未能与赵登禹部会合。至下午三时，两路军同时撤回。

配合两翼奇袭的正面部队，听到枪声一起，即仰攻喜峰口西北高地。日军重火力狂风般扫射，三十七师以两连官兵阵亡的代价牵制了日军，保证奇袭部队的成功。

十一日，这场奇袭战给日寇的打击沉重，自日军炮兵司令官以下约三千人被消灭。阵地上断肢碎尸缺头者交叠横布，血肉狼藉。三十七师生还者也是人人遍身血污，许多大刀都残缺如锯齿之状，刀柄上的绸布被血浆染透。灰色军装上布满了血花。

冯治安此时喜悦与悲痛交加。他站在壮士必归之路上迎候凯旋的弟兄们。春寒料峭、薄雾漫漫，两支极度疲惫陷于昏迷状态的官兵在山口出现了，冯治安立刻跑上前去，与赵登禹紧紧地抱在了一起。师部随迎官佐都扑上前去，和血肉模糊的士兵兄弟拥在了一起，将士们激动得泪如泉涌。冯治安满眼泪水，大叫着："兄弟们！感谢你们！老百姓感谢你们！不要再忍着了，哭吧！活着就是胜利！为死去的兄弟们哭吧！"众将士们再也忍不住了，哭号声大起，立刻山鸣谷应，天地为之动容。朝霞瞬间就映红了天际，一轮血红的太阳从喜峰口东山顶上跃起。

喜峰口大捷！全国激起飓风般强烈的反响。"九一八"以来，日寇鲸吞蚕食，使我丧权失土。国家空养百万军队，都只用来南方"剿共"，热河数十万大军一触即溃，望风南逃，有的倒戈投敌甘为汉奸。旬月之间，日寇铁蹄纵横驰骋千余里，竟如入无人之境。中华民族愤慨，国人愤怒之余，莫不为国家民族前途感到忧心如焚。不料二十九军竟然打出这般壮烈辉煌的战役。民众激奋，全国报纸纷纷大版、整版报道前线战况。平津各界人民更以烈火般的热忱自发开展募捐军运动。商人端出盛满银圆的盘子；洋车夫掏出刚挣的铜子；妇女摘下首饰；学生取下怀表。各大医院主动腾出床位，无偿收治前线抬下的伤兵，燕京大学等学校的女生们，自动担任护理员。许多到医院探望自家病人的市民们，一见抬伤兵的担架，纷纷将看病的食品、水果往担架上放。伤兵拒，送者推，拒者愈力，送者愈坚。推来推去，推得在场男女失声痛哭，泪如雨下。

喜峰口前线一带的老百姓，不顾自家遭炮火的危险，纷纷出人来抬担架、送弹药。每有伤病路过村口，山民们端出煮好的鸡蛋往担架上塞。遇有烈士担架经过，他们将剪好的纸钱撒放在担架上。有位老太太端着热汤面跟着伤员走，边走边喂，边喂边哭。磨刀师傅义务为前线磨刀而拒收费用。如此场面，无人不为之动情。

平津各报及外国驻华新闻记者蜂拥到二十九军采访。记者要求聆听冯治安、张自忠、赵登禹将军的战况介绍。每逢此种场合，冯治安从不露面，只让幕僚出来接待。只有当军长宋哲元亲自会见记者时，冯治安才陪同现身。一家报纸报道："冯治安将军仪表堂堂，三十七师战功卓著。而今战后的冯将军却须如猬毛，面如灰土，一双大眼布满血丝……让人惊讶又感动万分。"

三月十六日《申报》说：

"喜峰口血战砍杀之众，虏获之多，打破中日接触以来之纪录，而议其军械设备之不足，后方组织之不完备，视十九路军在上海抗日时之环境，真不可同日而语……今日中国，何从得精炼敢死之帅如宋部者，为整个的抗日战争乎？"

三月十九日的《益世报》在题为"喜峰口的英雄"的社论中说：

"法国人忘不了凡尔赛宫的英雄，中国人家世万代亦不能忘记喜峰口的英雄！

"做凡尔赛的英雄容易，做喜峰口的英雄难。法国凡尔赛的英雄，他们所有的器械，与德意志的器械可相提并论。我们喜峰口的英雄是光着脚、露着头，使着中古时的大刀，最不可忘记的是我们的英雄是去接替败退的防线。敌人已登上了高山，夺取了大岭，占据了好的地势。我们的英雄用跑步赶上前线阵地……一声炮起，我们的英雄抢回了山，夺回了岭，收回了喜峰口，俘虏了几千日本人，收到了几千支枪，获得了许多辆坦克车，抬回来许多日本开山炮。这个故事，岂不比凡尔登的故事还威武、还壮烈、还光荣、还灿烂吗？中国人永世万代应不忘喜峰口的英雄！"

这篇社论最后说：

"喜峰口这次胜利……使世界认识了中国人……"

日本报纸则惊呼：

"明治大帝遣兵以来，'皇军'名誉尽丧喜峰口外，而遭受六十年未有之侮辱。日支（支那指中国）、日露（露为俄）、日独（独为德）历次战役攻取之声威，均为宋哲元剥削殆尽！"

三月十五日，宋哲元特意写了"宁为战死鬼，不做亡国奴"的条幅。这十个字一面世，立即被多家报纸制版刊登，成为传诵全国的壮语，对全国人民、对二十九军将士起到了极大激励作用。

喜峰口之战，二十九军受到了很大损失，大批优秀的下级军官阵亡，尤为三十七师最为惨烈。冯治安十分痛心，一夜白了头。他亲写挽联悼词，将抚恤金邮寄至牺牲的官兵家中。痛惜之余，冯治安也被全国人民如火如荼的声援和舆论界的颂扬而感动着。他对老兄张自忠说："俺第一次知道了中国军人的价值所在，你我成为抗日名将那是我们三十七师、三十八师用鲜血与生命赢得的，是二十九军的骄傲！我已抱定必死之决心，与日寇决战到底！"

　　这正是：千军洒血唤觉醒
　　　　　　一将成名万骨枯

第十九回

长城抗战英雄空赍恨
《塘沽协定》国史徒蒙羞

　　喜峰口之战日军受挫后，转向其他长城隘口，避二十九军主力师，寻机找回颜面。日军侦察机发现，罗高塔宋军兵力单薄，遂调集早川、濑谷两部及骑兵、野炮战车数十辆、飞机二十余架，并纠集部分伪军，总兵力达两万余人，气势汹汹向二十九军一四三师刘汝明部驻军的罗文峪及其两侧的山楂峪扑来。十五日夜，敌先锋部队抵达口外的半壁山。刘汝明部借鉴喜峰口之战的成功范例，还未等日军立足，即令驻守部队祈团发动逆袭。双方于三岔口激战终夜，祈团撤回防地。十七日晨，日寇先以重炮猛轰我前沿阵地，然后在飞机、坦克掩护下发起冲锋。祈团刘福祥部仅一营兵力，死拒数小时之久，敌莫能进。日军乃放烟幕再次发动进攻。刘福祥借烟幕掩护，发挥近战优势乘势冲进敌阵与敌军展开肉搏战，卒将敌人击退。

　　罗文峪、山楂峪位于喜峰口与古北口之间，左右万山丛错，中间一线羊肠小道，宽不容车。倘若日军由此突入，势必使两翼动摇。宋哲元知此兵力薄弱，急命刘汝明率李曾志团及特务营赶到，隐伏山口。果然，日军沿路而来。待全部进入伏击圈内后，冲锋号齐鸣，中国军队挥动大刀片、呼啸着冲入敌军展开肉搏之战。敌人重武器成了哑巴，只有展开拼刺。日本兵在喜峰口因大刀片之厄，早已心怀悸惧。见着灰军装、耍大刀气势如虹的中国士兵，他们的武士道精神锐减一半，交手不多时，便丢掉一片尸首狼狈溃退。李曾志团长身上创血淋漓，犹坚守阵地、不离寸步。

三月十八日，刘汝明师长乘官兵士气正旺，也成功地组织了一次绕攻夜袭。一四三师借夜色掩护，连翻七座峻岭，摸到日军重机枪阵地后，奋勇冲入，血战终夜大获全胜，那喊杀声震撼山岳。终将三宫口、快活林、古山子、水泉峪一带日军击溃，日寇攻击罗文峪的图谋被彻底粉碎。

除喜峰口二十九军血战外，长城一线的抗战如火如荼，古北口方面黄杰、关麟征两部亦与日军展开殊死搏斗。关部之二十五师伤亡达四千人，极为壮烈。该师一四五团有一个仅七人的军士哨，因未及撤退遭敌包围，七位军士打光子弹后全部牺牲。素以武士道为精神教范的日军，不得不对这七位中国军士由衷敬佩，竟为之立碑曰：支那七勇士之墓。

日寇原拟从喜峰口突入，连连受挫后乃调整进攻战略，将主要兵力转向三十二军商震部守御的冷口一线重点进攻。三十二军多为新募之众，实力甚差。日军经数日猛攻，先从白羊峪突入，冷口随之失陷。日军蜂拥入后，立即向西迂回包抄，妄图从背后袭击二十九军阵地。冷口失陷，长城全线摇撼，冯治安请示宋哲元，建议放弃喜峰口左右过于突出的防线，将主力撤至撒河桥、小龙湾、龙井关一线。

日军占领喜峰口镇、滦阳城等重要军事地点后，把攻击目标集中于撒河桥。撒河桥上距喜峰口三十里，下扼水陆要冲，是口内大镇，是兵家必争之地，中日双方都十分重视。四月十六日始，日军集中飞机、重炮、坦克不断向撒河桥前沿阵地攻击。镇内居民除精壮外俱被疏散出去。冯治安和张自忠坚持在镇中指挥，与士兵朝夕相聚，因而部队士气极为高昂。撒河桥连遭机轰炮炸，到处是断壁颓垣，屋内家具、衣物及风干猎物裸露街头，犹如舞台布景一般。士兵们在街头执勤，军纪肃然。冯治安下令："妄取民间一物者杀无赦！"

二十九军长期过着艰苦的生活，但从长城抗战打响后，全国人民特别是平津人民踊跃捐款捐物。士兵们想都没想过的罐头、饼干等食品，竟成为家常便饭，这使士兵们觉得当兵保家卫国无上荣光。

长城前线浴血奋战的同时，南京政府不为国家命运焦灼，反而为抗战影响其"剿共"大局而局促不安。蒋介石生怕因抗日而让共产党军事力量壮大，便一面温恤前方将士，一面又令何应钦加紧与日本"交涉"以消弭战火。何应钦秉承上意，首先从敏感地区下手，四月十一日，他下令驻秦皇岛守军撤离驻地。士兵们在全国抗日浪潮的激励下受命，坚决要求与日寇拼死到底。长官们不敢违抗军令，实无办法。他们支起重机枪强逼那些守在阵地上不撤的士兵离开。士兵们悲愤得捶胸大哭，阵地上传来一番又一番的哭喊，掀起一波又一波渤海湾澎湃的浪潮，感人肺腑，催人泪下，最后还是在枪声的胁迫之下愤然撤离。

撒河桥的攻防战，断断续续进行了月余，其间，日军曾几次攻入镇内，又被国军顶了出去。冯治安两月来没有离开过指挥所。轮到张自忠执勤，劝冯治安下去休息。冯说："老兄，你年长俺五岁，就不要争执了，有战况再通知你！"张自忠见冯治安铁板一样的身躯，已累得形销骨立，面目黧黑，双目深陷。张自忠扭头离开指挥部，他在窗户外再看这位忠厚的老弟时，冯治安已握着电话筒呼呼睡去。

张自忠心想，两翼友军如果都像俺二十九军这样英勇坚持，长城抗战必将以辉煌的胜利而告终，只可惜士兵均能英勇杀敌，指挥官却贪生怕死。中国军队缺少像冯治安这样的统领之将呀！日本报纸说道："中国军队杂精兵弱卒用一线，一部溃败而全线牵动，遂坐使精良之部队，徒共无谓之牺牲。"悲痛之中的张自忠站在撒河桥头自言："连日本敌报都能辨之奸雄利害，而中华泱泱之龙，却不能？怎不军败！"二十九军在自己的阵地上有效地阻击日军，但两翼却先后溃败。义院口以东各隘口或失陷或弃守，使日寇长驱直入。随后敌又陷迁安、陷多伦、陷滦州，直逼北宁铁路，使二十九军如折股肱，进退失据。冯治安当着军长宋哲元的面感慨万千："我们打，他们躲，他们逃，我们上。老百姓要抗，上峰要和，这种仗能打好吗？"宋哲元安慰他："仰之吾弟，你我军人之职，守土保家卫国，无奈孤掌难鸣。军人以服从命令为天职，让我们打，则血洒疆场，让我们撤，我们也只能忍痛挥泪呀！"

五月四日，国民政府任命亲日派政客黄郛为政务院驻平政务管理委员会委员长，带着殷同、袁良、殷汝耕、李择一、刘石荪等"日本通"，衔命北上与日方进行谈判。谈判的核心就是一个字：和。

黄郛到平津的第八天，蒋介石为掩全国民众之耳目，故意向长城沿线各将领发了一通慷慨激昂的电报，中云："今日之事，已不仅个人荣辱所关，实为国家存亡所系，应本再接再厉之精神，作不屈不挠之奋斗，为民族强大求解放，为国家争人格，虽仅存一弹，仅存一卒，尤当拼此血肉，不使日阀得逞……"然而，夸夸其谈下，却暗藏屈辱条约的谋划。

黄郛等与日方"协商"一再屈辱退让，谈判趋于"达成一致"。日方考虑到国际正义舆论谴责之压力，便在谈判桌上加码施压，又挥兵攻占滦县、宁河，以加强军事威胁来在桌上迫中方就范。

　　美国总统罗斯福向五十四国发出和平宣言，一些西方国家政府纷纷响应。五月中旬，蒋介石派财政部长宋子文访美。罗斯福接见了宋子文，并发表了共同声明："希望尽快恢复远东和平。"但对战争的是非不做评价，更不提对侵略者的谴责了。

　　五月三十一日，丧权辱国的华北停战协定在塘沽签订。熊斌和冈村宁次分别作为中日两国政府首席代表参加，签字仪式前举行了短暂的会晤。冈村趾高气扬，居然还挂着战刀。一步一摇，目中无人，在稀拉的掌声中傲慢地走进会晤室。见面的第一句话便是劈头指责说："我来时经大沽口，见沿岸仍有中国的军事设施，这违反了《辛丑条约》的条款，亦表明你们中国并无诚意！"熊斌迎上前去唯唯称是，表示接受。日方敲山震虎，然后从皮包里掏出他们写的正式条文草案，丢到了熊斌的面前。翻译告之："中方只能作文字上的商榷，实质内容不能争辩。"熊斌无奈，牙掉了吃到肚子里，便草草签字。冈村最后讲话，他狰狞地说："你们无须仅仅注重文字，这是日本国愿与中国停战，否则皇军可随时前进！你们知道吗？"说罢，傲然大笑扬长而去。熊斌等面如白纸，气结语塞。在中国之大地上，凭侵略者如此侮辱却不敢置一词，在场的中国人咬牙握拳，憋红了脸。一位中国记者见日方没了踪影，这才敢将手中之相机愤然摔在地上，以消胸中之气。一份以屈辱的方式签订的屈辱之条约就这样出笼了，称为《塘沽协定》。

　　《塘沽协定》规定：中国军队立即撤出延庆、昌平、顺义、通州、宝坻至宁河所连之线以西、以南地区，尔后不得越线，并不得作一切挑战扰乱之行为，日军可用飞机及其他方式进行监察。在保证上述条款实施的前提下，日军方退出长城一线。并限定：冀东、平北、津北大片地区的治安只能由警察机关负责。不可利用刺激日军感情的武力团体等。

　　遵照中央的命令，二十九军这个惯于"刺激日军感情的武力团体"不得不于六月份撤出长城驻地。冯治安依依不舍，他走一步北望一眼，这片二十九军曾以血肉之躯捍卫的山川城隘，这座以将士尸体加固的喜峰口，就这样地离去了。他义愤填膺地大骂奸贼误国呀！宋哲元在下达撤退令的同时，特地作文昭告全军。中云："我以三十万之大军，不能抗拒五万之敌人，真是奇耻大辱，现状到此地步，我们对于时局尚有何言？所可告者，仍本一往之精神，拼命到底而已！"

轰轰烈烈的长城抗战，在举国同胞的唏嘘慨叹中偃旗息鼓了。数以万计的烈士之鲜血，白白抛洒在长城内外黑云环绕的山峦。顷刻细雨飘落，二十九军在悲哀之中缓步南回。

长城抗战的第二年春天，二十九军编纂成一部《华北（长城）抗日实纪》，详细记述了此役经过。自宋哲元以下各主要将领分别写了序言，秦德纯、萧振瀛、张自忠、刘汝明、赵登禹等或自撰或请人捉刀，大都以典雅的古文体热烈歌颂全军同仇敌忾、喋血沙场的精神，洋溢着自豪的情感。但无一道出长城抗战的悲剧性质。唯有冯治安自撰的那一篇，用浅明的白话，清醒而深刻指出这次战役"是一篇很壮丽也很惨痛的历史"。

冯治安文章全文：

我们第二十九军在喜峰口的抗日战役，是我们可爱的战士拿热血写成的一篇可歌可颂极庄严的光荣历史。但同时也是一篇很壮烈、很惨痛的历史。

当时我们战士的热血，全为着民族的生存与国家的人格而沸腾，谁知道他的头颅的可贵与自家的顾念？所以这次战斗在民族斗争史上，是极有意义的一页，实在值得我们纪念与追述。

这次战斗的代价，谁都知道并且不可伪饰的，是换了一个塘沽停战协定，可羞的屈辱条约，这是多么可耻的一件事情！尤其是我们素以卫国为职责的二十九军！

但是我们不要在这里灰心，并不需要在这里胆怯。我们必须要将我们五千年来伟大民族的自信自尊的心理保持着，并提起来。尤其是必要将我们二十九军自己常拿以骄傲人的心理保持着，并提起来。我知道最后的胜利一定要属于我中华民族，并且是我们第二十九军的。

因此，我们对于这次战斗失败的教训，必须接受；对这次战斗的缺点，必须承认。

无疑的在这次战争里，尤其是我们二十九军在喜峰口的战争里，我们知道，我们指挥官指挥太过于笨拙，这是我们指挥官应当承认并且不容辩护的事实。其次，如射击技术与各种作业的不良，以及物资方面的缺欠，可以说都是我们失败的最大原因。或者也是我们所有抗日军队失败的一个原因。

这是我在这部光荣惨痛的战史里的追忆与感想。所以，最后我希望、我最希望我们亲爱的共同抗日的将士们，不要为这光荣战史的光荣所迷惑，千万不要忘记了我们可耻可悲的失败并失败的原因与缺点。

冯治安写的这篇序言朴实无华，放在上述几位将军所作的辞采典丽的序言之中，好像牡丹丛中的一株菊花，散发出百姓平民之本性，有报纸评议：冯治安居功不傲，推功揽过。他白话序言的实质，是冯将军平易、率真的做人风格。古人说："文如其人"，诚则其言。

　　　　这正是：喜峰口喜逢不喜
　　　　　　　　战长城荣辱不惊

第二十回
冯玉祥再举抗日旗
吉鸿昌被害仰之悲

　　二十九军回师北平后，军部暂设在朝阳门外东岳庙内。因冯玉祥在察哈尔组织抗日同盟军，宋哲元无法回察省主席住所，全军只好就地休整待命。宋哲元授命全军编造阵亡将士名册。当时国家无抚恤政策，普通士兵有多数与家乡久隔音讯。二十九军又无此项费用，死难兵卒造册留名外，并不通知其父母与妻儿，更无银两抚恤家中。有多少战士的遗孀，不知丈夫早已抛骨长城内外，仍然在凄迷中等待，至于阵亡军官，也主要靠同僚以私人名义给本家写信告慰。有的家属接到信后找到军中泣血求恤，也只酌量给点钱而已。一位阵亡连长的女眷承受不了失夫之痛，竟投缳自尽。军营内外，不时传出妇人孩童的啼哭，搅得冯治安整天以泪洗面，他已没有积蓄往外掏了。三十七师和三十八师驻扎通州南郊一带，两师仍联合办公，师部设在胡家垡村。胡家垡村子不大，突然住进许多士兵，百姓多有疑惧。两位师长深知，激战之后退下来的军队，最容易发生违纪行为。张自忠虽然性情躁烈却诸事精细，经常悄然出来巡查监视军纪。二十九军尚有一些从山西带出来的随军民夫，多是贫苦的山民，为了吃饱肚子情愿舍家在军中服役。他们的饷钱略高于士兵，因此常遭士兵妒恨。有天中午，一个士兵寻衅打了一个农夫，那农夫稍有争辩便被该士兵解开皮带抽打，恰被悄悄出行的张自忠撞个正着。张自忠勃然大怒地吼道："你这兵是哪里人？"兵答："河南人。"张自忠问："有爹吗？"兵答："有。"张自忠问："干什么的？"兵答："种庄稼。"张自忠问："农夫是庄稼人吗？"兵答："是。"张自忠问："跟你爹一样不一样？"兵答："一样。"张自忠转过头来大喝："来人啊，把这个打爹的孬种给我狠狠地敲！"左右不敢怠慢，急忙拿来军棍猛打起来，霎时，便将那小兵打昏死过去。那张自忠仍不解气，命手下用冷水激醒后再打。那位农夫怕为此小事将小兵打死，那便是自己终身的内疚。他知道冯治安好善便跑到师部叫醒还在睡午觉的冯师长。冯治安闻讯立即来到现场，对眼前的事件故作不闻不问，只是扯住了张自忠笑着说："走走，早就摆好一盘棋等你下，你却跑到这里来了！"边说边拽着张自忠走了。那个士兵总算没丢了性命。

长城抗战爆发前，冯玉祥在泰山隐居，他是个不甘寂寞之人，在全国一片抗日浪潮鼓荡下，思东山再起。由于共产党的激励，冯玉祥决心重组武装，联共抗日。当时宋哲元刚被任命察省主席，冯玉祥认为北方易寻找机遇，且宋哲元又是他的旧部，便向宋哲元提出到张家口暂住，宋哲元慨然敬诺。冯玉祥被宋哲元安置在图尔沟图书馆之爱吾楼中。翌年长城战起，宋哲元率二十九军开赴喜峰口御敌。宋哲元部血战扬威，冯玉祥心潮澎湃，发电慰勉旧部，又乘塞外空虚之机，联络了已是共产党员的旧部吉鸿昌、宣侠父、张幕陶等，在他们的推动之下，迅速集结了方振武、孙良诚、佟麟阁、冯占海等将领，组成了抗日同盟军。一九三三年五月二十六日，冯玉祥通电就任察哈尔抗日同盟军总司令职。抗日同盟军的目的是"结成抗日战线，武装保卫察省，进攻收复失地，求取中国之独立自由"。通电痛斥"握政府大权者，以不抵抗而弃三省，以假抵抗而失热河……不作整军反攻之图，转为妥协苟安之计"。五月三十一日，《塘沽协定》签署，冯玉祥又通电反对与日本签订停战协定，揭露"当局始终站在不抵抗主义之立场……坚主安内先于攘外，究其实则为真对内，假抗日……"

冯治安看到冯玉祥又出山激动不已，他一直牢记老长官对自己的提携之恩和耳提面命的教诲，愿跟随老长官抗战到底。冯治安借长城之战的经验教训，借长城杀敌的锐气，他早就心向往之，跃跃欲战。葛云龙和冯治安关系亲密，冯治安素常戏称葛为"葛老大"，当葛到三十七师说明来意，冯治安立即慷慨表示："我明冯先生招呼，绝不含糊！"张自忠、刘汝明二人也捶胸表态："只要老长官一声令下，一定服从。"

作为冯玉祥"五虎上将"之一的宋哲元，对冯玉祥的壮举并未随众喝彩，而是故意保持沉默。他觉得自己羽翼既成，不愿轻率附冯反蒋，特别是冯玉祥在此之前未打招呼就将佟麟阁任命为察哈尔省代主席而使自己这个原主席失去着落，未免平添鹊巢鸠占之怨，再加上谋士萧振瀛居间挑唆，致使宋哲元态度暧昧。冯玉祥看到眼里又无法硬来，毕竟宋哲元已成为举国上下知名人物。为争取宋部，他派原西北军旧将葛云龙秘密赴北平游说冯治安、张自忠、刘汝明三位师长，葛欣然衔命到北平。首先找到冯治安，他的表态，让冯玉祥大喜。

冯治安积极运作，便到宋哲元军部谒见，试图了解宋对冯玉祥和抗日同盟军的态度，并伺机谏劝宋积极响应，但宋哲元给了冯治安一个冷板凳，佯装不屑闻问，他知道冯治安是冯玉祥的冯家小孩，关系之亲远远大于和宋的程度，采取避而回之。冯治安知不可为，也就未便多言。

冯治安立告冯玉祥宋哲元的态度。冯玉祥见这位老部下作壁上观，颇为焦灼不安。他仍不死心，又派曾留学苏联的政治部部长张允荣去张家口一乡绅家会宋哲元。但是，宋哲元凭你张允荣说得舌敝唇焦，他也只顾左右而言他。宋哲元一生敬重关羽，可巧，那间厅堂中央恰好供着关羽面像。张允荣见宋哲元的态度，便故意敲山震虎地看画像说道："内穿新袍，外罩旧袍，何不忘故主之深也！"宋还是不动声色。张允荣无奈告辞。宋哲元见张走出大门，便对身边的宣介溪说："公义私谊不能混为一谈，服从蒋委员长，国家才能统一，冯玉祥是老长官，我不会负他，但不能跟他瞎干，陷他于不义。前日仰之弟就前来探底。如随举大旗，何须张允荣呀！"

冯玉祥决心抗日，同盟军崛起，使蒋介石大伤脑筋，他一面派兵准备围剿，一面又以甘言诱惑来分化瓦解这支派系纷繁、目的各异的队伍。何应钦秉承蒋的旨意，对奉调张家口参与围剿抗日同盟军的四十军军长庞炳勋特别施尽了权谋，因庞原是西北军冯的旧部，此番率兵北来，倘若失去控制，庞极有可能倒戈与冯玉祥合流。何应钦赠送庞部大量饷银，并允诺如庞攻取张家口后，则委他为察哈尔省主席。庞炳勋被高官厚禄所惑，不顾绝大多数将士反对，悍然向抗日同盟军开火。士兵们有喜峰口战役精神的鼓舞，军官们都对老长官有情义，怎愿将枪口对准中国人？军无斗志，枪杆抬高一寸。西北军老兵整连整排阵前起义，投奔抗日同盟军。庞炳勋恼羞成怒之下，将对他进攻的冯玉祥的陆春荣旅长扣押起来，狂言指日夺取张家口。

宋哲元得知何应钦向庞炳勋许下主察诺言，心中极为恼怒，自己是察省主席，却先后被许给佟麟阁和庞炳勋，让正宗的察省主席坐冷板凳任凭要戏，尤其对庞炳勋这种见利忘义的行为更为不满，便派冯治安赴沙城前线向庞部施加压力。冯治安本来已是满腔怒火，对宋庞二人都有怨恨正无处发泄。冯治安赶到沙城二话不说，单刀直入质问："你是不是真要去打老先生？"庞假惺惺地说："老弟，我怎能打先生？这不过做做样子罢了。"冯治安浓重的倒八字眉一竖说："如果你真要打，那么好，你在前头打，我们就在后头打你！"庞连忙说："我绝不打，绝不会做这样对不起大家的事情。"冯治安断喝道："我量你也不敢！你要考虑考虑，我们共患难多年，何况老先生又是在打日寇，你能做那些亲者痛、仇者快之事吗！我来只对你说一句话，要打先生，不行！"庞连连说："不会，不会。"

经过一番折冲，庞炳勋不得不收起如意算盘，未敢悍然进犯张家口。他畏惧二十九军的神威，只摆出一副佯攻的架势，对旅长陆春荣亦未敢再下毒手而无奈释放。陆春荣当夜收拾行装，带十几位骨干径直投奔了冯治安。冯治安知人善任，安排在麾下当了旅长。

先天不足的抗日同盟军在张家口轰轰烈烈崛起之后，方振武和冯玉祥渐存芥蒂。冯占海部悄然离去，主将之一的邓文因内讧被诱杀于妓院之中，加之弹药粮秣来源被何应钦截断，察省地瘠民贫，根本无法养活十万兵马，同盟军陷于内外交困之中。吉鸿昌等共产党人坚定不渝地维护同盟军旗帜，其余诸将各存二志。宋哲元受上命差遣，亲率幕僚抵宣化拜见老长官，力劝冯玉祥放弃与中央相龃龉的做法。冯玉祥眼见大势已去，长叹"天不助我呀！"便于八月三日通电表态："决自本日结束军事，所有察省军政权，即由中央派员接受。"随即，何应钦命令宋哲元二十九军进驻沙城、宣化一带，接受察省政权。八月底，国民政府改组察哈尔省政府，仍任宋哲元为察省主席，冯治安部作为前驱首先到达宣化。

何应钦为了迅速平定察北，宣称任命方振武为北平军分会委员，任命吉鸿昌为上将参议。吉鸿昌正驻军张北县，他心里明白，同盟军大旗散去，国民党想剥我军权。他对此种"任命"严词抗拒。方振武也表态坚决抗敌到底，反对改编。方、吉两部乃合兵一处，改名为"抗日讨蒋军"，坚持在察北与日伪军苦战，其他同盟军将领大多接受了中央改编。炽烈一时的抗日同盟军就此夭折。

八月十四日，宋哲元陪同冯玉祥乘专列再次南去泰山"读书"。车过宣化，冯治安登上专列拜别老长官，心中千头万绪，他扑到冯玉祥怀里失声痛哭。老长官拍着冯治安的肩头，突然大笑起来："仰之呀，当年的冯家小孩现已肩扛中将衔了，这将是有分量呀！我十分赞赏你在喜峰口之战的功绩，用冯家刀法杀得日寇胆战心惊呀！"冯治安抹了一把眼泪，一肚子的话想说给恩人听，却碍于宋哲元在座，只能欲说还休。列车开走，冯治安哭红了眼睛，一句话都没有说出来，当然，冯玉祥心里明白自己这位得意门生，那眼泪已经告诉了他一切。

冯玉祥就这样又一次离开了张家口，冯治安奉命率三十七师立即进驻这座久违的皮都。参加抗日同盟军的佟麟阁、葛云龙等都尚在，与这班志同道合的旧友相见，场面十分热烈。冯治安设宴招待。三杯酒下肚后，便无话不说了，谈起同盟军的呼啸而起，旋踵而散，对老先生冯玉祥之结局，都感叹不已。葛云龙告诉冯治安："仰之兄，你知道原热河驻军汤玉麟吗？"冯治安说："何止知道，弃土保土嘛！"葛又说："他的残部在张家口北面有个叫菜园子的村里，藏有大宗武器，除大批捷克式步枪外，尚有'三八二十三'门捷克式山陆炮，仰之兄何不取之？"冯治安大喜："何谓'三八二十三'呢！"葛笑说："有一门是坏的，二十四门少一门嘛！不是'三八二十三'吗？"众人听罢，拊掌大笑。冯治安为此连干三杯以表谢意。

汤玉麟因弃热河被通缉，他之所以加入抗日同盟军，不过是想改换门庭另寻庇护，以减轻罪责，不料这反而加重了他的罪名。同盟军瓦解后，他哪还有精力照料自己的兵马枪械，悄悄溜进天津租界去当阔佬。冯治安心想，此物不取，也将落入何应钦之手。他密令部队迅速包围菜园子，没费一枪一弹，轻而易举便将这批武器收入囊中。宋哲元喜获这批横财，立即将同盟军各部残留的兵员武器补充各师外，其余人员枪械已达一个师的装备，即新增一三二师，由赵登禹出任师长。至此，二十九军总兵力已达五十个团，四万余众。

让冯治安高兴的是，自己的老友吉鸿昌的司令部设在张家口北的康保县，吉鸿昌常到离张家口仅几十公里的张北县与友人接触。冯治安知吉鸿昌不方便到省府，便带李贵轻车简从到张北见吉鸿昌。

汽车沿着崎岖的山路爬行，夜幕里两盏车灯在荒野中就像两只雪亮的眼睛左右探视。冯治安闭上双眼，想起了上次见面的情景……那是一九二九年冬，吉鸿昌驻兵宁夏并兼任宁夏省主席。冯玉祥召集各将领在西安开会。吉鸿昌、冯治安二人老远就甩掉各自的卫兵相向跑了过去。冯、吉二人相拥之后，又相捶胸膛，然后照例嬉闹起来。冯治安说："你这个吉大胆在宁夏当主席，想必刮地皮刮了不少金银财宝，拿出点让大伙分分。"吉鸿昌指着冯治安耳朵下部的"拴马桩"反击说："你这个'零碎儿'，宁夏的地皮够薄了，我若再刮怕是连地府的阎王小鬼都刮着了，那还得了！"冯治安一把抓住吉鸿昌穿的皮大衣说："你说你没刮，瞧这滩羊皮的九道弯大衣还不是刮来的？"吉鸿昌和冯治安是一个连的兵，几十年的情感让他顺势就把大衣脱了下来，推给冯治安说："既然老弟你这么眼红，那就送给你吧！"冯治安本是逗闹之词，不料吉鸿昌竟脱衣相赠，弄得他倒不好意思起来，推拒再三不肯相收。吉鸿昌正经说："说实话，宁夏虽穷，但这种滩羊皮多的是，也并不贵重，这件送给你，我回去再置。"冯治安这才勉强收下，但一直珍藏着不穿。冯治安在临来前，还特意将皮大衣掏出来看了又看，只可惜天还未冷，穿上会让人笑掉大牙的。

　　车在驿站停下，冯治安右脚刚一落地便喊了起来："吉大胆，零碎儿看你来了！"吉鸿昌早已等候多时，两人照例完成见面那一套礼节，手拉手进屋去了。四盘菜一壶酒已经准备好，二人痛饮起来。吉鸿昌劝冯治安说："国民党假抗日真剿共已不得人心，哥劝你将部队拉出，咱俩还在一起打鬼子，这也不违背老长官的意愿！"冯治安何曾不知道国民党腐败，只因他曾叛离过一次西北军，在他心中永远是一个迈不过的坎儿。他早已立过誓言，决不再投二主。他对吉说："大哥心意仰之全懂，我的心思也早在书信上和你说过，但我决不打共产党，中国人不打中国人，我知道你是共产党，希望谅解小弟苦衷，但能帮助你，仰之一定助兄一臂之力。"吉鸿昌见状，向冯治安提出了要求："俺大胆知道二十九军穷酸，但总比俺强，俺急需一批弹药枪支，不知老兄能否支援一下。"冯治安早有准备。他收缴了那批武器后，就想到了吉鸿昌，临来之前，他已秘密安排李贵将武器弹药装上卡车，只等吉鸿昌告之运送地点。吉鸿昌大喜过望："仰之兄，大恩不言谢！俺吉大胆替你多打些日本鬼子。"冯治安说："这点薄礼，就算还你那件大衣之情了。"两位兄弟哈哈大笑起来，哥儿俩一直喝到东方见亮。

冯治安回到张家口，便经常派密使和吉鸿昌书信往来，时有物资给予支援。

高振武、吉鸿昌坚持斗争反对改编，何应钦乃令各路大军"进剿"。高、吉手下兵微将寡，空凭一腔义愤，孤军四处奔突为战，在蒋、日、伪三方夹攻下日益败残零落，勉强支撑到十月份，由于长期遭受围追堵截，渐成崩溃之势，内部开始分裂。吉、高见斗争难以为继，为保存心爱的士兵的生命，遂派代表与顺义县的三十二军商震接洽，表示愿意放下武器，解散军队。商震表示愿尽力斡旋，保障高、吉两位生命安全。何应钦电令将吉鸿昌押赴北平。商震不愿违背诺言，又不敢违抗军令。他演出了一场《捉放曹》。在押解的途中，将吉鸿昌放走。

吉鸿昌脱险后便转入地下，一九三四年十一月，在天津又被国民党逮捕。吉鸿昌拒不投降和悔过，蒋介石下达了"立时处决"的命令。

一九三四年十一月二十四日，天空飘起了雪花，吉鸿昌被押赴刑场。他面对黑洞洞的枪口，顺手捡起一根树枝，在雪地里挥手写下了荡气回肠的就义诗："恨不抗日死，留作今日羞。国破尚如此，我何惜此头！"写完仰望漫天飘舞的雪花说："老天为我送行呀！"接着他呵斥特务们说："我为抗日死，光明正大，不能跪下从背后挨枪。我死了也不能倒下！给我搬来把椅子！"特务们被吉鸿昌大义而震撼，连忙将椅子搬来，并扶吉鸿昌坐下。吉鸿昌面对枪口而坐，厉声说道："我要亲眼看到反动派怎样杀害爱国者！"枪声响了，雪花霎时变作鹅毛大雪扑面飞下。年仅三十九岁的抗日英雄、共产党员吉鸿昌的身体，便被洁白的雪花掩盖。

消息传到冯治安的耳朵里，他悲痛不已，关上门不许任何人打扰，蒙头两日滴水不进。李贵见大哥如此伤感，怕有损他的身体，在所有人不敢再次敲门之时，李贵破门而进，跪在冯治安床前。冯治安无奈，坐起身来，瞪着红肿的眼睛说的第一句话是："李贵呀，把我珍藏多年的吉大胆送的皮衣拿出来吧！"时值初冬，坝上已是高寒，冯治安郑重将大衣穿上。从此，这件大衣伴他度过多年寒冬，直至面料破旧不堪仍不肯更新。李贵劝他更换面料，冯治安说："这是吉大胆送我的。"再无后语。

吉鸿昌壮烈离世，让冯治安闷闷不乐。祸不单行。老家故城又派人送信，县长边树栋竟敢扣押冯治安的舅父，冯治安大怒，真是欺人太甚！他派李贵了解究竟。

边树栋是为人狷介的"新派"官吏。他新到故城，对乡绅、富商一概不予结纳。故城县的繁华之地在郑家口镇，这里紧靠运河码头，帆樯蚁繁、商贾云集，是全县重要的税源之地。巨商勾结税局偷逃税款早已司空见惯，历任县官对此皆装聋作哑收受好处。边树栋履任后，决心严厉整顿。他亲到郑家口镇巡查，并召集商会头面人物大加训斥。此举激怒了富商们，为首扬言不惜毁家破产也要与边县长斗法。

边树栋捉到一个惯窃犯，疑有窝藏同伙，但刑讯再三，该犯坚决不承认。此事被郑家口镇的富商们获悉，认为有隙可乘，遂买通狱吏，与在押的盗窃犯接上头，以大把银圆为诱饵，怂恿该犯再次刑讯，要堂前供认，确有同伙窝赃，窝赃者即是冯治安的内弟解某，企图以此向边树栋"将一军"，如果边县长不敢传讯解某，富商们便联名上告他不秉公办案，如边县长敢于传讯，必然导致冯治安出面干涉。冯治安虽在察哈尔省，但他是长城抗战名声赫赫的将军，凭你边树栋一个区区县令，若与之争衡，必会碰个身败名裂。此计一出，那盗窃犯本是亡命之徒，见此重利便乐得从命。第二天刑讯时，他果然咬出冯治安内弟是"窝主"。边树栋素性倔强，虽怀疑其中别有奸谋，但也不能不闻不问，他便硬着头皮当堂发下传票。

郑口镇富商见边县长上了钩，立即请人写了一封启禀，派一舌辩之徒专程到张家口找到冯治安。富商预期冯治安必定勃然大怒，不料冯治安阅后说："俗话说，贼咬一口入骨三分，既然证明我内弟是无辜的，况已然释放，也就算了。"派去的人如冷水泼头，未敢再进谗言，扫兴而回。原来那边县长捉审解某与盗犯在公堂上对质，解某自然据实辩驳，该犯却一口咬定，边树栋又派人去解某家搜查，结果一无所获。边县长大怒，狠打该犯，盗贼心虚胆怯，不得不承认是诬咬解某，但并未交代出幕后策划的富商们，以便今后要钱。边县长亲自下堂将解某礼送回家。

此时本该罢手，可富商们唯恐彻底败露，既已犯罪何不干脆破釜沉舟再干一番！便又派人入监和盗贼联系，那贼初时不肯，但经不住重金引诱，一次和二次都一样，他便丧心病狂铤而走险又咬出冯治安的舅父是窝藏犯。边树栋已知有人捣鬼，情知有诈，但自己已被逼到悬崖而无退路。众目睽睽之下，豁上性命得罪冯治安，便当堂下令将冯师长的老舅父传来讯问。老人与盗贼当堂对质，该犯先是死咬不放，经反复折辩，越来越理屈词穷，最后不得不承认受人唆使诬陷好人。边县长大怒，下堂用马鞭将此人抽得死去活来，然后收监候判。

富商们见冯治安老舅被传，立即派专人星夜驰往张家口，向冯治安添油加醋地播弄一番。冯治安果然拍案变色说："说我内弟有嫌，还情有可原，因我知内弟中确有不务正业的，但抓我老舅上堂，真是存心欺人。我老舅一生最为老实本分，况且也不缺衣少食，这简直是诬良为盗！一而再，再而三和俺冯治安过不去嘛！"当时河北省主席是于学忠，乃东北军将领，素有刚正爱国的好名声，冯治安与之虽无深交，但常有接触，便派人将此事写成公函，直接送到于学忠处。

边树栋虽然将冯治安老舅送回家中，也知道人们坏他，但冯治安不解真情，早晚必有一劫。为抢在事发前面，他连夜亲笔写成了一份长达两万余言的启禀，亲自赶到天津面呈给于学忠。于学忠也刚刚收到冯治安来函，两函对照分析，心知内情复杂，便派人专程赶到张家口，将边树栋的禀文交冯治安参阅，并请冯治安决断处理。冯治安看过之后，恍然大悟是官绅斗法，自己受了劣绅蒙骗。他立即回电于学忠，表明对边县长十分同情，不会追究。于学忠接电后，对冯治安的为人与心胸十分赞许，此电对边树栋也慰勉有加。于学忠考虑这一风波，便对边县长说："地方势力盘根错节，俗话说强龙不压地头蛇，不如给你调个位子吧。"边树栋内心感谢冯治安的宽容与大度，更体会到官场深不可测。凡事欲速则不达，他愉快应允。于学忠便将边树栋改调他县。

那个诬冯治安舅父的惯窃，终于瘐死在狱中。

这正是：名将抗日惨死党国之手
百姓痛惜国破家亡内斗

第二十一回

奠英烈兄弟痛饮长醉
上庐山将军思想渐变

　　冯治安的办公室内悬挂着两副冯玉祥书赠的对联。联文为："布衣粗食爱民不尚空谈，整军经武救国力求实践"；另一副上联为："欲除烦恼须无我"，下联是"历尽艰难好做人"。无论战事如何，办公室或指挥部搬到何处，这两副书法警句和军用地图是必随身之物。这一点副官从不敢忘记。冯玉祥对冯治安的教诲刻骨铭心，冯治安坐在办公室里低头沉思，今天是清明节，除照例给母亲祭奠外，他一直想到吉鸿昌的墓前祭扫，和老哥喝杯酒谈谈心。但吉大胆尸骨在何处？即使有堂堂正正的墓地，又怎敢明晃晃去烧香叩辞。沾上"通共"都是死罪呀！冯治安是个不懂政治、单纯的军事干才。宋哲元常当众赞誉冯治安是他的常山赵子龙。军人服从命令就是顶好的军人。冯治安不明白，吉鸿昌为何加入共产党？在哪儿不是抗日呢，我冯治安不照样在喜峰口抗击日寇，受到人民欢迎吗？唉，人各有志，只可惜吉大胆英年损命！

　　今天是清明，无论如何也要祭奠一下俺这位生死兄弟。冯治安叫卫兵和副官出去，任何人不得入内。他将吉鸿昌的照片放在条案上，摆上点心，点燃了三支香，刚要行礼，忽然院内有人叫嚷："什么大事，你们敢拦俺张自忠！"话音未落，张自忠已破门而入。冯治安从容坦然地关上门，冲张自忠一笑说："行礼吧！"张自忠这才看见条案上摆放着吉鸿昌的遗像，立刻便严肃起来。二人行了军礼之后，张自忠也点燃了三支香，插进香炉之中。张自忠说："仰之吾弟忠厚，吉鸿昌在天之灵定会感激你。

这里不是谈话之地，我看还是到府上喝两杯来纪念这位盟友吧！"

冯治安与张自忠步行回到图尔沟。冯夫人解梅连忙将张自忠让到客厅，然后把冯治安拉到院外："仰之，这已时值中午，俺什么也没准备，怎么留张将军吃饭呀？"冯治安一笑，大声说道："自忠是自己兄弟，家常便饭不算寒酸，俺冯治安亲自下厨，给老哥做菜！"张自忠知道冯治安生活一直十分俭朴，便走出堂屋对解梅说："弟妹不要客套，俺和仰之是生死兄弟，都是冯玉祥先生的学生。老先生的提倡布衣粗食，今天我看就吃顿随便吧！"三人加院里的副官和卫兵都被逗笑了。厨师连忙说："师座指导，还是俺下厨吧！"

不大一会儿菜便端上桌来，有冯治安最爱吃的过年菜熬粉条白菜豆腐。他常和下属们说，少时家贫，窝头难得一饱，过年时吃顿熬粉条菜便是珍馐美味了。第二个菜咸快鱼，用油在火上一煎，这种咸快鱼是货郎附带经销的，又称"货郎鱼"。第三道菜是荞面凉皮、拌上点卤菜，又称"凉面棋子"。第四道菜是炒土豆丝。四菜加一汤——鸡蛋西红柿甩袖汤，解梅觉得寒酸，又到街上小饭馆买了两个菜。冯治安从柜里拿出两瓶家乡的存酒，六十度衡水老白干。兄弟俩一人一瓶别打官司，张自忠笑了："行啊，换饭碗，这样才痛快！"解梅抢下冯治安那瓶酒笑着说："张将军海量，仰之是一喝就多，不喝正好，俺看万一有什么军情来报，两位师长岂不误了大事？"张自忠脸稍一红便顺阶而下："好！就按弟妹说的办！"冯治安、张自忠斟满酒敬了先去的长辈，然后敬了吉鸿昌，便痛饮长谈起来。

二十九军重回察哈尔，虽然算不上"马敲金镫响，人唱凯歌还"，但经长城之战也确是光荣回归，察哈尔省各界都对二十九军热烈赞扬与钦敬。宋哲元、冯治安、刘汝明、赵登禹等诸将心情是昂扬振奋。为纪念长城抗战的死难烈士，也为了扩大二十九军的影响，决定在省府举行隆重的追悼抗日英烈大会。

张家口北山前脸的空地上，搭起了临时主席台。写有"二十九军隆重追悼长城抗战英烈大会"的白布条幅高高悬挂，黑色大字格外醒目。主席台东西两侧是宋哲元军长的题联"宁为战死鬼，不作亡国奴"，庄严肃穆搅人心颤。张垣各界、全国各地征集的挽联如燕山雪花飞落山城。城楼门楣的"大好河山"被粉刷一新。士兵们列队，各界群众自发成行，每人佩戴自制白花一朵，商店大都关门停业万人空巷。从会场中心延伸到整个市区，张家口变成了银装素裹的世界。

"悼念抗日英烈大会现在开始！"着宋哲元宏厚而低沉的声音通过麦克风传到整个张家口的上空并向四周散去，余音在山谷里周游回荡。礼炮鸣响，排子枪震耳撼心。众人触景生情，会场立刻响起一片哭泣声。宋哲元将军主祭并宣祭文。当司祭者以悲痛的长声念出一个个死难军官姓名时，全场官兵再一次饮泣不止。冯治安站在宋哲元的左侧，他平素最重感情，此时缅怀旧雨，涕不可抑。日本驻华媒体的记者混入会场，事后也曾感佩坦言："中华民族是一条正在觉醒的巨龙，侵华必败，只是时间长短而已。"

大会还未开完，就有巡逻队士兵来报："街上有土匪光天化日之下公开打砸抢！"冯治安兼任张家口警备司令之职，他立即率卫队亲去剿灭。可这帮匪徒不仅拥有快枪骏马，还特别善于驰骋，待冯治安赶到时已无影无踪。冯治安决定，成立剿匪警备队，限期灭匪。

二十九军虽有骑兵，但数量不多、素质不高，且不直接归三十七师管辖。他请示宋哲元拨大洋四处购求良马，积极培训骑士，逐渐培养了一支快速机动的剿匪队伍。察哈尔地旷人稀，各民族杂居，农民有种植罂粟的恶习。毒品走私与匪帮肆虐纠缠在一起，成为全省的一大祸害，已对历届政府产生巨大的压力。冯治安派侦察兵化装打探消息。

察哈尔原有一个保安旅，多是马军，旅长张允荣是留苏的洋学生，曾积极参加抗日同盟军，宋哲元对之颇不喜，认为他华而不实，只会坐而论道，不能上马杀贼，只是碍于冯玉祥器重，亦不愿训斥。因此，凡事只交冯治安承办。一日，大股土匪包围了延庆县城，由于公安局长和县长意见不合，公安局长竟愤然离职。匪徒袭城见警察官兵无人指挥一盘散沙，便趁机突入城内。匪徒大肆劫掠后，冲入县府杀死了县长呼啸而去。

冯治安闻讯，组织精干的剿匪警备队，借夜色摸到土匪老巢石窟山。警备队都是从三十七师抽调的骨干，参加过喜峰口之战，更善夜战、近战。冯治安将队伍分成两队，一队架机枪埋伏石窟山出山的必经之路，严阵以待收网，另一队突袭山寨老窝。冯治安一声口哨，警备队冲进，凡拒捕者格杀勿论。半个小时结束战斗，活捉土匪五十余名，夺回二十四名"肉票"，其余小股土匪恐遇埋伏不敢出山，从寨后北山攀登悬崖而逃。匪徒押回张家口后，冯治安又接线报，阳原匪首王大美听说石窟山马匪全军被歼，正准备拔寨逃跑，冯治安下令追击。王大美是察西著名马贼，手下数十名徒众，都是枪马娴熟，心黑手辣之辈，但闻二十九军冯治安大名早已吓破胆。王匪四处奔突，最后只剩十几骑逃入山西。晋军得信继续追杀，王匪又窜回察哈尔沽源境内。冯治安又亲率军穷追不舍，王大美见无法立足，亡命绥远境内，从此未敢再回察东。

宋哲元见察省匪徒大多被歼，局势趋于稳定，便下令将在押的六十几名匪首押赴刑场，一律砍头示众！对全省土匪震慑极大，地方治安趋于平稳。

其实，察哈尔匪患系历史遗留，那还是抗日同盟军崛起之初，冯玉祥为壮声威，曾招安收容了大部分土匪部队。同盟军解体之后，宋哲元不听谋士收纳这些人的建议，使这批也曾抗过日的改造军人，再次沦为土匪。冯治安不得不耗费极大精力对付他们。

匪患已除，但日寇又不断挑衅。他们畏二十九军长城战役中的神勇，并不敢大举猖獗进军，便派小股部队向长城边界渗透。冯治安的三十七师察哈尔边境立足甫定，日军于一九三三年十二月十六日，借口中国军队违背了《塘沽协定》，从丰宁县调伪保安大队一同向赤城县北赤城隘口喜峰砦进攻。驻军三十七师一百一十一旅旅长刘自珍立即请示冯治安："师长，日军及伪军近一个团的兵力，向我驻军发起攻击，我旅是否还击，请师长定夺！"冯治安无丝毫犹豫，斩钉截铁地回答："给我打，狠狠地打，打不赢你负责，外交纠纷我负责！"冯治安搁下电话，又举起电话要请示一下宋哲元，突然他又果断地搁下电话。将在外，军令有所不受，打出了战果后再报。

刘自珍旅长有师长冯治安撑腰，居高临下一阵枪林弹雨，日寇被打得抬不起头来，枪炮稍顿，冲锋号便又吹响，战士们从后背抽出大刀个个像下山猛虎冲向敌阵，一场肉搏，日军便仓促溃退，抛下十几具尸体和几十支"三八大盖"。消息传来，冯治安这才将喜讯报告宋哲元。

日寇在军事上未占便宜，便通过外交途径向中国提出抗议。宋哲元接上峰令，派出张樾亭与日方代表谈判。日方所派首席谈判官是承德特务机关长，此人当年曾受聘中国陆军大学的教官。他见张樾亭正是当年陆军大学的学员，两人有师生情谊，便摆出老师的架子训斥张樾亭："你在二十九军供职，怎么还出这种有碍日中友好的事件？"张樾亭心想，你已是侵略者，何谈师生！他严厉回答："友好不是一厢情愿的，你们侵占中国国土，也是我们聘你而来？喜峰砦之战又是日军首先开火挑衅，又有何友好可言？这也是教官的为师准则吗？"该日酋气噎筋涨、满脸羞红，一时无言对答。

一九三三年七月，蒋介石为笼络散处各地、背景各异的军人，在庐山开办了庐山军官训练团，为的是向他们灌输中国只有一个领袖的精神教育，以便达到"天下英雄尽入吾囊中"的目的，蒋介石任命陈诚为团长，训练对象着重非嫡系的杂牌军和地方军军官。二十九军三十八师师长张自忠率本部四十余名军官奉命第一期受训，宋哲元对蒋介石办班目的洞若观火，张自忠临行前，宋哲元、秦德纯、冯治安与张自忠讨论了一套对策，最后决定奉召前往，在庐山随机应变。

张自忠一行乘火车抵汉口转船赴九江。张学良正驻军湖北，对二十九军扬威长城抗战的英雄们热情接待，并派专船护送至庐山。

一期训练班结束，张自忠由庐山回到察哈尔，冯治安将临时代管的三十八师军务交还后，奉命参加第二期庐山军官训练团。在训练团里，冯治安如饥似渴地学习军事理论课，向那些出身望族、受过正规教育的学员学习，训练时间虽然不长，但确实开阔了眼界，让他的政治、军事理念发生了极大变化，跳出了老西北军陈旧观念的窠臼，看到了世界军事科学技术的迅猛发展，痛感西北军将士的文化素质低下，不能适应先进军事装备的要求。三十七师的中上层军官，乃至二十九军，必须补充现代科学知识，冯治安早在山西驻军时期已有认识，这次训练团让他对知识的渴望更为迫切。

庐山训练，冯治安接受了国家应该统一、蒋介石是领袖这类的政治观念。数十年来，西北军倡导"忠于团体"实则为忠于"先生"，那就是忠于冯玉祥。中原大战后，西北军大厦倾覆，诸将各奔前程，唯宋哲元与韩复榘取得了稳踞一方的牢固地位。韩复榘在山东飞扬跋扈，俨然一个土皇帝。宋哲元自长城战后，对南京政府并无彻底归附之意。蒋介石对宋、韩两位拥兵自重的省主席一直放心不下，训练团就是为了强化统一意识，他从师、旅、团三级入手，思想上灌输，感情上笼络，行为上施舍三管齐下，确实收到了明显效果。

冯治安是典型的军人性格，服从命令是他的天职。他政治头脑简单，什么是政治，偌大的中国，就要一个政令才能统一，统一中国才能富强；他个性温顺，没有政治野心，很容易产生归属中央就是归顺蒋介石的想法。北伐胜利，国内平定军阀混斗，北方大局稍定，蒋介石的威望如日中天，这让冯治安逐渐积淀起日益浓厚的归属意识。此次训练团，激活了他独立思考、独立判断的意识。冯治安第一次将目光移向蒋介石。

一九三五年一月，日寇开始向多伦转移兵力，承德敌酋兵公开宣布："决将以相当计划对待宋哲元之部。"一月十八日，日本关东军发表文告："断然扫荡宋哲元。"二十九军闻讯则秣马厉兵，枕戈以待。一月十五日，日军连日派飞机向赤城、龙关侦察，并投弹轰炸。继而向龙门驻军发出前后通牒，无理指责中国军队违反《塘沽协定》之条款，要求中国军队撤出龙门所。驻军一百一十二旅某团，奉张自忠令严予拒绝，并连夜将旅指挥所移驻龙关，加强战备。二十二日，日寇以近两千人的兵力向龙门所附近之东栅子阵地展开全面猛攻，飞机、重炮立体交火，其势极凶。由于中国军队居高临下占尽地利，官兵早蓄一腔怒火，日军连续冲锋，均以惨败告退。激战三日，日军死伤七百余人，终未能得逞。其间，日寇还利用云梯爬城多次，俱被国军击退。

骄横成性的日本军队，见我阵地屹然不动，狂怒之下，又调集驻大滩的日军及伪军两千人，向察北沽源推进，摆出一副大举进攻之势，时局急转而下。宋哲元命冯治安、张自忠等积极备战，又紧急向北平何应钦报告事态发展。何应钦急命克制，勿使战事扩大，复与日方交涉，双方决定在大滩和平会商。冯治安派三十七师参谋长张樾亭为代表，日方代表为十三旅团长谷实夫。二月二日，会议如期举行。冯治安嘱张樾亭不许无故退让。

日军侵犯东栅子并非出于其大本营之命，只是前方部队狂妄贪功式试探挑衅之举，且战斗中屡遭挫折，故其代表没有在会议桌上提出苛求，也只承认是一场误会。双方顺利达成协议，各有退让。日方将长梁等地政权归还我方，就此了结。

日军知道中国在华北驻军有十万之众，但就兵员之多，训练之精，士气之旺论，当数二十九军。这支对日军从没有手软过的雄兵，成为日寇侵吞中国华北之最大障碍。日军必拔除眼中之钉，宋哲元部成为首要。

东栅子事件平息后两月余，一九三五年四月二日，日本在察哈尔热河河边区悍然建立"旗公署"三处，傀儡旗长由蒙古人担任，余均为日本人，并将三个公署隶属于伪满洲国之"察东特别区"。何应钦对此竟未置一词。四月三日，宋哲元被任为陆军上将。紧接着，又任命宋兼任察省保安司令。这一无实质意义的任命，在精神上给予了日军方面以压力。五月，日军又悍然更改我沽源县居民地名，强横宣布沽源是热河省丰宁县的属地。这本是察哈尔省二十九军的属地和防地，冯治安诸将气愤填膺，拔刀怒斥，可何应钦仍旧是不作反应。

树欲静而风不止，箭在弦上，中日双方又在积淀一场新的决定命运的战斗。

这正是：长城虽固时有风雨
　　　　前途未卜哪里光明

第二十二回

"张北事件"宋哲元免职
"一二·九"后晋察冀政权生

一九三五年六月五日，两位神气十足的日军尉官率两名军曹乘一辆军用吉普车，大摇大摆忽快忽慢地从多伦出发，直奔察哈尔省会张家口而来。车到张北县北城门，被二十九军一百三十二师卫兵拦下，命日方人员出示入境护照。此本是例行公事的查验，却没有想到遭日本人蛮横拒绝闯关，硬要强行通过。执勤排长大怒："来人，将人拦下，汽车扣留！"四位士兵立刻将步枪上了刺刀拦在车前，连人带车扣下。那位留有仁丹小胡的军曹竟出口骂人："八格牙路！"中国士兵都懂这句话是"浑蛋"。排长见状立即回了一句："狗日的，你他妈的浑蛋！"一位端枪的士兵照那日本军曹的屁股就是一枪托，那日本兵扑通跪下。日本尉官见状不敢动粗，就是不掏证件，排长只得将四名日本人带到张北县城一百三十二师司令部。

师长赵登禹并不与这几个日本兵纠缠，他们的军阶不够，不配递话。赵师长怕僵持下去引起不必要的麻烦，便要通了军部电话，向宋哲元请示。宋哲元军长认为事情太小，睁一只眼闭一只眼，不需扩大事态，便批示："姑准放行，下不为例。"赵登禹遂将四人放行。四名骄横无礼的日本兵吹着口哨，得意扬扬地开车直奔张家口。到达后便向日驻察哈尔领事侨本汇报，侨本立即向察省政府提出抗议。同时，添油加醋地又向华北驻屯军特务机关长土肥原汇报，土肥原又向华北当局提出抗议。事态逐渐升级到中日关系高度，称为"张北事件"。

此时，何应钦正奉命与日本驻屯军就丧权辱国的"何梅协定"的最后出笼讨价还价。张北事件一出，何应钦觉得这简直就是火上浇油，十分恼火与焦躁。二十九军代表秦德纯将经过汇报，何并不感兴趣，只是对秦吼道："你们总是惹乱子，谁惹的事谁负责去解决！"秦德纯只好退出。

六月九日，日本驻屯军司令梅津美治郎送来"觉书"，这份"觉书"措辞强硬，条件苛刻，何应钦越看越生气，难道这就是"何梅协定"的底本？规定中说：国民党党部必须从河北撤出，中方驻河北省的第五十一军和第二、第二十五两个师也要退出河北省境。同时，日本忌恨宋哲元长城抗战之强悍，必须驱除之，便以张北事件为借口，向中方施加压力，要求撤换宋哲元。行政院长汪精卫赶忙顺应。六月十九日下令免去宋哲元察哈尔省主席职，由秦德纯代理。何应钦见宋离去，当即指定秦德纯与日方谈判张北事件。秦德纯迫于上命，与土肥原签订了屈辱的《秦土协定》：我方除赔礼道歉外，还将守备张北县的团长和一百三十二师军法处长撤职。此外，二十九军还撤出沽源、宝昌、康保、商都等县，改由此地方保安队维持治安，张北事件至此又画上了一个灰色的句号。

宋哲元突然被免职，二十九军高层军官心中产生了强烈的震撼。宋哲元激愤地骂道："谁要再相信蒋介石抗日，谁就是傻瓜浑蛋！"诸将们连日商讨对策，决定秦德纯向南京请辞察哈尔省代主席职，给中央一个冷面孔。宋哲元则暂回天津家中闲住以探测风向。二十九军的军务由冯治安、张自忠主持，以静制动、伺机行事。

宋哲元愤然离去，二十九军的前途蒙上一层浓重的阴影。虽然军内人员结构坚如磐石不容动摇，但南京朝令夕改的政策令冯治安担忧。自己的三十七师在长城抗战损失惨烈，优秀分子冲锋在前，阵亡最大。好在这两年俺冯仰之用心调剂，干部青黄不接、序别不整的情况得以改善，恢复了元气，时刻准备着应对一切变故。焦虑之中，冯治安铺上宣纸，书写一幅不知哪块古碑上的警句，以平心烦。洁白的宣纸上留下这样四句话：

大其心容天下之物
虚其心受天下之善
平其心论天下之事
定其心应天下之变

冯治安收气停笔，内心豁然开朗。

何应钦有个如意算盘：为了免除二十九军在华北继续惹乱子，他商请南京最高当局用意，先解除宋哲元察省主席，然后委他一个更高级的名位。趁势调二十九军去江南围剿红军，这样既可维持中日关系稳定，又可将二十九军这支雄兵纳入中央嫡系部队的监视圈内，防止宋哲元在北陲拥兵自重。

宋哲元到天津后，对自己和二十九军的命运感到迷离惝恍。一时极为困惑和悲凉。他的两位智囊人物秦德纯、萧振瀛都积极以自己的政治伦理观念影响着宋哲元。秦素以稳练缜密著称，他主张顺应南京政府，以谋求发展；萧则极力反对，这位一贯主张"为达目的不择手段"的政客确有高明之处。想当年二十九军初创，不正是靠萧振瀛夤缘权贵的内勾外连，装神弄鬼而得以执掌兵权，今日必依萧公运筹。

当时，日本为侵吞华北，急于在华北军政界寻找其代理人，前河北省主席于学忠因不买账已被排挤出去。现任省主席兼津沽保安司令商震，在日人香饵银钩下不为所动，亦遭日本忌恨。恰在这时，宋哲元以失意政要的身份回到天津，自然引起日本特务机关的瞩目，这时上层又盛传：蒋介石准备任宋哲元为安徽省主席，二十九军南调剿共。宋哲元猜疑间，在四川督饬剿共事宜的蒋介石忽电召宋赴重庆面谈，宋哲元接电后顿觉六神无主，觉得这召电里莫测高深，进退失据。他想以拖为策，没想到蒋介石又连电催发，秦德纯劝宋哲元还是奉召前去，然后随机应变。萧振瀛坚持认为：宋军长万不可贸然前往，去则失去主动，并献计让宋哲元无奈做出向日方靠拢之姿态，借以震慑蒋介石的电召。宋权衡再三，决从萧计。他连续向蒋介石告病乞缓。然后放手让萧振瀛展其政客手段，拨云弄雨。萧利用新闻媒介公开散布"宋哲元认为中日应该亲善和睦"之类信息。日方误以为真，对宋明里暗里频送秋波，闹得平津两地民众大哗。消息立刻传到南京，蒋介石也误以为宋将琵琶别抱，颇为惊悚。为了避免将宋哲元逼上梁山，遂将调二十九军南下剿共的计划弃置一旁。

《何梅协定》虽未正式签订，但框架条款已成，驻平津的中央军及东北军都已整装待退。平津即将成立不设防城市，南京颇感忧虑。恰在这时，日方导演了一幕汉奸炮击永定门的事件，使萧振瀛抓住一个绝好的染指平津的机会。

六月二十八日深夜，堕落成汉奸的原吴佩孚的秘书长白坚武，纠集了数百名匪徒，打着"正义自治军"的旗号，在丰台火车站劫持了一列铁甲车驶向永定门。这帮胆大妄为之徒，借有日本人撑腰，竟连连向永定门城头开炮射击，一时硝烟弥漫整个北平南城。市民们人心惶惶，北平全城也陷入混战之中。南苑守军反击匪徒遁走，但紧张气氛笼罩北平无时消散。萧振瀛觉得时机已到，他趁何应钦不在北平，便以军分会委员身份谒拜军分会办公厅主任鲍文樾。萧利用和鲍的同乡私谊，说动鲍下了一道命令：派二十九军三十七师冯治安部十小时之内赶赴北平，负责卫戍之责。冯治安接到电话大喜，他又隐隐感觉到这次进驻北平，对二十九军和自己的命运都将是一次重要的改变，而他判断，一定是向好的方向转变。

冯治安一刻不停，立即急令前锋部队登上专列，自己在车前箱督促，一路绿灯飞驰抵达北平，后续部队亦源源不断而至。总共用了不到八个小时，三十七师全军顺利进驻这座与西北军骨肉相连的大都市。师部设在颐和园西侧，从海淀到西直门到处都是三十七师的部队。北平人民得知喜峰口抗敌的三十七师急行来到北平，无不额手称庆。北平报纸誉为"飞将军从天而至"。

冯治安部进驻北平，等于在这块风水宝地打进了一个楔子，给宋哲元增加了与蒋介石讨价还价的筹码。同时，日本驻屯军方加紧对宋哲元的笼络。宋哲元与诸将均对萧振瀛的手段高明佩服至极。

七月六日，《何梅协定》在全国一片訾议中正式出笼。很快，驻河北的其他中国军队均遵约撤走，冯治安的三十七师顿时成为华北的中流砥柱。日方虽然厌恶这支雄兵，因日方正和萧振瀛紧锣密鼓谋划创立冀察新政局，故未对三十七师突然进驻表示异议。

冯治安立足北平，立刻想到自己少时南苑当兵从军到孙中山病逝维稳，又到驱赶末代皇帝出宫……一幕幕像电影一样在脑中闪过。他深深懂得军队与人民的关系。他向全师派出几路纠察队严饬军风军纪。同时，他亲率参谋人员加紧全城布防。二十九军换汤换药也换不掉西北军的优良传统，因而深得北平人民的欢迎和爱戴。

三十七师很快在北平站住了脚跟。宋哲元在天津立即就豪气大增。萧振瀛手中的筹码也增加了分量，说话办事有了底气，更敢与日方折冲。为

x

了便于活动，萧在北平的交通旅馆包租了高级房间，专供和豢养的汉奸陈觉生、潘毓桂、王揖唐、张璧军密商大计之用。日方对宋哲元的"竭诚合作"简直如获至宝。萧通过陈觉生引荐，直接和日本大特务头子土肥原贤二，驻屯军参谋长酒井隆频繁接触，日本驻天津领事也以私人名义宴请宋哲元，宋哲元既不规避也不表示亲昵，稳坐钓鱼台，观其事态发展。

黄郛担任的华北政务整理委员会委员长一职，名义上是华北最高的行政长官，但黄郛一无军权二无资历，形同虚设，如若由宋哲元来担任，凭借二十九军为后盾，则可实至名归，成为华北盟主。萧振瀛又开始了他的新谋划，萧向舆论界放风攻击黄郛，又以个人名义向蒋介石陈情，述说二十九军长城一战，日寇闻风丧胆，正宜在华北驻屯，以威慑日方。若调南方剿共，日寇必无所顾忌，华北将非复我国所有。黄不配膺此重任，等等。蒋介石对这封绵里藏针的电报既气愤又不安，急令外交部长张群与日本驻华使节通气，表示说，两国有话好说，希望日方不要撇开中央与地方直接交涉，以免分化中央事权。日方对此概不置理，反而加紧了与萧振瀛的谈判。蒋介石一招不行又用一招。他为安抚宋哲元，八月底，任命宋为平津卫戍司令。同时，任命秦德纯为察哈尔省主席。第二天，又下令撤销了行政院驻平政务整理委员会，使宋哲元不再担心南调。

日本驻屯军见宋哲元职务确定之后，便和三十七师师长冯治安套近乎，频频和他的部队搞所谓的联欢活动，以达到华北自治的目的。冯治安一向不愿意参加这些官场上虚伪的交谊活动，大多都托词回绝，实在无法推脱时也虚与委蛇，不失分寸。有一次，日方设宴，中方冯治安是主宾，冯不好推辞勉强赴宴。进门一看，日军还邀请了北平宪兵司令，属东北军系统的邵文凯作陪。酒过三巡，日酋借酒撒野，狂态毕露。邵文凯却唯唯诺诺、赔笑承欢。冯治安平目凝神、不动声色，心里骂道："不知廉耻的东西，这小日本是你爹还是你娘！"冯治安怕时间一长，邵某丑态百出有损中国军人形象，便一蹾酒杯告辞。日酋神态迷离，并没有看出眉眼高低，也歪斜离座相送。邵文凯连忙从衣架上取下那日酋的大衣，欲亲自为那厮穿上。冯治安看不下去了，喝令自己的随从，从邵文凯手中抢过日酋的大衣替那厮穿上。日酋一愣，回身凝视冯治安片刻，忽大笑道："冯将军，你的，是真将军！"

冯治安与邵文凯分属两系，碍于情面不便斥责，只是回头冷冷说道：

"邵兄，我们应该自重才是！"邵文凯已经醒悟过来，确觉自己有失体面，一时面红耳赤，无地自容。

萧振瀛为扫清使宋哲元成为"华北王"的一切障碍，又开始攻击河北省主席商震。

商震不是蒋介石的嫡系，实力单薄，没有靠山，对南京政府还是顺从的。萧振瀛骂商是没有骨气之人。秦德纯劝他不要总逢人便骂，萧却笑答："你是不懂骂的功用，俺自以善骂、敢骂为荣，吾有一言告之：一部梦书安天下，三十六骂定太平！"秦德纯心里服气这位怪才，便问道："此言何意？"萧答："坚信祥梦之书可指吉凶，夜有所梦，晨必翻书；当今政界混饭，非得能骂才行。要骂的适时适度，你才能在乱世之中有定。"秦德纯听后确有受益。

秦德纯发现萧振瀛在各个场合中故意挤对商震，大骂他无能。甚至当面刁难讽刺，让商震难堪下不了台，借此达到将商逼出华北之目的。

商震兼任天津市长职务，天津是各种政治势力盘根错节的城市，日本唆使的汉奸势力也十分猖獗，经常制造一些事端，或组织"要求华北自治"的游行，或组织武装匪特黹夜骚扰，不一而足。日本驻屯军更是肆无忌惮地横冲直撞、狂妄不能令人容忍。一群日军将机枪支架在天津市政府门口，故意在站岗的哨兵枪托上划擦火柴吸烟。中国士兵竟不敢做出任何反应，木头桩子一样凭日寇戏弄，市民路过敢怒不敢言。萧振瀛抓住这些把柄，大小场合嘲笑商震软弱窝囊，有失中国军人之骨气，商震有苦难言，只好隐忍，由此产生去志。

冯治安独自率军在北平驻扎，得知天津商震部被日军欺负十分气愤，他严令三十七师所部将士，不许无故受日军之气，要做到不卑不亢、有礼有节，如遇挑衅执理还击。虽然驻北平日军亦十分猖狂，面对冯治安这位冷面杀手，也不敢轻举妄动。一次冯治安便装带卫队长李贵检查岗哨风纪时，见一位日军少佐在一卫兵和翻译的陪同下，出颐和园北宫门。这位少佐酒后无德，居然在光天化日之下调戏一位中国女学生。三十七师哨兵上前阻拦，狂妄日佐竟抽了哨兵一记耳光。冯治安见状大怒，上前呵斥日本军官，没想到这厮将唾沫吐在冯治安的皮鞋之上。李贵见状二话不说，回抽了那少佐一记耳光，并令他将冯治安的皮鞋擦干净。那少佐酒醒，掏出手枪欲要行凶。李贵一个扫堂腿把那小日本摔了个脸朝天，然后一个箭步上前踩住那厮右手，将"王八盒子"抢到手中。那日本卫兵端枪要上，李贵先朝天放了一枪。这时，冯治安右手已抓住了日兵的枪管顺势往前一带，脚下一蹬，日兵来了个嘴啃泥也摔在地上。中国哨兵连忙向冯治安敬礼道："报告冯师长，俺正在哨位上执勤。"冯治安向他摆了摆手。那翻译见状，方知眼前这位虎背熊腰的汉子是赫赫有名的三十七师师长冯治安。他连忙向日本少佐介绍了冯治安的身份。那少佐怎能不知长城抗战的名将，内心自然矮了一截，爬起身来，给冯治安敬了个军礼。李贵朝那翻译提出了两条要求，如若不答应，立将带回三十七师处置。

围观的市民越来越多。第一条他们依顺，给那位女学生低头赔礼道歉。第二条是要把冯治安鞋上的污物擦干净。李贵拒绝了翻译和卫兵替少佐擦的要求，必须由他本人亲擦。少佐恐被带回中方师部，无奈之下，掏出手绢为冯治安擦干净了皮鞋。围观的市民欢呼如雷。李贵这才放了他们。

蒋介石对宋哲元等人台前幕后的表现忧心忡忡。全国舆论对萧振瀛与日本人勾结给予抨击谴责，蒋介石唯恐长此下去会逼宋哲元索性下水，便急向何应钦电授机宜，何立刻命熊式辉、陈仪赶赴天津与宋哲元会晤，传达委员长对他的"依赖"之诚，并征求宋对处理华北问题的意见。宋哲元略事敷衍便托病不出，让萧振瀛全权代表商谈。萧拍着胸脯表示：中央信赖，宋完全可以支撑危局，前提是必须将无能误事的商震撤掉，并由宋哲元代替黄郛之位，唯有军政事权统一，才能有效地对付日本，等等。萧时而侃侃而谈，时而又骂骂咧咧、态度放荡、倨傲跋扈。

熊式辉、陈仪赶回南京向蒋介石汇报后，加重了蒋委员长对北方政局的忧虑。蒋思考再三，为了更进一步安抚宋哲元，继撤销"政整会"之后，又免去了黄郛心腹袁良的北平市长之职，令宋哲元兼代；三天后，又任秦德纯为北平市长。萧振瀛继任察哈尔省主席。至此，平津察地区实际控制权又掌握在宋哲元手中。商震这位河北省主席、天津代市长，深陷在中央军、二十九军和日军"铁三角"之内丧失了控制能力。日本逼他，中央不信任他，萧振瀛挤对他，确使他感到进退维谷无所适从。商震索性住进保定思罗医院"养病"去了。

十一月九日，日本驻北平特务机关秘密逮捕了原二十九军政训处长宣介溪，理由是按《何梅协定》的条款，华北各中国军队不得设置政训机构。之前宣介溪转入地下。日伪特务侦悉后，恐宣介溪阻碍宋哲元和日筹划的"中日亲善"大业，遂将他秘密逮捕押解天津华北驻屯军总部。宋哲元获悉极为愤怒："太不把我宋哲元放在眼里了，竟敢随意抓我的部下！"他又恐蒋介石误会，便立即以最后通牒方式向平、津两地日驻军首脑提出强硬交涉，限令八日下午六时前必须释放，否则将采取报复措施，直至不惜武力相见。

通牒发出之后，宋哲元马上通知冯治安连夜备战布防，一旦日本人拒绝放宣介溪，那就让枪杆子说话。冯治安立即调兵遣将，摆出了临战前的准备和架势，北平顿时笼罩着一片杀气。日方未料二十九军反应如此强烈，他们深知这支中国军队的厉害，就当前日军驻兵实力与之较量肯定不是对手，何况日正和宋哲元紧锣密鼓地洽谈冀察事宜，便知趣地将宣介溪释放了。

一九三五年八月一日，中国共产党在毛儿盖发表了《为抗日救国告全体同胞书》号召停止内战，十月十九日，红军到达陕北保安吴起镇，又发表了《抗日救国宣言书》，全国抗日群众运动波澜壮阔高潮迭起。日方也急不可待地加快了"华北自治"的步骤。十一月十二日，土肥原贤二会见宋哲元，端出"华北高度自治方案"。这个方案在名义上保留国民政府主权的幌子，要求建立一个"与日满亲密提携"的"华北五省（冀、察、鲁、豫、绥及平、津二市）自治政府"，拥宋哲元为首脑，土肥原贤二为顾问。为了向南京施加压力，日本关东军司令南次郎发布作战命令，饬所属各部分兵力集结于山海关及古北口，做出进击华北的姿态。又令旅顺、青岛的海军舰只驶向大沽。一时造成黑云压城之势，以迫宋哲元和南京政府就范。宋哲元深知"自治"即叛国，怎会冒此天下之大不韪！他遂悄然离开北平回到天津，躲进私寓托病避风。土肥原发觉后，翌晨即尾随而至，无奈宋只是敷衍塞责，坚不表态，土肥原悻悻而去。

日方见分离华北的计划迟滞难行，便转而利用铁杆汉奸殷汝耕，唆使他并同他炮制一个地方自治政权，作为打开华北自治的突破口。殷汝耕受宠若惊，略施谋划，即在通县组建冀东防共自治委员会。十一月二十五日，殷逆通电就职，声称"脱离中央，宣布冀东自治，树连省之先声，谋东西之和平"。还无耻地发表"施政纲领"，俨然一副小国之君模样。与此同时，日本特务机关唆使汉奸流氓在天津游行示威，高呼："华北自治"

口号，并到天津市府请愿，要求"还政于民"。日本豢养的武装匪徒趁机出来骚扰，弄得市面上乌烟瘴气、人心惶惶。

殷汝耕宣布"自治"的第二天，南京国民政府明令"拿办"，商震也电请宋哲元就地武力制止。宋哲元作何反应，怎样动作，成为国人注目的焦点。

冯治安第一时间就做出了反应，通州近在咫尺，剿灭这一小撮汉奸易如反掌，他立令一个团的兵力开赴朝阳门等候命令，自己连番请示宋哲元的军令。宋明知殷逆贼事有日寇撑腰，而自己正积极谋求华北新局面，怎肯对殷汝耕下手？宋哲元一再指示和告诫冯治安要镇静处之，决不能"妄言妄动"，冯治安当然知道长官的真正意图。面对北平舆论的一片怒斥声，他无可奈何，放下电话，摔碎了桌子上的茶杯，发泄一下激愤的情绪。

国民党上层中的一些忧国忧民的耆宿担心宋哲元会变成张邦昌、石敬瑭。辛亥元老张继找到蒋介石大骂宋哲元降敌卖国，请下令惩办。而蒋却很清楚，逼宋过急，可能会立即出一个华北自治的局面，还是以安抚为上策。就在殷汝耕宣布自治的翌日，蒋介石明令撤销北平军事委员会分会，任命宋哲元为冀察绥靖主任，并责令宋拿办殷汝耕，华北政治危机暂缓。然而，蒋介石对宋哲元毕竟放心不下，为了控制华北又任何应钦为行政院驻北平办事处长官。宋哲元对这位怀抱尚方宝剑来北平监军监政的"钦差"，内心十分犯愁而托病回避，使何应钦政务上见不着僚属，军事上抓不住军队，成为孤家寡人。

宋哲元令冯治安去居仁堂会何应钦，授以机宜。冯衔令见何，绵里藏针地对何应钦说道："何长官请放心，您的安全我冯治安可以完全负责！"言外之意，何应钦的一切行为完全操在我们二十九军的手里。二十九军是我们的。何应钦明知自己在华北已无事可做，便匆匆回南京汇报。蒋介石见事已至此，遂大度地批准成立了冀察政务委员会。这样，由土肥原、萧振瀛、酒井隆以及亲日政客齐燮元、王揖唐等人长期酿造的一坛政治怪味酒，终于端上台盘。

委员会由何人组成？冯治安是理所当然的委员。萧振瀛来到三十七师师部拜见冯治安。萧说明来意，不料冯治安坚辞。他心里厌烦这种内含汉奸味道的亲日机构，但又不好明说，只有办法一个，坚决不入。冯治安对萧振瀛说："请转告军座，这委员会你们去干，我什么官也不当。我就牢牢守住咱二十九军这个家底，有这个家底在，什么都有，没了这个家底就什么也没有了。我冯仰之是个军人，动作上要方便得多，所以不要算上我。"宋哲元也深以为是，冯治安便没有入围。

冀察政务委员会由十六名委员组成，他们是：齐燮元、万福麟、王揖唐、李廷玉、贾德耀、胡毓坤、高凌霨、王克敏、萧振瀛、秦德纯、张自忠、程克、门致中、周作民、石敬亭、冷家骥。

宋哲元任委员长，日特土肥原贤二为最高顾问。三名常委：秦德纯、王揖唐、齐燮元。

冀察政务委员会刚一出笼，全国舆论大哗，各方谴责的函电雪片般飞向北平。十二月九日，北平大中学生数千人愤怒地走出校园，举行声势浩大的游行示威。中国共产党适时地领导了这次大规模的学生爱国运动，提出"停止内战，一致对外"等口号，北平学生的爱国行动得到全国各界声援，形成全国性的抗日救国运动。"一二·九"运动波澜壮阔。

北平的大学生们鲜明喊出"打倒宋哲元"的口号，这让连日遭全国攻击坐立不安的宋哲元恼羞成怒，他不再听同僚的劝阻，决定以武力镇压。北平各大学校长及著名学者曾联袂拜见宋哲元，直陈他们对时局的忧虑，要求宋以国家为重，锄奸御侮。宋听从了秦德纯等"莫为己身"的劝告，暂压了怒火，现在北平学生及舆论公开高喊打倒他的口号，这位当年在凤翔县端着茶碗看刽子手斩杀千名被俘土匪的将军，再也忍耐不住学生们对他的大不恭，立即招来北平市警察局长陈继淹等人，训斥道："你们就看着这些学生造反吗！这里有共产党！"命令陈等坚决镇压。秦德纯作为北平市长，深知血腥镇压绝非上策，待宋哲元怒火稍退后，他婉转进言、陈述利害，建议还是"以威吓为主"好。宋哲元思忖片刻，像平日里一样，只"哼"了一声算是照准了。

冯治安对学生运动一开始就抱有同情感，这不光是他不赞赏这个冀察政务委员会的成立，而且是在骨子里与二十九军的几位首脑有本质上的差异。在政治上，除冯治安外都是反共的。冯治安与他们不同，他在西北军结交的朋友，吉鸿昌、赵博生、董振堡等都变成了共产党，而这些人在冯的心目中，又都是为人正直的优秀分子。他看不出共产党有什么青面獠牙之处，当陈继淹这位警察局长说"学生运动是共产党挑动的"，冯治安的态度相当淡漠，扭头离去。

"一二·九"当天，正值日本海军第三舰队司令到北军访问，宋哲元已准备在外交大楼举行盛宴招待，学生们突然大闹起来，宋哲元十分尴尬，担任北平卫戍司令的冯治安感到了压力和紧张。他和秦德纯反复商讨后，一致认为，只威慑，不屠杀。秦德纯市长对警察局长陈继淹下令：不许使用武器；冯治安严令部队不许开枪，不许射杀一人。

　　示威的东北大学等高校汇集到新华门时，沿途军警均未予阻截。学生们高呼口号，要求何应钦亲自出来接见，何怕众怒，打发参谋长侯成出来敷衍。学生们见状便开始组织游行，游行的队伍走到西单时，二十九军三十七师的士兵们，大刀片像密林般高高擎起，在冬日的阳光照耀下熠熠闪光。但当队伍临近时，在学生们一片"弟兄们，枪口对外，一致抗日"的震天口号中，官兵们被感动得如痴如呆，任凭长长的学生队伍在大刀丛中平安穿过。

　　冯治安的卫戍司令部设在西单，他一改平素的沉稳，焦急地在室内走来走去，聆听接连不断的事态发展报告，当得知中国大学、清华大学及部分中学生也涌上街头时，便派出一些得力的军官出面劝阻拦截。这些军官不善辞令，只会说："你们喊口号有什么用，能把日本鬼子喊跑了？"另一个军官道："你们学生能成什么大事？"结果反而激怒了学生，大队人马蜂拥前行。军警们见状动用了警棍、皮鞭，妄图驱散游行队伍。然而已汇成汹涌巨流的大队前呼后拥，军警们反被冲得七零八落，器械丢失和人员受伤。冯治安听到这些消息，虽然焦急，但再次严令部属不许开枪。他说："那大刀片是向鬼子们的头上砍去，怎能伤及自己的学生兄弟！"

　　游行队伍绕过沙滩，来到东单商场附近，学生们暂时休息，他们商议去东交民巷的日本使馆门前示威。秦德纯、冯治安得悉这一动向后，急忙研究对策。他估计：倘若学生们带着激烈的情绪去日本使馆示威，很可能引发一场流血惨案，甚至波及目前中日关系的走向。东交民巷使馆区内，正值日本国"值年"，平素里就有全副武装的日本军人把守巷口，此时早就做起了临时工事，架起了机枪。若学生前往必将予日人口实而开枪屠杀。到那个时候，二十九军是看着日本人枪杀中国人，还是帮助中国学生灭掉日本人？秦德纯、冯治安决定决不允许惨剧发生，必须将学生拦在王府井，不让队伍接近东交民巷。

　　命令发出，军警立刻在王府井南口筑起了路障，架起了枪，同时调来救火车严阵以待。

下午，大批的游行队伍开来，军警劝阻无效，警察局长下令开动水枪猛扫以阻挡队伍前行。学生们被水一冲，个个成了冰人，愤怒的学生和军警们扭在了一起，展开了搏斗。军警们动用了警棍、大刀背毒打起来，一场混战，三十余名学生被捕，百余名受伤，终于迫使学生退了回去。

十二月十六日，北平再次爆发更大规模的学生示威，一万余名学生三万余广大工人、市民百姓等，在天桥汇集后举行了群众大会。通过了"不承认冀察政务委员会""反对华北任何傀儡组织"等决议案，然后开始游行。军警们依然使用警棍、水枪、刀柄驱打，学生们英勇反抗，结果又有一批被捕，受伤者多达百人，一些军警也被学生们打得鼻青脸肿。

"一二·九"运动在全国引起了山崩海啸般的反响。全国数十个城市纷纷响应，学生游行、工人罢工、商人罢市，其声如钱塘潮涌，浪浪相连，舆论界对宋哲元镇压学生更是一片责骂。冯治安心痛，因长城抗战而取得声誉的二十九军顿时谤满天下，自己也成了镇压学生的罪人。如不是俺冯仰之严令，那后果怎样？他无由申辩，只暗暗下定决心早晚有一天俺要甩掉这口黑锅，看俺怎么打日寇的。

"一二·九"之后的第九天，冀察政务委员会成立大会在北平外交大楼举行。慑于国人的一片声讨，成立大会在绝密状态下举行。外交部街西口至东单一带，军警林立，如临大敌，除正式委员外，被邀请与会的来宾、记者连同职员在内，总共只有三十几人。土肥原贤二作为最高顾问频频与众人寒暄，神采飞扬，志得意满。萧振瀛也以功臣自居满场飞走。宋哲元却高兴不起来，面色凝重阴沉。他知道"一二·九"后，他与汉奸只差一步之遥。会议开始，宋哲元发表了不足五百字的书面讲话，先申明"应本善邻原则，力谋邦交之亲睦……为中日两国利益计，为东亚和平计，尤应互维互助，实行真正亲善"。然后，又以软中带硬的口吻插上一句"凡以平等互惠精神待我者，皆我友也"。

这句朦胧暧昧的话，颇能反映宋哲元对日本"靠拢而不投靠，握手而不拥抱"的政治态度。

冯治安拒绝参加这一"盛典"。俺冯仰之又不是什么委员。

事后萧振瀛问冯治安，冯以开玩笑的口吻道："你许给日本人这，许给日本人那，可别连长城也许给人家！"萧说："仰之兄，这你就不懂了，政治无诚实可言，跟日本人打交道就得靠吹吹嘘嘘这一套。"冯说："论吹，你可是个大人物。"萧说："就这么说吧，华北谁也吹不过我！"冯治安哈哈大笑道："好，以后就叫你'华北第一吹'吧！"冯治安和萧振瀛是结拜兄弟，他们的私谊十分密切，但冯对他的做派一直看不上，冯接着说："现在各报纸都骂你是汉奸，你可要慎重。"萧说："不错，我只要往前迈一步就成了大汉奸，可我绝不会迈这一步。老兄放心，我豁出挨骂为了谁？还不是为了咱这团体，为咱们宋委员长！"

成立大会只开了二十分钟就草草收场，当外交大楼内，由长城抗日英雄、日本侵略者和著名铁杆汉奸混编成的一群人，为冀察政权的诞生而共同举杯的时候，冯治安这里却因连日应付学生游行已疲惫不堪，加之心力不济，一头扎在行军床上，他用军大衣蒙住头一动不动，卫兵问他，他只说："俺头疼。"

> 这正是：学生血泪国人心碎
> 鱼龙混杂政治怪胎

第二十三回
机缘巧合纳外室
灯红酒绿夹缝中

二十九军是西北军的一条余脉，多少年来一直是困苦颠踬。"大头咸菜黄窝头，小米干饭白菜汤""小战吃馍，大战吃肉，练兵活受。"这些军中谣谚，真实反映了这支雄兵的生活水平。

一九三五年初冯治安率三十七师进驻北平起，到一九三七年七月，是二十九军前所未有的鼎盛时期。部队建制、流程更为正规和严谨。

二十九军军长宋哲元，副军长刘汝明、秦德纯、吕秀文、佟麟阁，其中秦德纯身兼北平市长、二十九军总参议、冀察政权常委等要职，是宋哲元最重要的智囊。但他手中没有"立身之本"的部队，便无暇过问军事。刘汝明是一位领衔一四三师师长职务的副军长，还兼任察哈尔省主席，率兵远离京畿，俨如"朔方节度使"，也不能常住北平。吕秀文、佟麟阁两位副军长只是荣誉性虚职，因为他们手中没有专属自己的部队，在二十九军这种从军阀脱离而来的军队中，有衔而无兵，只能起到幕僚作用。一九三五年中央政府授衔时，宋哲元被授二级上将衔，秦德纯、刘汝明、冯治安、张自忠被授中将衔，佟麟阁等均未授衔，副军长基本上无权指挥部队。

二十九军四个正规师的分布是：刘汝明的一四三师驻察哈尔；赵登禹的一三二师驻冀中；张自忠的三十八师驻天津、廊坊一线；只有冯治安的三十七师驻北平。宋哲元如此安排绝非偶然。军中明眼人都认为：宋把冯治安看成自己的"赵子龙"，冯也确如赵云辅保刘备一样，赤胆忠心地辅保宋哲元。二十九军的核心是宋、秦、冯、张、刘、赵，外加参谋长张维藩，而核心中之核心只有宋、秦、冯、张四人而已。重大决策都是在这个核心层中做出的。冯治安管军事，也是这个核心分工的必然。

一九三六年六月，宋哲元在中南海怀仁堂举行盛大宴会，宴请日本驻屯军北平附近部队中相当于连长以上军官三十余人。特务机关长松室孝良，顾问松岛、樱井也在被邀之列，首席则是旅团长河边正三少将。中方出席的有宋哲元、冯治安、秦德纯，以及三十八师副师长李文田，三十七师一一〇旅旅长何基沣，三十八师一一四旅旅长董升堂，独立师第二十六旅旅长李致远以及一部分团长。此外，还邀请了北平的社会名流作陪，其中包括前直系军阀首脑吴佩孚。宾主混合编席，宋哲元、冯治安、秦德纯、吴佩孚与河边、松岛、樱井共坐两席，其余八席双方军官混坐。

宴会开始，宋哲元致祝酒词，日方松室孝良致答词，冠冕堂皇什么中日唇齿相依，应和睦亲善、共存共荣的虚伪套话，然后排队照相。中日双方军官却暗自较量，摆出威风凛凛态势想压制对方一头，无奈日本军官身材矮小，在冯治安等将军面前，再耀武扬威也矮了一头。照相结束，宴席进行，主桌上主客谈笑风生，而下面各桌气氛却顿生龃龉。

日本军官向来蔑视中国军人，自觉大和民族是高贵民族，不屑与中国的军官平起平坐；而中国军官早积对日军的仇恨，如今却面对面眈眈而视，酒越喝脸越青。日军官故意做出放荡恣肆的狂态，个个气焰嚣张，吆五喝六。冯治安坐在主桌上，不吃菜、不喝酒，照例沉默不语，冷眼观察形势发展。

酒至半酣，一日本军官忽然离座，要为宴会助兴，他跳上旁边的空桌唱起了日本歌曲，接着又有两个日官站在椅子上开喉大唱。在场的日本人狂呼乱吼，他们在羞辱中国军人，冯治安尴尬的脸色上露出了愤恨，他向邻桌的一一〇旅旅长何基沣使了个眼色。何旅长顿时便明白师长的意思，三十七师军官中，他是唱歌最佳者，日本军官的狂叫刚一停止，何基沣不等他们反应便也跳上桌子，唱起了当时颇为流行的《黄种歌》。这首歌是李大钊青年时东渡日本创作的，词曰："黄种应享黄海权，亚人应种亚洲田。青年！青年！切莫同种自相残，坐教欧美着先鞭。不怕死，不爱钱，丈夫绝不受人怜。洪水纵滔天，只手挽狂澜，方不负石笔铁砚，后哲前贤！"中国军官对何基沣的演唱报以震天的喝彩，连大厅里的服务生也放下手中器具，鼓掌助威。日方顿时气短。"大日本'皇军'岂能居人下！"一日本人高喊着登上桌子，又唱了一通。三十八师副师长李文田回敬了一段京剧花脸唱腔，瓮声瓮气低沉有力，声惊四座。中方又狂热喊好，宴会气氛演变成文化的对抗。

稍息片刻，日军不服，两位军官同时登场，一个桌上唱，一个桌下跳，冯治安不动声色，离桌到董升堂、李致远的桌边小声道："谁出去打趟拳？"董升堂应声而起，在台前空场上打了一套二十九军训练用的拳路。刚打完，没等掌声鼓起，李致远又接上。李自幼习武，功底很深，一套长拳下来，连日本人都看得目瞪口呆，同席者情不自禁向李致远敬酒祝贺。此时，火药味道逐渐浓烈起来。一日本浪人登场，竟亮出军刀，在席间边舞边叫，空气骤然紧张起来，这个舞罢，另一个登场，刀光闪闪吼声阵阵。宴会厅变成了演武厅，李致远难按怒火，使劲看着冯治安。只见师长略一点头，李立即命令传令兵取来刚刚打制成的"柳叶刀"，在场上表演起"滚堂刀"。只见龙翻豹滚，人转刀随，缠头裹脑，上下翻飞。宴会上顿时安静下来，李致远收手拱拳，全场掌声雷动。日军也都拍手称绝。日本顾问松岛竖起大拇指称李氏武术家后，表演了一手魔术，只见他点燃八支香烟，口衔三支，鼻插两支，两耳各一支，肚脐眼儿塞一支，松岛一用气，八支香烟同时冒烟。此招虽很新鲜，却实在太小家子气了。日本人又提出写字，他们其中有两位颇通书道，但他们都忽略了座间尤以榜书著称的"儒帅"吴佩孚，只见吴大帅乘酒兴挥动如椽大笔，刷出几个如斗大字，字字饱满，力透纸背，酣畅淋漓，日本人一见自知班门弄斧，竟相拜师，吴佩孚丢笔而去。

日方见自己招招失灵，骄横之气顿时变为恼羞之情。一群日方军官忽然围过来竟将宋哲元抬起，狂叫着举上举下。此举看似尊崇，实为玩弄耍戏。中国军官见状也如此炮制，把那河边少将抬起，一边起哄，一边脱手把河边向上猛抛。场上气氛又到了箭在弦上。宋哲元见势不好，急忙止住众人，即席讲了一番中日应该谈亲善的话，日方河边正三也同样讲了几句，气氛才缓和下来，一场差点爆炸的"大联欢"就此收场。

宋哲元自年轻时起追随冯玉祥，半生戎马百战杀场，终于登上了个人功业的顶峰。此时他拥兵十万，并以绝对权威操纵着包括平津在内的华北军、政、财大权。蒋介石很明智地授予他权柄。只要你不投靠日本人，诸事眼开眼闭，即使偶有顶撞也不过分查究。宋哲元对冯治安说："咱们对中央，绝不说脱离的话，但也绝不做蒋介石个人玩弄的工具。"冯治安只是"嗯嗯"应诺，并不附和。宋哲元道："仰之吾弟，这话就和你说说，他蒋介石也是军阀，我宋哲元也是军阀，凭什么要听他摆布？"一些阿谀者乘机围着宋哲元弄些个人崇拜的花头。冀察委员会秘书长杨兆庚在一公开场合说了四字，语惊四座。他说："南蒋北宋。"冯治安正好在场，他登时沉下脸来喝道："什么话！"事后他对张自忠说："连好话都不会说！"

日本军方知冯治安是二十九军的实权派，他们下了很多功夫拉拢收买不成，又想改造和影响冯治安。中国通土肥原贤二、松室孝良都千方百计接近冯治安。结果没有谁能和冯治安建立起"友谊"。特务头子今井武夫回国述职谈到冯治安说："冯治安冷面不卑不亢，该人有两不，既不以私人名义和日人交往，又不在私宅宴请日本人。他自幼养成节俭习惯，有很强的免疫力。他不喝酒，不吸毒，不是美食家……"冯治安素性平易，不爱出风头，不喜戴高帽，日本人的奉承难以打动他。日本人在百计不得的情况下，给冯治安戴上了一顶"顽固抗日派"的帽子。

冯治安身处北平这座全国抗日呼声最强劲的城市，每天都面对着滔天的抗日怒潮，他内心深处无时不感受到这股强大的冲击波。冯治安具有典型的单纯军人性格，重感情、要脸面，"一二·九"运动时时都在刺激他的心，他怎能在这大都市心安理得地享受荣华富贵呢？他恨不得与日寇决一死战。二十九军有这种实力。他多次向宋哲元请战，但他也深知军长的政治底线，理解他的苦衷，对宋哲元的一套也只能遵照执行。

北平无战事，何基沣向冯治安建议：恢复因遭日方反对而终的大中学生暑期军训。冯治安亟表赞同并立即请示宋哲元。宋哲元正为北平学界频频掀起的抗日风潮指责他态度暧昧而头疼，觉得这一举措可缓解青年学生的愤懑，遂慨然允诺。很快，西苑军营里集合起四千余名热血沸腾的男生。冯治安亲自出任总监，何基沣副之，并由何负责日常事务。开营第一天，何基沣命令全体学生一律剃成光头，学生们居然没有任何抵触就遵照执行。冯治安在开营式上讲话说："同学们，我国实行孙中山先生提倡的三民主义很重要，但我看来，目前还要实行'三杆主义'，那就是枪杆、笔杆、锄杆并举。这三杆硬不起来，谈何三民？这三杆子硬不起来，到什么时候也得受气挨打。"

军训过程中，何基沣按照西北军练兵的传统模式，对学生施以近于残酷的强化训练，这些出身高贵人家的白面书生，自幼养尊处优，从没尝过提携背负之苦，如今忽然全副武装摸爬滚打，无论烈日炎炎还是大雨滂沱，学生们以抗日大义为宗旨，都咬牙坚持了下来。他们成为准军人，一旦战事爆发，持枪就可御敌。

　　日伪势力看青年学生们军训如此气势，如芒刺在背，暗地里指使汉奸捣乱。西苑军营外是大片坟地，蒿草丛生，夜间磷火乱飞，素以鬼多闻名。有一夜，学生们尚未睡下，坟地里忽然鬼啸大作，其声凄厉至极，学生们吓得大惊失色，有的惊慌奔逃。何基沣闻讯大疑，便派出干员数人，携带武器，夜间埋伏乱坟堆中，只待恶鬼出现。夜深时刻，只见两个白衣长发的恶鬼出现。他俩驱赶一群"连环狗"出现。士兵们仔细辨认，原来这群狗被绳索拴在一起。狗嘴被勒上笼头，变成"衔板"之狗，那两个鬼挥动皮鞭乱抽，狗群一边狂奔乱突，一边嘴里发出凄厉的呜咽，其声绝类鬼啸。蹲守的士兵们一跃而起，将两个汉奸擒获。何基沣连夜审讯，此二人确是奉日伪之命行事，意在破坏军训吓走学生。何基沣立即向冯治安报告，冯当即批曰：杀。

　　第二天，何基沣集合全体受训学生，将两个鬼带进会场当众宣判。学生们这才知道是汉奸所为，人人气愤填膺，齐声要求处死二鬼。何基沣命令刀手立即行刑，将两个为虎作伥的败类斩首示众。

　　二十九军的高层人物，大多是农民出身，他们出生入死究竟为何？说到底不过是想拼个锦绣前程。如今成了平津的最高主宰，面对突如其来的荣华富贵，怎能加以推拒？时间一久，这些人不同程度地陷入这些灯红酒绿之中，冯治安当然没能例外，虽然自身免疫力强，周边同事的生活方式确也在左右着他。

　　民国的法律规定一夫一妻制。但这只不过是一句空话。从袁世凯到冯国璋，这些民国大总统，几乎毫无例外地妻妾成群。军阀张宗昌有"三无数"，其中之一便是小老婆无数。

　　冀察政权建立和二十九军入驻北京，新的统治者处在粉香脂艳的花花世界中，既想拈花惹草，又要保持正人君子的形象，公开召妓宥酒或去平康冶游，他们怕招来麻烦，妨碍官声。北平应运而生了一种会馆，这些会馆是屋宇连亘的大宅院，内部珠帘绣幕，玉几晶帘，陈设极为豪华。处所里有名厨、美姬，赌具烟具也金镶玉嵌。这里成了权贵们隐秘交谊的场所。宪兵、警察当然不敢前来搅扰。新闻记者更靠近不得。这些场所不仅宋哲元、连冯治安十分安分的上层人物都曾冶游其间，有时为了应酬需要，有时也纯为享乐。冯治安这位贫家子弟也渐生追求腐化之生活的思想。

冯治安的周围同僚均纳妾。冀察委员会秘书长杨兆庚年已七旬，纳了一位妙龄小妾，颇遭讽刺，有人故意当老夫少媳双双在公众场合露面时对杨说："这位女子，可是杨公的孙女吗？"冯治安的拜把兄弟，长城抗战名将张自忠、赵登禹也都纳了妾。两位兄弟当面戏称冯治安封建。冯虽嘴硬心也波动，只是没有机缘。

冯治安不吸烟、不喝大酒，却酷爱京剧。拉个京胡，唱一段黑头。水平和李文田差得很多。自拉自唱之余，也到一些会所拉个堂会。如日中天的京剧名师梅兰芳不愿在北平唱戏，举家南迁上海。北平的"梅迷"望梅心切。北平有一京戏女子陆素娟扮相娇美，嗓音清亮，初学老生又改旦角，很快显露其巨大的艺术潜力。北平盐业银行经理王绍贤资助，礼聘名伶杨宝森、张云溪、金仲仁、马富禄等为她"挎刀"，结果在北平一炮而红。

陆素娟又拜梅兰芳琴师徐兰沅名下，系统学习梅派艺术，不久，便以"正宗梅派青衣"的旗号在各大戏院演出，成为红极一时的坤伶。后趁梅兰芳到北平演出之机，又正式拜梅名下。

陆素娟成名后，受到舆论吹捧，名声日隆。各种追求者对她纠缠不休。有一年轻狂热者公开在报纸上宣言为陆素娟"殉情"，给年事渐长的陆造成沉重的压力，她要找个终身归宿。地位显赫的达官贵人绝不会明媒正娶个"女戏子"做夫人。而陆素娟也不甘心嫁个平头百姓，在这种两难境遇下，如不委身权贵，名声越大，受人欺辱越深。为人做妾便成为她无奈中的上策。于是她将目标移至正值盛年、名声较好的冯治安身上。

瑞蚨祥西栈公馆内张灯结彩，晚上是北平京戏名角陆素娟与杨小楼合演的《霸王别姬》。作为票友的冯治安意外收到了陆素娟的请束，便欣然赴会捧场。台上陆暗送秋波，台下冯治安春心荡漾。二人随锣鼓声声传递内心彼此之爱慕。忽然锣鼓骤停，一日本浪人乘酒兴竟跳上舞台，公开调戏陆素娟。冯治安一见便怒火燃烧。况且今天他和她正心照不宣，冯治安英雄救美，一个箭步便跃上舞台，轻伸猿臂抓住那厮的和服，一太极掌将那日本浪人打下台去，观众一时弄不清楚，这霸王别姬怎么又多出这一场现代戏。日本浪人还有两个同伙，见台上这位壮汉一身便装，不知来历，便拔出腰刀扑上前来。这时众人似乎明白，台上台下一齐惊叫。卫队长李贵一招手，四个全副武装的卫兵出手擒拿，将那三位日本浪人制服在地。冯治安立命将其捆绑押回警备司令部，再与日方交涉从严惩处。

陆素娟为人性情刚烈，见状更为感动，她一把将冯将军拉到后台倾诉心声。冯治安自然也就一拍即合。这一啼笑因缘却十分隐秘。冯治安对她百般体贴，不像一般显贵那样把妾视若玩偶。陆素娟也深爱着冯治安。只可惜，陆女子红颜薄命，她怀孕又染肺结核。一次日寇飞机轰炸，陆素娟惊恐之余流产且大出血，抢救无效而死，终年三十岁略余。

冯治安十分悲伤，陆素娟舍弃"红坤伶"繁华的粉墨生涯追随转战不定的冯治安，只身先到香港，又辗转折回武汉，终于在老河口相会，却成了最后一别。在这痛苦之余，又有一位梨园女子闯进了他的生活之中。

沈丽莺，出身民初著名科班"崇雅舍"，与梅兰芳夫人福芝芳同科学艺，京剧、河北梆子均得实授，但出科后并未唱红。她听闻冯治安与陆素娟这段爱情传奇之后，趁机走进心灵空虚的冯治安的生活中。冯治安内心十分复杂，一方面他和原配夫人解梅感情笃厚，另一方面他也非常注意自己的声誉，深恐因绯闻损害自己的社会形象。他和她约法三章。沈丽莺当然明白，便遵章行事，二人以极隐秘的方式同居，沈一直随冯治安转战，部队到哪儿她就跟着到哪儿。家里夫人一直被蒙在鼓里。冯治安一妻一妾、一里一外，他将沈丽莺改名以适应南征北战，沈从此对外叫"随之"。冯治安字"仰之"，"追随仰之"之意。

其实，解梅透析官场，曾多次开半玩笑说："夫君可随心纳妾，妻绝不阻拦。"

冯治安性格所在，从不在公开场合狂放不羁。更不议及自己和他人的私生活。在治家方面，宽仁中恪遵传统，决不许妇人干预公事。一次，二十九军首脑们闲聚时，石友三将刚纳的外室、著名京剧演员王某领进餐堂相陪。众人哄闹着让王唱一段。冯治安沉默不语面无表情，高树勋平素最喜与冯治安开个玩笑，乘兴贸然喊道："仰之兄，把沈丽莺也请来吧！"冯治安登时变色，怒斥道："胡扯什么？"高树勋自悔孟浪，连忙赔罪不迭。

冯治安因实际主持军务，时常吃住在西苑师部。他吃饭从不挑剔，厨师每每问冯："师长，饭菜可口否？"冯治安即使不爱吃的菜，最多少动两筷子也绝不评价，只会说："好，好。"他从小在故城学徒就养成的习俗，进食速度极快，有时菜还没全上来，已吃饱离开，别人说："师座，新上的这道菜，太好吃了，您再吃点。"冯治安并不打人脸，而是又回过身来，拿起筷子夹一口放到嘴里称："好！"厨房师傅们对冯的好伺候有口皆碑。

宋哲元常在冀察政务委员会办公，宴会极为频繁，也渐成为美食家，饮馔极为在行，十分讲究。他偶到三十七师和冯议事，免不了在师部小餐厅留餐，宋哲元一落座，气氛立刻变得凝重，不再笑语盈耳。宋威重寡言，对某一道菜不满时，只用筷子朝盘子上一点，鼻子"嗯？"一声，副官便会连忙端走，到厨房里找厨师研究调换。宋哲元脾气暴躁，痛骂厨师的事情时有发生。冯治安摸准军长脾气，不等宋火起，便抢先打发副官去厨房调换，嘴里还故意责骂几句，化解了宋的怒气。三十七师的厨师几乎没有遭过打骂。

一九三六年四月，宋哲元为母庆寿，排场之大轰动古都，寿屏寿幛铺天盖地，寿礼来自四面八方。连南京政府诸权要、日本在华首脑、冀察及平津各界名流都送来厚礼。上海的杜月笙这位黑社会大佬，送来黄金打造的八仙人。寿筵摆了数日，堂会唱了几天，歌吹鼎沸，极尽风光。日本华北驻屯军长官田代皖一郎亲自登门，携带日本天皇镌款的花瓶来拜寿。事后，宋哲元在家中将花瓶砸碎。

冯治安的父亲冯元玺见宋家如此气派，心里羡慕不已，颇想步其后尘。冯治安先知其意，未等父亲开口，便托词老家有情况，把老爷子送回故城东辛庄。从此，冯元玺便在故乡定居，安享富贵，绝不涉足官场。

这正是：饱暖思淫欲
富贵忘贫穷

第二十四回
戎马倥偬河北省主席
轻车简从锦衣回故城

　　一九三六年十一月，冯治安接任了河北省主席职务。这位土生土长的燕赵子弟、做过地主家雇工和商铺学徒的农民儿子，竟当上了家乡的父母官，冯治安做梦也没曾想过。

　　翌年春天，冀中平原小麦返青，运河河开，流域两岸又见桃李花红。从军半生的冯治安对政务不熟悉且不喜欢。无奈在其位就要谋其政，最起码的为官之道，也要了解省情，倾听民意，他素来不喜欢标新立异。宋哲元已经创立了一套行政规范，政令已步入正常轨道，全省生产和经济也都有了一定的增长，无须冯治安披荆斩棘去开辟新路子，只要萧规曹随而已。

　　春暖花开万物复苏。已经到了"九九加一九，耕牛遍地走"的季节。冯治安从省会保定出发，选了两位省府精干人员，加李贵和两位侍从警卫，轻车简从开始了他当省主席的第一次视察。

　　车到井陉县，可吓坏了县长边树栋。这位原是故城县长，曾拘审过冯治安的舅爷和内弟。虽经当时省主席于学忠妥善处理，将事情办得圆满，自己也调离了故城县。谁能想到这冤家路窄呀，冯治安又成了自己的顶头上司，他心中七上八下不停地打鼓。冯主席会不会挟嫌报复？边树栋着实惴惴不安。

　　冯治安在边树栋陪同下，看了县里的工商业。他亲自到城郊玉米播种的地头，坐在田垄上和一位农民聊天，高兴时居然扶犁下种，激动得那位老哥热泪盈眶。边树栋见状踏实了许多，他印证了官场上对冯治安将军的许多传说。边县长故意将话题引到当年不愉快之事上，没想到冯治安却故意岔开。他对井陉县的政绩卓然给予了充分肯定，对这位边县长奖誉有加。

冯治安到达南宫县。汽车一入县境，他就发现道路用黄土铺过。这本是皇帝出巡时才有的礼待。这县长显然出于奉迎俺的目的，把俺冯治安等同皇帝老子接待了，这成何体统？冯治安心中不悦，极为反感。他令司机择路进入城内。南宫县长刘必达率县府大员在南关恭候。眼看就到中午，按时间早应到了，刘县长万分焦急。"刘县长、刘县长，冯主席一行入东便门已到县府！"

书记员气喘吁吁跑到刘必达跟前。众人一听，急忙折返一溜小跑赶回县府。冯治安见状劈头盖脸就是一通训斥："我又不是皇帝老子，谁让你们搞这套劳民伤财的接驾！"刘必达本想以此博取上峰欢心，不料反取其辱，狼狈不堪。

冯治安取消了南宫县安排的视察课目，只去了著名的南宫碑，欣赏了大书法家张裕钊的魏碑书体，然后径直奔老家故城县而去。

冯治安心起波澜，上次为母亲迁坟后再无回过老家，车轮每向前一步，他都会兴奋一点。他拉开轿车烟色的纱帘往外张望，骡马在田野里奔走，布谷鸟在丛林中鸣叫。"一年之计在于春"。他想起自己少年时在王财主家帮工的情景，他和李贵在牲口前拉墒。露脚指头的布鞋，陷在松软的泥土里，是那样的舒坦。虽然现在是一省之长了，可那童年艰辛中包含的无数个幸福和美好，却久违了。

他叫汽车停下，站在土路旁，俯身捧起散发芳香的泥土。不知是厌烦了官场那套腐朽，还是向往儿时放荡自由的田原，冯治安索性脱去鞋子和袜子，光着脚丫在新翻过的土壤里连走了两趟。他想找回童年的记忆，却招来了一群地里干活的庄稼人的围看。

汽车来到了故城县郑家口镇，冯治安弃车与卫兵一同步行回家。随员道："冯主席，这离东辛庄还有二十里路呢，请主席上车吧！"冯治安答道："这里是我的生身之地。"继续沉默前行，随员请他骑马他也不睬——他烦别人打断他的思绪，一直走到老家东辛庄。

故城县长任甫亭早就悉知南宫刘县长之事，不敢贸然迎候，待冯主席在东辛庄省亲后，县府再做欢迎。

东辛庄依旧贫穷，房无改变，道路泥泞。乡邻们对荣归故里的冯治安少了上次的热情，平添了许多敬畏。可村里的礼节依然，大家还是拥到了村口，迎接东辛庄走出的省主席、长城抗战名将冯治安。大家见冯依然谦恭，步行回村，二叔冯元直对冯元玺这位冯家的老爷子说："这治台还是咱们的孩子，没变呀！"当冯治安走到他们跟前行礼时，冯元直和村里的长辈们都嗫嚅着喊道："主席呀，冯主席回来了。"冯治安连忙劝止，笑着要大家按照亲邻的旧辈分互相称呼，他一声"二叔，大爷好！"人群顿时笑语喧天，消除了身份造成的隔阂。

冯治安在人们的簇拥下，走到当年和李贵离家的水井台前，他停住了脚步，叫李贵把从内蒙古买的羊皮袄筒搬下车来。全村无论男女，无论穷富，凡年龄超过六十岁以上的老人，每人领取一件。众人没有欢呼，眼睛里却饱含了泪水。然后，冯治安径直出村，直奔王生老师的墓前，磕头祭拜。

冯家大院早已盖成。那大宅院在东辛庄破败的灰黄的土屋群中，俨然就像一座殿堂，青砖瓦舍，磨砖对缝，门楼前那对汉白玉的石狮慈善嬉笑。这是冯治安特令工匠们打造的，决不要那种凶狠威严的石狮。他告诫已是故城地面上名副其实的老爷子、父亲冯元玺，不要介入政事，不要出入公廨，不要与地方官吏私交，只要悠闲林下，安享富贵。冯元玺听从儿子的劝告，闲居乡里，拒绝官绅的攀附。

冯治安生母袁氏已走了多年，冯治安按照阀阅门第的惯例，给父亲在北平找了一个大户人家知书达理的"老姑娘"。可回到家中发现父亲已续了弦。他对父亲轻率找一个再嫁农妇颇感不悦。按礼本应跪拜继母，由于心存芥蒂，加上对生母的怀念，便想免了此礼。冯元玺坚决不依："冯治安，无论你当什么官，你也是俺儿，当年的冯治台！"冯治安微露埋怨之意："儿子不反对你续弦。只是应该和俺商量，帮你拿些主意。"冯元玺登时沉下脸说："当初我取你娘时也没和你商量！"冯治安语塞，他是出了名的孝子，只要爹高兴就行，于是便遵礼行事。

冯治安与亲友盘桓叙旧后，择吉日隆重祭扫了祖墓。他跪在生母袁氏墓前不起，抚今追昔，不禁泪下如雨。他对母亲敬爱至臻，怀念不止。母亲作为一个典型贤妻良母式的贫家农妇，在饥寒劳碌中支撑着破家，养了一群儿女，可日子刚一好过，她却无福享受仙去。人都说性格决定命运，冯治安深深感到，母亲的许多优点都在自己的血管中流淌。自己的成功，确是母亲抚养教育的结果呀！

作为省主席，冯治安家中省亲告一段落，自然也要到故城县里视察。县长任甫亭组织了隆重的欢迎仪式。人们得知抗日名将冯治安荣归故里视察，几乎倾城出动，万人空巷。搬凳子的，踩桌子的，百姓争睹这位故城籍的省主席风采。冯治安依然步行进城，对欢迎的人群频频拱手道："不敢，不敢。"到了县府，他对任县长的政事汇报认真听后，只是略略再问，不像在其他县那样挑剔。之后他特意视察了学校，指示县长要办好教育。冯治安说："任县长啊，俺冯仰之幼年失学，多少年南征北战，深知不读书之苦，今后特别要对家境贫寒而资质好、有前途的学生多加奖掖，助其完成学业。"任甫亭连连答应。

冯治安又问县城还有独轮水车运水吗？县长答道还有。冯治安要兑现自己少年时代许下的愿望。他吩咐省府秘书，将准备好的批文交给县长，冯治安道："故城人还在喝苦水，这是四口水井的批件，要在城的东西南北打四口深井，直到出甜水为止。此事一定办好！"任道："我代表故城百姓感谢省主席体恤民情呀！"他哪里知道，这是冯治安儿时许下的承诺呀。

冯治安信步走到城北的关帝庙。残垣断壁，几十年过去了更为破败。他拿出了一百块现大洋，郑重地交给了县长任甫亭说："这是俺的私钱，为关公重塑金身是不够的。这些钱，搞土建修整和粉饰一新是够了。让百姓有个烧香祭拜的场所。"任县长接过钱又是一番感谢："冯主席回故里，没吃县府一顿饭，却让你破费，真是深感内疚呀！"

冯治安来到当年学徒的合泰成杂货店。老掌柜孙二喜，虽然年迈仍执掌店务，自己当年的忘年交孙旺老伯已故去了。冯治安挑帘进了店堂。本意不过是重温旧梦，却吓坏了老掌柜，深恐冯治安清算当年一记耳光之仇。老人俯身欲跪行大礼，求冯主席高抬贵手，放小店一马，让孙二喜没有想到，冯治安连忙上前扶起老掌柜道："掌柜的生意可好？身体硬朗啊！感谢当年你对俺的教诲！"孙掌柜的连声说："好！好！"当年学徒的师哥们红着脸一声不敢言语。眼看着就到午饭时间，老掌柜斗胆说："冯主席，想咱当年情谊，能否答应老朽在故城县最好的馆子请主席吃上一顿，以叙老情。"冯治安看了看手表，确已时值正午，便爽快答应道：

"可以呀，但不是饭馆子，还是在合泰成吃，俺还真想当年的爆腌萝卜条呢！"县长知趣，领众人退下，李贵陪师长又吃了一顿当年的学徒饭菜。孙掌柜拿出冯治安当年的小诗奉还。冯笑着说："还是你保存，当作纪念吧！"

下午，冯治安又去了怡和公，找到了胖掌柜，感谢他当年的照顾，并提出还付当年的借款和利息。冯治安明知李掌柜拒死不收，便赠送了自己腰间佩带的刻有冯治安名字的短剑，二人言欢到日落。

冯治安回到北平。天津市长萧振瀛，这位曾为二十九军乃至冀察政权催生的"功臣"，与日本人频繁接触，信口开河地向日本人胡乱许诺，事后都无兑现，遭日本人恼恨，认为是受了愚弄，便通过各种正式途径向宋哲元抗议，说冀察政权言而无信，要求宋哲元一一兑现，搞得宋十分尴尬。对萧振瀛的狂妄，张自忠尤为反感。冯治安召朋友在西苑三十七师师部聚会，张自忠好意相劝萧收敛，萧振瀛骂张是狗拿耗子，二人由口角而相骂，性情暴烈的张自忠跃起打了萧振瀛几下，一时秩序大乱，竟把冯治安的睡床压折，冯治安一笑了之，吩咐卫兵将断床抬了出去，二人见状方才住手。外边的卫兵目睹这种场面，却窃窃私语道："真稀罕，这么大的官儿也打架，还是咱师长有度量。"

众人反萧，宋哲元却一直怀有念旧之情，他毕竟对今天二十九军的局面做出过贡献，但对萧的妄言也很头疼。舆论对萧的贪婪放荡也多有讽刺。加上这次张自忠对萧的公开争斗，宋哲元对萧也越来越冷，萧振瀛感到进退失据，四面楚歌，这简直就是卸磨杀驴。他一怒之下声言辞去天津市长的职务，没想到宋立刻批准，给他十万大洋去"出洋考察"。萧乃愤然离开，大骂道："这真是呀，狗急了跳墙，人急了出洋！"

冯治安是萧振瀛的金兰契友，曾多次规劝，萧虽不公开抗冯，却仍我行我素独往独来。冯治安仁至义尽并不愠怒，一直以友相待，此次离去，冯治安说："这早已是在预料之中的，俺俩人的私谊决不会受影响，冯仰之从不办落井下石之事！"

张自忠接任天津市长。二十九军的军务重担几乎都压在了冯治安的肩上。冯治安善与人处，尤对吕秀文、佟麟阁两位副军长十分尊重。别人对有职无权、手无寸兵的副军长爱搭不理，冯却处处恭维，从不刁难，对下属官佐也相当宽厚。他时时为宋哲元补台。宋威重令行，处分严厉，部属稍有不慎犯有小错，宋哲元便向副官一挥手，嘴里只说个"走！"那军官就得卷铺盖走人。冯治安觉得处分太重，并不立刻向宋进谏，他稳住被处军官，然后故意找轻松话题和宋闲谈，见宋情绪好转，这才叫那位守在门外的军官进来，故意训斥一通，责成其改过自新，最后道："还不谢谢委员长！"那军官赶快敬礼道谢。宋哲元才半露笑意，鼻子"哼"一声，算是原宥了。

二十九军的随从人员暗地里给冯治安起了个绰号"补锅匠"，冯治安的人脉和口碑极佳。西北军旧将，反复无常而臭名昭著的石友三，还想回到西北军余脉二十九军之中。他托日方前来推荐投靠。宋哲元因石受中央通缉而拒绝接纳。张自忠因与石前嫌甚深，更憎恶其为人，也反对接纳。石友三遭碰壁后，他知冯治安为人谦和好说话，念旧情，便深夜来访。冯治安不好推之门外，便客气迎接走个过场。石友三丢下平日里的长官之架，低三下四对冯道："仰之！以前种种譬如昨日死，以后种种譬如今日生。务请你在宋先生面前多加美言。"冯治安尽管对石友三也很厌恶，终因温厚成性，又愿帮人于困惑之中，还是帮助石友三疏通与宋哲元的关系，帮石友三说了许多好话。结果，宋哲元看在西北军的情分上，任命石友三为保安司令，又为之向上打点，南京撤销了对石的通缉令。

军阀孙殿英以东陵盗宝而恶誉满天下。他先是被南京任命为新疆林垦督办，率亲兵赴任。行至宁夏时被马步芳部截击，军械辎重均被掠夺一空，孙殿英狼狈逃回北平，在家闲居。冀察政权建立后，民众抗日高潮汹涌而起，孙殿英见机会已到，他再也耐不住寂寞，便找到冯治安，请求建立一支非正规抗日队伍，枪支弹药请冯解决。冯治安笑道："你有人吗？"孙殿英痛快答道："有！俺孙殿英站在前门楼子上一喊就有人。"冯治安不解，孙说："我带出不少人，来北平后每人送了点钱，让他们在天桥一带做点小买卖，只要听我登高一呼，便会立刻聚来。"冯治安憎恨日本人，多一支抗日武装便多一分力量，于是帮助孙殿英组建起一支队伍，规定他们只在北平西部一带活动，不得滋扰百姓。

孙殿英承诺，但时隔不久，由张庆余率领的起义伪军，成功地在通州打响后拉出北平，经过西部时，竟被孙殿英的"抗日"队伍缴了械。孙本是绿林出身的小军阀，恶习不改。后终沦为民族败类，不得善终。

宋哲元背后道："这仰之弟，太过宽仁，常常因脱离'大礼'而办成糊涂之事，他太重情感了！"

一九三七年初夏，日本邀请宋哲元赴日本参加天长节盛典，意在笼络收买，更要在宋面前炫耀大日本国家富强、军队强盛。宋哲元内心也想赴日以显权威，只因日方开出的"经济提携"项目无法满足而受日方要挟，深恐去日本会陷入泥潭而不能自拔，便决定派张自忠率何基沣军四位旅长代他前去。

作为地方政权，冀察当局派大员参加别国庆典应事先向中央报备，批准后方可成行。宋哲元以华北王自居，并不履行此道手续，此举犯了"大夫无私交"之忌，招来南京訾议。蒋介石心怀不满，但碍于冀察形势隐忍未发。

张自忠离天津后，天津地区军务需要冯治安兼管。冯治安即刻视察了天津，着重看了大沽造船厂和天津造币厂。这两家工厂已转产兵器，主要是步枪、手枪及掷弹筒。冯治安对此十分感兴趣，因二十九军部队迅速扩大，从捷克进口的步枪、瑞士的高射炮、法国的手枪仍不敷用，遂将两厂转为军工。冯治安召开全厂职工大会，发表了激昂的讲话。他说："中国泱泱，地域辽阔，而日本弹丸小国，竟敢欺我四万万五千万人民，为何？从长城抗战的实例看，我们缺少优良的武器装备，凭中世纪大刀怎能捍卫中华？工人兄弟们，拿出你们的聪明才干，拿出你们的辛勤汗水，为中国军人造出强于日本的武器来！"工人们群情激奋，口号声一浪接着一浪，和渤海湾连成了一片。第二天天津报纸大幅照片和报道铺天盖地，说冯治安是"言必抗日"。

冯治安向资方提出增加工人工资和提高福利待遇，并答应工人们的要求，一旦战事爆发，工人可随时入伍，加入到二十九军来！

冯治安预感，中日必爆发一场民族之间的大战，他厌烦军政界中的人浮于事，只有实干才能救国，只有军强才能卫国，只有民富才能腰直气粗。他默默地履行自己的承诺。

这正是：山雨欲来风满楼
　　　　腹饱勿忘肠鸣声

第二十五回

黑云压城城欲摧
北平硝烟烟雾浓

冯治安站在三十七师指挥部西墙边，凝视着墙上那幅巨大的军用地图。北平的形势越发紧迫了，日本侵华野心日益膨胀，驻屯军人不断增加。指挥官的级别已跃升为中将级。冯治安敏锐地感觉到，中日将爆发一次规模较大的军事冲突，而地点就在平津两地。

日本广田内阁决定再向中国增兵，重点放在了华北驻屯军，司令官的任命改为"亲补职"，即直接由天皇任命。同时，将驻屯军军官的一年交替制改为永驻制。裕仁天皇委任田代皖一郎中将为中国驻屯军司令官，下辖步兵旅团、守备队、宪兵队等部，其中步兵旅团是驻屯军的主力，司令部就设在北平，和二十九军三十七师成了街坊，两虎相视为邻。日方河边正三任旅团长，挂少将衔，这是一位少壮派首领，"大陆政策"的狂热鼓吹者。步兵旅团下辖两个联队，第一联队长牟田口廉也大佐，是员骄横跋扈的悍将，日本军人法西斯组织"一夕会"和"樱会"的成员。除步兵联队外，驻屯军还包括炮兵联队、通讯联队、航空联队、战车联队、骑马大队、汽车大队、辎重大队、工兵大队以及山炮队等。此外，驻屯军步兵旅团还有机械化大队、化学战大队、守备队，等等，总兵力接近两万人。

华北驻屯军还在华北十九个城市设立了特务机关，豢养了一大批伪军。

冯治安眼看着日寇的步步紧逼，擦枪走火时有发生。他向宋哲元汇报道："按照国际惯例，日本政府不经中国同意，擅自向华北增兵，是对一个主权国家的悍然侵犯！冀察政权和咱二十九军应有所反应！"宋哲元不语，他不想打破华北已形成的既定格局。如战事一起，自己在华北统治的小王国将不复存在。况且南京中央政权连一声抗议都没发表，日军增兵华北既成事实。

冯治安无奈，只有抓紧战备。数以万计而又装备精良的日本正规军和自己同处一个辖区，自然对二十九军构成了巨大威胁。宋哲元面对如此严峻的形势，以忍为先，并未部署做出战略上的准备。二十九军十万雄兵只有被动地应付。三十七师与日寇近在咫尺，冯治安稍有动作，日方就会提出抗议。主管军事的冯治安只能遵照主帅的意图忍气吞声。而日本则变本加厉，挑衅捣乱、蛮横肆虐达到气焰熏天的地步。他们打着"保护侨民和防共"的旗号，天天蚕食着二十九军将士的意志。

一九三六年一月五日夜，一辆载有日军的汽车要求从朝阳门进城，守城的中国士兵紧闭城门，不敢擅开，经电话请示长官后才开门放行。日军认为中方士兵故意刁难非礼，进城后不由分说揪住中国士兵殴打，继而又殴打守城带班的解排长，解排长抢头跑上城楼。日兵尾追鸣枪，欺人太甚。解排长一怒之下，不顾上峰之命，令城上的中国士兵鸣枪示警。日兵惊愕，面对黑压压如林的枪口，连忙退回车中悻然离去。日兵驻屯军当局第二天遂向冀察政权提出抗议，蔑称中国士兵向日军射击，要严惩"朝阳门事件"的那位解排长。最后，以中国方面道歉了结。

时隔不久，塘沽日本商人勾结的华籍走私分子，被中国军警追缉。他们逃进日商大岛、大西两家洋行内。日本老板阻挠中国军警执行公务，又指使其华籍雇员陈永利出来辱骂，气势汹汹。中国军警愤然将陈永利带走，经审讯，陈永利承认洋行内确实窝藏走私犯，遂被押到洋行指认。日商出来抗议，形成混乱局面。日商明知无理，便在混乱中撕毁日本国旗，称是中国军警所为。驻屯军以保护侨民合法权益为由，向中方提出强烈抗议和苛刻要求，直至中方屈辱认错。"塘沽日商事件"才风平浪静。

一波刚平一波又起，驻塘沽日军三十余人，乘小船在海河搞军事演习，船至东大沽，日军突然要求在二十九军一四三师一三三旅刘团长的防地登陆。刘团理所当然予以拒绝。日军则蛮横地强行登陆。双方互相开火射击，各有伤亡。日小船登陆未果，日本驻屯军又提出抗议，中方一再忍让，"大沽冲突事件"又以赔礼道歉了结。

天津市政府保安队第三分队长邹凤岭，夜间着便装在夜市闲逛，误入日租界，被日本特务以"间谍嫌疑"逮捕，刑讯逼供。邹宁死不露身份，只说自己是小营公司的茶役，日本特务会同中国警员乘汽车押邹风岭去小营公司指认，汽车途径金刚桥时，一个正在执勤的保安队士兵，认出车上被押的正是失踪的邹队长，误以为是被劫持，情急之中吹哨召集保安队，并向汽车射击，打死了一名日本特务。日本特务队气急败坏，集合队伍气势汹汹蜂拥到市政府，要求追拿凶手。保安队同仇敌忾，全体出动，架起机枪列队严拒。一时气氛十分紧张，点火既着，天津政府要员急忙出来救火，道歉赔偿了结。史称"金刚桥事件"。

日军的挑衅程度已达荒谬程度。三个朝鲜浪人持猎枪公然要闯进卫戍司令部院内打鸟，自然遭卫兵拦截。日军抗议说：朝鲜人也是大日本国民，被中方侮辱即等于侮辱了大日本，也要求中方道歉。

更有甚者，驻北平日军不经中方同意，竟擅自在东交民巷东单一带进行军事演习，坦克履带把长安街轧得齿痕累累。日军还随意在民房上架起机枪，筑起沙袋工事。士兵狼嚎鬼叫地在屋顶上来回蹦跳，如入无人之境，北平市民敢怒不敢言。三十七师巡街士兵将情况报北平警备司令冯治安。冯在办公室里只能摔摔茶杯、骂骂大街，他真想下令将这帮小鬼子撵出北平城。无奈，军令如山，岂敢妄动。

丰台是北平大门、交通枢纽，具有特殊的战略位置，日军觊觎丰台蓄谋良深。冯治安部驻防丰台。一九三六年六月二十六日，八个士兵在铁路一侧遛马，一辆飞驰而来的火车拉着汽笛驶过，一匹战马受惊狂奔，蹿入日军尚未竣工的营房中，日军竟强行将战马扣留。中国士兵据理交涉却遭日军殴打。同时，日军紧急出动，全体武装到阵举枪，如临大敌。中方驻军营长张华亭闻讯赶到，忍怒制止了中国士兵，事情暂告平息。第二天，一个朝鲜籍日本特务冲进三十七师的马厩，竟声言这个马厩是他的私产，被中国军队强占了，要求立即腾出归还他。中国军队对于这种取闹不予理睬。该特务竟抽出短刀向中国士兵刺来，紧接着，大批日军士兵前来帮凶呐喊助威。营长张华亭忍无可忍，令士兵们还击。双方立刻就纠缠在一起，遂发生械斗，各有负伤。日本驻屯军直接向宋哲元提出抗议，要求道歉、赔偿，惩罚肇事者，还狂妄提出：中国军队全部从丰台撤出。

冯治安听到汇报，气得脸色铁青。他一贯要求部下对日军的挑衅要以牙还牙，却受到宋哲元训斥。宋怕事情闹大，竟然答应了除撤出丰台之外的全部条件，丰台事件暂告平息。

一个月后，日军在丰台的新营房建成。驻军骤然增至两千余人。而二十九军在丰台只驻有一个营的兵力。八月底，一个日本浪人森川太郎无故闯进二十九军丰台军营闹事，与守卫士兵发生殴斗致伤。日方又提出抗议，要求二十九军撤出丰台防地。宋哲元仍然只答赔款，惩办打人凶手，日方不答应，形成僵持局面。

九月十八日，是中国的国耻日，三十七师混成部队二营五连孙香亭部演习完毕整队回营，在丰台繁华小街正阳街上与迎面而来的日军一个中队狭路相逢。由于街面甚窄，两军不能交叉通过。日军耀武扬威夺路，想挤开中国军队硬行先过。二十九军士兵刚听完"九一八事变"的国耻教育，正处满腔悲愤之际，见日军如此猖狂，无异火上浇油，便以牙还牙，拒不躲闪。双方一边争执，一边高声叫喊。日军军官用生硬的汉语道："皇军大大的好，支那兵小小的坏！"

二十九军士兵也高声回骂。日军岩井小队长恼羞成怒，带两名骑兵冲进国军队列。中国士兵因被马踏，愤急用枪托猛击其马。日军指挥官命令将孙香亭连包围。孙连长上前交涉，却被日军掳走。五连士兵见状迅速列开阵势准备还击。此时，日军第一联队长牟田口廉也亲率一个大队增援，行至大井村与二十九军驻军发生冲突，日军悍然开火，中国军队奋勇还击。一时战况颇为激烈。日军趁丰台营空虚，抢占有利位置将驻军军营包围。我方驻军立即布阵迎敌。日军用炮火破坏我工事后，继之发起轮番冲锋，形势万分火急。冯治安闻报后，按捺不住心中怒火，立命二二〇团团长戴守义率部跑步赶往丰台火车站，将日军反包围在二二〇团枪炮之中。日军牟田口廉也见势不妙，急令部队停火自行撤回原防。戴守义团长也见好就收，阻止部队追击，日军气焰顿消。

由日军挑衅引发的这场冲突，经新闻媒介传播，在全国引起强烈反响，北平各界人民以激昂的爱国热忱，表示对二十九军的支持，纷纷向当局呼吁奋死抗争，誓做大军后盾。

冯治安面对日军的挑衅和广大民众的要求，态度十分明朗坚定，但凡是他有权决断的事情，他总是下令绝不屈服，以牙还牙。但冯治安深知，二十九军毕竟是一支实行绝对一长垂直领导的军队，在小问题上可以自由付诸实施，而在大原则问题上，只要与宋哲元的观点有悖，便被置于不屑一顾的境地。冯治安早就习惯了二十九军"小事从权，大事从君"的权力运行机制。他面对日方猖獗、己方愤起的对抗局面，只好强自压抑军人的羞耻和责任，听候宋哲元的裁夺。

宋哲元仍然本其"小不忍则乱大谋"的一贯态度，以忍让求和平，竟然答应让出丰台军营。冯治安心如铅块，脸色灰暗，一语不发。

九月十九日，即"九一八"国耻日的第二天，原驻丰台的中国军队打好行囊在即将舍弃的军营外列起队伍，与准备"鸠占鹊巢"的日本相对而立，举行所谓"交接式"，双方互致军礼，表示"误会"解除、"亲善恢复"，然后中国军队在哭泣中灰溜溜离去，而日军则在山呼中进驻。北平市民痛恨无能政府，他们同情二十九军士兵的无奈呻吟，他们且如此，何况手无寸铁的平民。

失去丰台驻军权，犹如失去了枢纽控制权。当主持"交接仪式"的中国军官向冯治安汇报经过时，冯治安第一次粗鲁地大骂了那个官佐："你他妈的就是个浑蛋！中国军人的脸全叫你给丢光了，俺不听什么汇报，滚！滚！快滚！冯仰之不想见到你！"那军官心痛欲碎，他知道师座的心情，他更知道，师长绝不是骂他！

丰台事件最后以屈辱退让结局，遭到全国舆论的同声谴责，北平人民失望之余，将怒气全部转向宋哲元，骂声、批判声风起云涌。冯治安躲在师部里几日不出，他无颜面对北平的父老乡亲，也不愿回到西四砖塔胡同的冯府，他怕被唾沫星子淹死。

宋哲元的忍让，不但未使日军猖狂气焰稍减，其骄横之气反而更旺。越来越多的军事演习接踵而来，规模也越来越大，他们在向中国炫耀大"皇军"的威仪。二十九军当地将士人人义愤填膺，冯治安更为愤懑，他毅然下令三十七师要和日军演习针锋相对，今天日军在哪儿演习，明天咱们就在哪儿演习，一定要演出威风，演出水平。军令一下，三十七师官兵对这一决策欢呼雀跃。于是，一场接一场的"演习对抗赛"在北平南部展开，日军今天刚刚亮相，三十七师明天就威武登场。喊杀声震天，都出自士兵肺腑；舞刀光逼日，更来自一腔国仇。每当中方演练，围观市民齐声呐喊助威。日军见二十九军锋芒熠熠，气急败坏，提出要在卢沟桥和丰台之间建造军营，遭当局拒绝，日军便加大演习力度，由虚弹变实弹，由白天到黑夜，演习越来越接近实战，而又以演习为借口，要求从宛平城内穿过，然后再跨越卢沟桥，得寸进尺。冯治安果敢命令宛平驻军严厉拒绝其无理要求，同时命令：日军若敢强行通过，不用请示军令以强力制止。

日军受阻，又耍老一套把戏，向冀察当局交涉。冀察当局再次妥协，允许日军从宛平穿城而过。守军将士气得咬牙切齿，但碍于上峰命令不敢阻拦。一位穿城日军军官将路边一棵幼树碰折，驻军当即揪住索赔。日官佐耍横，见中国士兵眼瞪如铜铃，市民怒目而视，无奈只得拿出两角钱赔偿离去。中国军民故意纵声欢呼。

一九三六年底，日军在华北举行了一次规模空前的大演习，参加部队近万人，演习范围达四万平方公里，被强划进演习的农田横遭践踏。一位采棉花的老农因不识标记，进入演习圈后被日军开枪打死，满地未熟的白菜、棉花被践踏，晚熟的高粱被强行砍掉，农民欲哭无泪。北平城里参加演习的日军坦克，列队出朝阳门时，有个十岁的小女孩喊了句"打倒日本帝国主义！"竟被日军抓起来，扔到隆隆前进的坦克下活活轧死。

日军凶狠残暴的行为激起了北平市民的无比愤慨，全国民众愤怒的浪潮迭起。二十九军的官兵更是烈焰中烧，眼看着无辜的女童就惨死在自己的面前，却不能复仇，士兵们恨啊，人人都摩拳擦掌想与日寇一拼。平津的抗日怒潮俨如山呼海啸，而骄横的日本驻华军的法西斯分子们，也被激得恶向胆边生，想借此撕开裂口，全面燃起侵华战争烈火。华北已成为巨大的火药桶，大规模冲突随时可触发。

就在这千钧一发的关键时刻，华北最高军政长官宋哲元决定回故乡山东乐陵县修葺祖墓。临行前，冀察行政及外交事务交给秦德纯，军事交给冯治安，然后飘然离去。

日方在军事上压迫，经济上向宋哲元提出"中日经济提携"方案，核心是开放华北。日本帝国主义的本意无非是通过攫取华北资源，使"华北特殊化"的战略目标获得经济基础，进而把华北建成侵华的前沿阵地。宋哲元中计，幻想在自己的势力范围内发展能源、交通、工矿等现代化产业，以壮大实力，巩固自己的小"诸侯国"。出于这种考量，宋哲元对日本提出的"经济提携"的要求，一度公开表示乐于接受，他曾对报界说："余对华北之经济振兴，期望日本强有力之援助。"立刻招来各方压力。宋开始认识到问题的复杂性和危险性。

一九三七年三月十七日，华北驻屯军田代皖一郎邀请宋哲元赴酒宴，酒席上施尽手段，逼宋哲元在已预备好的《中日经济提携协定》上签字。

宋被搞得昏头转向，最终签了字。蒋介石知晓后大为恼火骂宋无知。宋哲元事后也是懊丧不已。为此，宋和冯治安约定：以后如果日本再请我赴宴，去后如平安无事就打电话回来，说："我一会儿就回去。"若两个小时接不到电话，冯治安就派兵将宴会场所包围起来，以防日人再要挟。

宋哲元自从在协定上签字后，日本方面以此为据，几乎天天派人上门催办。北平各界对宋哲元此举极为不满，著名学者张奚若在胡适主办的《独立评论》上发表文章，批评宋哲元擅权，指责他"一切设施都朝着独立或半独立的方向走"，说宋"以特殊自居"。宋哲元对此颇为恼火，一怒之下，将此期刊物没收封存，后来，摄于胡适的国际声望，又退还回去。

日人的逼迫，国人的责难，搞得宋哲元狼狈不堪，难于招架。思来想去他终于想起《孙子兵法》"走为上策"来。然后决定"返乡修祖墓"。秦德纯、冯治安全力劝阻，宋执意不听，自己潇洒而去，将这堆烂摊子放给了秦、冯二人，一住就是几个月之久。

宋哲元的离去，对以后京津的局势产生了重要的影响，这是他本人始料不及的。他的离去，让冯治安一旦指挥权在握，便对日寇以牙还牙绝不手软。在日本人眼里，秦德纯是"中央抗日派"，意即：秦既服从于南京政府，又坚决抗日；而张自忠被划为"知日派"；刘汝明、赵登禹是"地方抗日派"，只有冯治安被戴上一顶"顽固抗日派"的帽子。冯治安满意这一称谓，在国民面前应能抬起头来。现宋哲元一走，军事、外交操于冯治安、秦德纯手中，两个抗日派的作为，其后果如何？

宋哲元走前曾一再叮嘱冯、秦二人以忍为上，他不相信中日之间会马上爆发战争，因为南京蒋介石一直要求宋哲元忍辱负重，委曲求全，要他"苦撑"，不要轻启战端。另外，日本国内政局从一九三七年初发生了变化，林铣十郎组阁，佐藤尚武出任外相，以新姿态展开"佐藤外交"，强调与中国"友好、亲善"，一改过去咄咄逼人、动辄动武相威胁的蛮横态度，对华北则主张"以谅解的态度、公正的态度来对待"，与此相应，日本军方也主张"应改变对华政策，即以互惠互荣为目的，将主要力量投入经济和文化工作中……不再进行华北分治工作"，等等。日本上层放出的这些柔和的五彩烟雾，自然给宋哲元一种和平有望的遐想，因此他对冯治安说："南京和东京都没有打大战的准备，单是华北驻屯军挑衅捣乱，只要忍一忍，让一让也就完了。"

对于日本高层的和平姿态，中国共产党领袖毛泽东在延安一针见血地指出："所谓'中日提携'宣传和某些外交步骤的缓和，正是出于战争前夜日本侵略政策的战术上的必要。"

秦德纯找冯治安商讨二人主政的要略，秦说："宋告我两件事，对日交涉，凡有妨碍国家主权领土完整者一概不予接受，为避免双方冲突，但亦不要谢绝。"冯治安不语，他心中只有一个原则："日寇来犯，以牙还牙！"

这正是：黄鼠狼与鸡交友
　　　　狼子心欲盖弥彰

第二十六回

"七七事变"第一枪
"反日元凶"冯治安

卢沟桥是建立在北平西南部永定河上的一座大石桥。永定河从崇山峻岭的晋北一路奔泻而下，过官厅山峡后流经北平地区，又东南行汇入海河后在天津入海。永定河属季节性河流，冬春干旱时涓涓一脉，夏季涨水时则奔腾汹涌。它携带大量泥沙、浊流滚滚，又称浑河。浑河进入北平地段后始称卢沟河。卢，黑也，卢沟意思即黑水，亦寓混浊之意。卢沟河洪水季节奔突湍急，常导致泛滥改道，流域百姓饱受其害，又称之为"无定河"。清代筑起大堤以巩固河槽，为图吉祥，也为了区别陕西省北部的那条无定河，传说是乾隆爷提笔命名为永定河。

金代定都北京，金世宗下诏在卢沟河上建桥。大桥还未动工世宗死，章宗继位后才鸠工建造，历时三年工成，赐名广利桥。但民间都直呼为卢沟桥。

卢沟桥全长二百六十六点五米，由十一个长度不一的石拱组成。建造得精巧壮丽，堪称古典桥梁建筑的杰作。桥两侧的石栏杆望柱上，雕刻着千姿百态的石狮，或怒或嬉，或隐或伏，或如父负子，或如母哺儿，美不胜收。共有大狮子二百八十一只，小狮子一百九十八只，桥头巨狮两只，华表顶座望天吼四只，总数为四百八十五只，这个数字与宛平县城墙的垛口总数及东西两门的泅钉数恰好相符，真乃鬼斧神工。

壮丽的卢沟桥引得无数骚客题咏，风流天子乾隆乘兴来此夜游，正值皓月当空，水中月静，乾隆被此美景所动，写下了"卢沟晓月"四个大字，刻碑立于桥头，"卢沟晓月"被列为燕京八景之一。

　　冯治安的同乡，明朝左都御史、文学家马中锡受权阉迫害被囚系械送京师，过卢沟桥口占一律云：

　　　　槛车撼顿路坡院，驿吏催程县卒呵。
　　　　敢谓士师囚管仲，自惊廷尉系萧何。
　　　　凤凰城近嚣尘起，虎豹关严积雪多。
　　　　试问卢沟桥下水，何时水沣涌春波？

　　卢沟桥是北平西南的咽喉，战略位置显要，使之成为兵家必争之地。宋、金、元、明都城都在这里进行过血战。民国直系军阀就曾在此恶战五昼夜，尸积如山，河如霞染。

　　卢沟桥和它身后的宛平城，是冯治安特别重视的守备地区，驻守在这里的是三十七师一一○旅二一九团三营。一一○旅旅长何基沣、二一九团团长吉星文都是爱国抗日的血性男儿，而三营营长金振中更是位急先锋式的抗日好汉。喜峰口大战时，金振中脱光上衣抡刀冲入敌阵，将日寇抢占的烟筒山阵地夺回，受到冯治安的嘉奖。

　　宋哲元离开北平后，冯治安再一次检查驻地防务。他首先视察驻守卢沟桥的三营。营长金振中汇报："报告师座，我营是加强营。全营有四个步兵连，一个重机枪连，一个轻重迫击炮连，总兵力一千四百余人。全部在宛平城内外及卢沟桥周围，重点则是守卫卢沟桥，请师长检阅。"冯治安笑了笑，示意不要集合队伍，还是深入到连队，他要看看士兵的气势和装备的保养，做到心中有数才能放心。金营长陪同冯治安检查到重机枪连时，正值午饭，全连集合列队，待饭挑落地，执勤连长高喊："谁给我们种的粮？"齐答："老百姓！""谁给我们织的衣？"齐答："老百姓！"冯治安高兴，咱们西北军的老传统没有丢呀！全连仍未立即开饭，又齐声高喊："宁为战死鬼，不作亡国奴！"金振中报告说："长城抗战后，我营官兵在饭前和睡觉前都要高呼这两句口号，是三营的魂！"冯治安听了很高兴道："我们二十九军要树立昂扬的同仇敌忾精神，这比武器精良更重要！"

　　冯治安蹲下身来，和士兵一起吃了午饭，猪肉炖豆角、黄瓜片甩油汤，主食是白面馒头。临走时，金振中再次请示如何面对日军的挑衅，冯治安道："平津是我国著名的大城市，也是我国政治、经济、文化的中心，国内外人士甚为关注，若稍有处置不当，即会遭全国同胞唾弃，甚至使我军无法生存。但从好的方面说，平津地区不但能满足我军的开支，而且还能壮大实力，舍此，再难得此好机会，你们与日军争端，越往后推越好，望你好自为之。"金振中当即表示："应本着师长的训斥，以不惹事、不怕事的原则维持目前局势，但若日军硬攻时，必抱定与桥共存的决心，以维护本军名誉和报答全国同胞。"冯治安连声说了两句"好！好！"

一九三七年七月六日，宛平城下起了滂沱大雨，天色灰暗，守城士兵在雨中一丝不动目视左右，高度警惕。突然，他们发现一队日军在雨雾中军姿整齐抵达宛平城下。日军翻译向我守军喊话："我们是日本皇军，刚完成卢沟桥军事演习，要到长辛店继续演习，需要从宛平城东门穿越，你们要打开城门放行！"中国守军严词拒绝，日军见状剑拔弩张，守城连长急令全连士兵在城墙上列阵，做好随时反击的准备。双方怒视，气氛甚为紧张。日军在雨中相持了十几个小时，傍晚，才悻悻退回丰台大营。

七月七日上午，日军又到卢沟桥北侧进行军事演习，昨天穿城没有得逞，今天更加气势汹汹，确有一触即发之可能。何基沣见状赶快给在保定的冯治安打电话报告，冯治安闻讯后立刻赶回北平，召集何基沣、吉星文等布置应变措施。他心里有预感，中日双方极有可能擦枪走火而酿成战事，冯治安对何基沣说："人若犯我，我必犯人，这是二十九军一贯之原则。不要贸然开火。但若敌挑衅，就坚决还击！"并令三十七师全部进入紧急战备状态。

下午，由队长清水节郎带领的日军河边旅团第一联队第三大队第八中队，开到卢沟桥西北的龙王庙附近，声称要举行夜间演习。龙王庙有中国驻军，日本选择在中国驻军的鼻子底下搞演习，其蓄意挑衅的目的可谓昭然于天。日落前日军加紧构筑工事，天黑后，近六百人的清水中队开始向东移动，十时四十分，宛平城守军突然听到日军演习位置响起一阵枪声，刚入睡的宛平守军立即起床奔赴各自岗位。清水节郎的部队围住了宛平城。日军声称一日本士兵失踪，名叫志村菊次郎，要求中国守军打开城门放日军进宛平城搜寻。日本驻军首脑河边正三旅团长不在北平，便由联队长牟田口廉也通报给驻北平军队特务机关长松井。松井连夜向主政冀察政务的秦德纯提出外交抗议，要求让日军立即进入宛平城内搜索。秦德纯立即答复："卢沟桥是中国领土，日军未经同意在该地演习，已违背国际法，侵害我国主权，走失士兵我方不能负责，日方不得进城搜查，致起误会。"秦最后答应："天亮后，由我军警代为寻觅，如查有日本士兵即行送还。"松井闻言大怒，气势汹汹，声称日军将以武力保卫前进，坚持进城。

此时，那位失踪的士兵志村菊次郎已经归队。他脱离部队二十分钟大便去了。清水最初误以为失踪，便立即向上司报告，当得知士兵归队，这位清水节郎本应再次向上司报告，可这位日本官佐虽觉得这一挑衅失策，狂妄之心态让他拒不承认错误，仍以寻找失踪士兵为借口，包围宛平城制造武装对峙局面。他的这一举动，也符合日本特务机关长松井的心意，借机制造全面冲突。

冯治安得知宛平城事态后，立即同秦德纯商酌，决定秦继续同日本在外交政治上周旋，冯立即组织三十七师进入全面备战状态。冯治安急令吉星文严密戒备，准备应战。一面又指示督察专员兼宛平县长王冷斋立即查明情况回报。王冷斋连夜组织人力在城内查找，确证：中国军队并无开枪之事，城内更没有失踪的日本士兵。

冯治安和秦德纯查明情况后，联名向在山东乐陵老家的宋哲元发电汇报。宋哲元半夜里被此讯惊醒而不安，他披衣下床来回踱步思考，认为事态不至扩大，便回电指示："秦、冯二位必须镇定处之，相机应付，以免危局，吾不返回北平。"

秦德纯知宋态度后，为防止事态急剧恶化，派遣王冷斋前往日本特务机关会晤松井，双方商定：由中日各派代表前往宛平县城内调查，候调查有结果再进一步谈判解决办法。中方派出冀察政务委员会魏宗翰及王冷斋等为代表；日方则派冀察绥靖公署顾问樱井和日军辅佐官寺平等为代表。七月八日凌晨，双方代表驱车前往卢沟桥，路经丰台，日本联队长牟田口廉也截住王冷斋等，要求进日本兵营面谈。实际上，日方是想逼迫这一班文人立即签署屈辱协议。不料王冷斋以"未经调查，何谈处理"的正当理由给顶了回去。双方继续前行。沿途听见日军已开列阵势，车抵宛平城东门一公里处，日方寺平又强令停车威胁说，事态十分严重，来不及调停，要求中方驻宛平城东门之守军向西门撤军，由日方接管东门。王冷斋仍然严词拒绝。寺平气势汹汹道："此项要求系奉命办理，势在必行，请你见

第二十六回 "七七事变" "反日元凶" 冯治安 第一枪

机而做，以免危险，十分钟内如无解决办法，严重事件立即爆发。"王冷斋一个文人县长，此时面对敌人铁阵，大义凛然，毫不畏惧，坚持必须先行调查，并指出："双方已有协议，先行调查而谈判解决；你方竟然前后矛盾，万一事态扩大，你们要负全部责任！"寺平见威胁不成，只好和王冷斋进宛平城谈判。双方还在争执，城外迫不及待的日酋牟田口廉也竟下令攻城，冲突急剧加温。

营长金振中立即要通师长冯治安电话，急报宛平事态。冯治安早已怒火填胸，几年来日寇欺辱国人，屡挑事端，都因宋哲元态度忍让。今宋远离北平，"将在外军令有所不受"，冯治安一朝权在手，便将令来行。他回复金振中道："日寇已在宛平城打响了第一枪，二十九军不是吃素的，以牙还牙是我一贯之态度，打！还击！"

卢沟桥北侧的平汉铁路桥，是进入北平的咽喉，极具战略意义。

金振中营一个排在那里固守。日军攻打宛平城的同时，为预防二十九军大部队从河西过铁路桥增援，抽调第三大队主力，由一木清直率领向铁路桥扑来。金振中闻讯，急忙派出申仲明排前去增援。一木来到桥边，申排长屹立桥头迎拒。一木仍以搜寻失踪士兵为借口要求过桥。申仲明以严词回绝。一木清直拔出手枪竟朝中国排长申仲明开枪射击，申排长毫无防备，当即中弹殉国。我军一见怒火中烧，顿时开火还击。双方立即展开了激烈的争夺战。中国守兵抡起二十九军大砍刀冲向敌阵，前面倒下，后面跟上，前仆后继与日军进行肉搏。但我只有两排兵力，敌众我寡，加之火力装备又逊于日军，中国官兵只想杀敌，缺少战略运用，结果陷入重围，两个排的士兵全部牺牲。日寇占领了铁桥，但铁轨之上，也留下了百余具尸首分离、断肢缺腿的尸体。中日双方士兵的鲜血混染交融，顺着铁桥缝隙滴落在永定河中，河水泛起一片片殷红。

冯治安作为二十九军军事负责人，严令部下："卢沟桥即尔军之坟墓，应与桥共存亡，不得后退。"同时，秦德纯、冯治安、张自忠联名发表声明："彼方要求须我方撤出卢沟桥城外，方免事态扩大。但我以国家领土主权所关，未便轻易放弃……倘彼一再压迫，为正当防卫计，当不得不与之竭力周旋。"

日军先发制人，向宛平城展开疯狂进攻，一边用大炮直轰城墙，一边向城内盲目轰击。中国军队毫无所惧，沉着应战。宛平城内居民群情激愤，百姓们不但没有惊慌出逃，而且都争先恐后为部队运送弹药给养。居民纷纷将家中的西瓜送到城头。军民肝胆相照、血火与共，气氛实在感人。

日军原想以闪电进攻拿下宛平，结果事与愿违。华北驻屯军司令深知北平日军兵力单薄，对付三十七师尚有难度，便急匆匆派遣步兵第一联队第二大队、战车一中队、炮兵二大队开赴北平增援。同时派森田向中方提出苛刻交涉条件，均被拒绝后，再次向宛平猛攻轰炸。城内民居多处中弹，专员公署办公厅被轰成一片瓦砾。敌人调集多辆坦克攻击宛平城东门阵地，往复冲锋，都被中国军队击退。

这年夏季北平多雨，七月八日又是大雨滂沱，国军将士在雨中坚持战斗，限于装备简陋，战斗打得十分艰苦，但士兵们斗志高昂，宛平人民以极大的热情支援三十七师抗敌。

冯治安从日寇打响第一枪开始，一直蹲在司令部指挥，一刻也不敢离开岗位。除三十七师师部外，他不断来往于前线亲临视察，冯治安听完何基沣、吉星文的汇报后，亲授机宜。无论他走到哪里，都只说一个字："打！"

冯治安是个不怕事的将军，但他毕竟不是二十九军的统帅。今天宛平城战事激烈，又超出宋哲元所定的原则，为了督促宋军长回北平，冯、秦二人商议，又派出邓哲熙亲自去山东乐陵催请。宋哲元听完汇报，仍然认为不会打起大战，迟疑不作归计，只向冯治安发了一个电报："扑灭当前之敌。"含义则为：只打当前之敌，不要扩大打击面。直到七月十一日，他才离开老家，到了天津三十八师张自忠驻地。

冯治安接到电报心中有底，那当前之敌就是夺我平汉铁路桥之日寇。铁桥丢失，使二十九军处境非常不利。冯治安指示金振中夺回铁桥，金营长大喜，憋闷的耻辱之气顿然消失。他挑选了百余名敢死队队员，决定亲率夜袭日军。

当夜，阴云沉沉、细雨霏霏，金振中命令宛平城守军关闭灯火。从城头垂下绳索，百名敢死队队员悄无声息攀绳而下。队员们只携带手枪和大刀片，紧跟营长一路蛇行虎伏。漆黑的雨雾掩护敢死队神不知鬼不觉来到日寇营盘外面。日军哪里想到中国军队竟敢夜雨摸营，毫无防备。金振中一声口哨，百位神兵从天而降，大刀挟风带电劈杀过来，酣睡的日军惊醒过来已人头落地。什么武士道精神，日兵东逃西窜均被大刀逼回，有的干脆跪地求饶，肉搏战进行得十分顺利。等日军从惊恐中集结成军时，已有百余名日寇成了刀下之鬼。

敢死队夺回铁桥后立即加固阵地，日军组织多次反扑均被顶了回去。战斗打得异常激烈。铁桥笼罩在血雨腥风之中。敢死队伤亡惨重。

黎明时分，一颗炮弹落在营长金振中身边，金营长的大腿被炸得血肉模糊，士兵们欲将营长背下阵地，金振中大骂："浑蛋，你们的任务是打退眼前的日寇，因我而失阵地，军法从事！"吉星文团长率后援部队赶到，他下死命令并煞费周折才将金振中拖下铁桥。

冯治安一夜没有合眼，亲自安排将金振中送往北平野战医院。此时的北平城，早已沉浸在夜袭铁桥的胜利喜悦之中。三十七师收复阵地，扭转了中国军队的被动局面。更重要的是，自长城抗战以来，国人需要这样的胜利消息。夜袭铁桥成功，极大鼓舞了北平人民及全国人民抗日的决心。

卢沟桥事变发生后，全国报纸及其他媒介以最显著位置报道事态变化。卢沟桥一下子变成了全国人民心目中最关注的地方。北平人民以空前高涨的热情表示对三十七师官兵崇敬和支持，赞扬三十七师师长冯治安果敢还击的爱国主义精神。北平的中国共产党地下组织，动员各抗日救亡团体纷纷行动起来，冒着生命危险到前线慰问将士。各大学均自动停课，学生们纷纷走上街头，募捐、演说、参与情报传递及战地服务工作，女学生们纷纷加入救护工作的队伍，为伤员喂药包扎。穷苦的磨刀匠们，也赶赴前线为战士们义务磨刀，拉黄包车的车夫义务运送伤员，甚至二十九军的军人在店铺中购买日用品而不收钱。三十七师的将士们面对如潮的爱国群众，个个激动万分。冯治安走在街上，又找回了长城抗战的感觉，北平的大街小巷，到处都张贴着标语，到处都爆发出一阵阵同胞们的呼喊："誓死保卫卢沟桥！""打倒日本帝国主义！"

复夺铁桥的胜利，激起全国一片喝彩，许多著名的学者、文人也满怀激情，或著文，或赋诗，表示对卫国将士的敬意。年轻的作曲家麦新从宛平前线回到家中，他按捺不住一腔热血，以激越的旋律，谱写了一首撼人心弦的歌曲《大刀进行曲》，为二十九军的壮举插上了飞翔的翅膀，立刻在中华大地传唱。歌中唱道：

大刀向鬼子们的头上砍去！

二十九军的弟兄们

抗战的一天来到了，抗战的一天来到了！

......

这首歌的问世，成为中国军民抗日战争中鼓舞斗志的号角，发挥了巨大的精神力量，原歌词屡经改唱，"二十九军的弟兄们"被"全国爱国的同胞们"所代替。

第二天，即七月八日，中共中央向全国发出通电，电文说：

全中国的同胞们！平津危急！华北危急！中华民族危急！只有全民族实行抗战，才是我们的出路！我们要求立刻给进攻的日军以坚决的反击，并立刻准备应付新的大事变。全国上下应该立刻放弃任何与日寇和平苟安的希望与估计。

全中国同胞们！我们应该赞扬与拥护冯治安部的英勇抗战！我们应该赞扬与拥护华北当局与国土共存亡的宣言！我们要求宋哲元将军立刻动员全部二十九军，开赴前线应战，我们要求南京中央政府立刻出兵援助二十九军，并立即开放全国民众爱国运动，发扬抗战的民气，立即动员全国海陆空军准备应战，立即肃清潜藏在中国境内的汉奸卖国分子及一切日寇侦探，巩固后方。我们要求全国人民，用全力援助神圣的抗日自卫战争，我们的口号是：武装保卫平津，保卫华北！不让日本帝国主义占领中国寸土！为保卫国土流最后一滴血！

全中国的同胞们，政府与军队团结起来，筑成民族统一战线的坚固长城抵抗日寇的侵略！

国共两党亲密合作抵抗日寇的新进攻！驱逐日寇出中国！

卢沟桥战事爆发后，全国民众自发募捐钱物，各地慰劳团体纷纷派代表来北平，卢沟桥竟呈现一派万众云集的节日盛景，各地记者蜂拥而来进行采访，冯治安深感人民、民族之大义，但他素来不喜出头露面，便委派何基沣接待各界人士，自己仍旧全力投入到军事指挥中。

人民的支持、赞扬，大大鼓舞了三十七师及二十九军的士气，参战者决心以身殉国，未参战者则摩拳擦掌，驻天津、张家口两个师的官兵纷纷请战，恨不得早日与日寇一拼。

七月九日，何基沣向冯治安建议：趁己方士气正盛，敌人又未来得及补充大量兵员之机，全军集中优势兵力，一举端掉丰台日军大营，全歼驻北平之敌。冯治安欣然同意。正在此时，日方忽又提出谈判要求，愿意"和平解决"争端。冀察方面立即同意。双方遂各派代表开始谈判。天津方面，张自忠也和华北驻屯军方面举行以"和平"为主题的会晤。

北平的谈判很快就达成协议，双方商定：一、停止射击；二、日方退回丰台，中方撤至卢沟桥以西；三、由冀北保安队接防，协议虽然谈成，但由于日方不答应，只算口头生效。

张自忠从天津打电话给何基沣，询问北平形势，何告诉张：已与冯治安师长议定进攻丰台。张自忠一听表示反对，但张自忠碍于何是冯治安的部下，便撇开何，直接和秦德纯通电话申明他的意见，秦便以军部名义下达了"只许抵抗，不许出击"的严令。命令还说："撤兵办法已商妥，不得妄自进攻。"这道严令，实质是对冯治安准备收复丰台而下的。白纸黑字不是嘴上会气，冯治安被捆住了手脚而毫无办法。二十九军从战略上陷入了被动。

二十九军连同保安部队，约有十万之众。综合兵力大大优于日军，日军只有大量增兵才能应付，但增兵需要时间，为此，日方才虚假地提出谈判撤军，这一招"明修栈道，暗度陈仓"之计，冯治安心里十分清楚。今天不打丰台日军大营，二十九军将面临一场大难。日本为拖住战局不再发展，迅速调运兵力，谈判三小时后，日军又向宛平城开枪。我方质问，日方竟说是开枪为了掩护日军撤退。

奉命来宛平城接防的保安部队二百人急赴卢沟桥，当他们路过大井村日军军营时，又遭日军开枪阻截。几经周折，日军才放行。结果，十五公里的路程走了整整一天。次日凌晨，保安队进城后，便和二十九军金振中营换防。保安队开锅做饭时，城外日军又开枪射击。天色大亮，保安队登上城楼张望。日军并未按协议撤走，反而架起直指城池的炮位，摆出了进攻态势。

七月十日上午，应日方之议，双方在秦德纯私宅会谈。中方出席的是秦德纯、冯治安、王冷斋、何基沣，日方出席者竟没有一位能代表日本军部之人。日方樱井提出要中方撤掉有关指挥官，并向日方赔礼道歉，被冯治安严词拒绝。樱井见状，以接电话为由，竟不辞而别，会议尴尬收场。

就在日方翻云覆雨、边谈边打的同时，其大量正规军及辎重已源源不断向卢沟桥开来。从天津到北平，把持铁路大权的汉奸陈觉生，一路绿灯对日军放行，步兵车辆在公路上也畅通无阻。连日淫雨，道路泥泞。日军装甲车行经杨村二十九军三十八师驻地前，有一辆陷入泥潭不能开行。三十八师士兵早就想与三十七师一样和鬼子一拼为快，见日军就在眼前，恨不得立即扑杀过去。驻军指挥官见气氛紧张，怕士兵闹事，忙向天津三十八师打电话报告，三十八师副师长李文田听了气急败坏地说："你们快快找车，把日本的车拉出来快快让他们走，免得惹出事来！"三十八师士兵听说上峰要他们帮助鬼子拉车，个个义愤填膺，所有士兵抗命拒绝执行，长官见状躲了起来。最后，日本军车自行解决，一走了之。

华北日军一边积极备战，一边向本国内阁报告，故意诬称中国军队杀了许多皇军，以激怒内阁。果然，内阁闻报一片哗然，很快形成了两派，一派主张通过谈判解决，不使之成为导致战争的导火线；一派则喊杀连天，认为这是征服中国的"千载难逢的良机"，主张立即"给予一击"，"利用这一事件推行治理中国的雄图"。

"七七事变"的始作俑者清水节郎呈报是中国驻宛平守军开的第一枪，责任不在日本方面，他在笔记里这样写道：

> 我站起来看了一下集合情况，骤然间假想敌的轻机枪射击起来，我以为是那边部队不知道演习已经终止，看到传令兵而射击起来了。可是，我方的假想敌，好像对此还没有注意到，仍然进行射击，于是，我命令身旁的号兵赶紧吹集合号。这时，从右后方靠近铁路桥的河堤方向，又射来十几发子弹，回顾前后，看到卢沟桥的城墙上和河堤上有手电似的东西一亮一灭（似乎打什么信号），中队长正分别指挥逐次集合起来的小队做好应战准备的时候，听到一名士兵行踪不明的报告，就一面开始搜索，一面向丰台的大队长报告这种情况，等待指示。

日本内阁坚信卢沟桥第一枪为中国军队所为。其实，日本驻华屯军部蓄谋已久，是有计划有步骤推进其侵略扩张的意图。清水节郎的日记为其事后推卸责任提供了"依据"。

　　日本内阁两派争斗之后，七月九日，还是通过了所谓"不扩大"的方针，条件是中国必须道歉、处罚事件责任人、中国军队必须撤退。内阁把处理权交给华北驻屯军执行。华北日军还处于狂热的法西斯骄横之中，他们利用执行这一权力的时机，向中国军方加码加压，立即就遭到执掌军务的三十七师师长冯治安义正词严的拒绝。华北日军又掉过头向内阁报告说，中国军方态度强横，借以火上浇油。冯治安再次被日军戴上了"顽固抗日派""反日元凶"两个铁帽子。冯治安对此十分欣慰，能得此殊荣，不愧为中国军人之称谓。

　　　　这正是：卢沟桥乌云掩晓月
　　　　　　　　宛平城鲜血筑坚强

第二十七回

激战廊坊续延辉煌历史篇
佟麟阁赵登禹血写殉国章

　　七月十一日，日本政府发表《关于向华北派兵的政府声明》。声明狡辩说：派兵是因为中国军方的"不法行为"而引起的，派兵是为了"维护东亚和平"，是为了使"中国对不法行为，特别是排日侮日行为表示道歉，并为会谈不发生这样的行为采取适当保证"。

　　紧急声明之后，日本军方发布命令，数十万海陆空军立即浩浩荡荡向中国的山海关、天津、唐山等地开进。这一重大军事行动，彻头彻尾撕下了所谓"不扩大"的伪装，卢沟桥事变成为日本全面侵华战争的起点，一场不宣而战的战争已经拉开了血幕。

　　还是七月十一日这天，宋哲元从山东乐陵老家到达天津。对宋哲元的出场，无论是秦德纯还是冯治安都立即恢复了俯首听命的部属角色，秦的外交决策权，冯的军事决策权也随之而不复存在。二十九军上层内部，还出现了一种说法："冯治安的军事决策权，造成了今天日寇华北增兵的局面，第一枪的责任，确应由这位'反日元凶'负责！"宋哲元一副铁青面孔，一言不发。

　　此话传到冯治安的耳朵里，冯治安的脸色铁青，他对秦德纯说："什么是'第一枪'？如果说仅仅限于日本人所说的'中国军人不法射击'的话，那么，日寇在中国搞了多少次'第一枪'，不说'九一八事变'，单说北平的'不法射击'无法计数。丰台事件就是显例。不同的是，那么多次的日军'第一枪'是因为我们二十九军的隐忍退让满足了日军的征服欲和自尊心，才使得事件平息未酿成全面战争。我们的自尊心何在，中华民族之自尊何在！"秦德纯给冯治安沏了一杯茉莉花茶，放在冯的面前，拍了拍冯的肩膀说："仰之老弟，不要激动，不要说这'第一枪'不是我军先开的，就算是我军先开的，在中国的土地上，打响反侵略的第一枪何罪之有？如果说军座不回山东，当然不会是今天这样的局面，华北小政府依旧牢固。可老弟有了指挥权，才改退避的故态，挺起身躯与之抗争的。咱们二十九军在北平人民心中才有了如此之赞誉。只是在军座面前，要理性汇报，该检讨的还是要检讨的。"

冯治安气稍平后道："如果军座不是离开北平，可以断定，他仍会以退让求和平，'以柔克刚'，将冲突平息下去。这一点我是坚信不疑的。"秦说："是啊！可他偏偏回了，你冯仰之是谁，日本说你是一位'顽固抗日派'的将军，早想与他们一决雌雄，如今军权在握，遇上日军挑衅，你自然不会屈辱求全，结果，冲突自然加温升级了。"秦德纯的一番话，让冯治安心里亮堂了许多。

宋哲元到天津，他既不相信蒋介石会抗日，也不相信日本政府会发动全面侵华战争，仍然认为只要做些退让即可像过去一样了结。当晚，由秦德纯和日本代表松井签署了《卢沟桥事件现地协定》(亦称《秦松协定》)，协定中道：中方道歉，处分责任者，三十七师撤出卢沟桥，改由保安队维持治安以及取缔共产党、蓝衣社，等等，中方态度明显软化。

七月十二日，增派的日军已经源源开抵天津，宋哲元对报社说："此次卢沟桥发生事件，实为东亚之不幸，局部之冲突，犹如不幸中之大幸……余向主和平，爱护人群，决不愿以人类作无益社会之牺牲。"全国人民，特别是平津人民，原本盼宋哲元回平津主持抗战，读了他的谈话，犹如一盆冷水浇在滚烫的火炉之上，期望灰飞烟灭。

正在这紧要时刻，日本华北驻屯军司令官田代皖一郎病危，陆军省派香月清司接任。七月十二日，香月到达天津，便发布了第一道命令，驻华日军做好适应全面对华作战的准备，叫嚷要对伤害大日本帝国威信的中国军队发起惩罚性的讨伐，矛头直指二十九军三十七师，直指"反日元凶"冯治安。香月清司的登台，加剧了局势的恶化。

宋哲元一到天津，便受到汉奸及亲日分子陈觉生、齐燮元、潘毓桂等人的包围，这帮人先从日本特务机关处领受机宜，再向宋哲元"痛陈利害"，搞得宋方寸大乱。冯治安远在北平，又深知宋对自己已有成见，他劝秦德纯去劝告军座，不要落入日伪圈套。秦也不敢赴津去说。日本军方更加急施压，向宋哲元提出七项要求，作为谈判的基础。包括：罢免排日要人，撤除一切排日团体，取缔民众抗日运动及排日言论，取缔一切排日教育，中国军队撤出城外等。面对日军这些苛刻无理要求，宋哲元表示原则上无异议，只希望延续实行。随后宋指派张自忠、陈觉生等与日方会谈，双方很快谈定：中方立即撤兵，取缔抗日分子，处罚卢沟桥守军营长金振中，将冯治安连同三十七师调离，换三十八师接防，向日方道歉。中方改动的条款只有一项：道歉者从日方要求的宋哲元改为秦德纯。

宋哲元回到天津就参与了这出谈判，日方却在桌子下面抓紧了调兵遣将。并且制订出第一期作战计划。这一计划的核心是："一举击败抗日意识最为强烈的冯治安第三十七师。"冯治安趁宋哲元在津羁縻，他在北平积极主持城防。命令在所有战术位置都筑起碉堡、街垒等防御工事，宋哲元的"只许死守阵地，不许主动出击"的命令，在冯治安心中，仍然是以牙还牙，但凡三十七师遇有日寇挑衅仍勇猛反击。至于战略上的攻防准备，冯治安却是有志难酬。

南京政府也看出平津幕后暗藏杀机，七月十六日，何应钦致电宋哲元："尔等近日似乎均陷入政治谈判之圈套，面对军事准备颇现疏懈。"他建议宋："明面谈判，暗中做军事准备，制订妥善作战计划，以免敌人大兵入关，迩时在强力压迫之下，和战皆陷于绝境。"

冯治安获悉，心里十分高兴，他佩服何应钦的这一正确判断，希望看到宋哲元之态度有所转变。可宋只把何的建议当作马耳东风，冯治安心里明白，此时的宋哲元，只是想保住地盘，保住冀察这块小政权，其他俱不遑顾了。

七月十九日，宋哲元由天津回到北平。

宋哲元抵北平后，冯治安的一张热脸就遇上了军座的冷屁股。过去冯治安是宋哲元的第一爱将，而今宋面对冯满怀怨愤，却又有口难言。在宋看来，闹成这样不可收拾的局面，就是因为你冯治安小不忍乱了大谋。你冯治安只顾当英雄好汉，捅了偌大娄子，眼看危及冀察大局，打碎了一个有权、有威、有荣华富贵的半独立王国。但是，若责怪冯治安抗日，话又说不出口。冯治安理解宋哲元此刻的心情，但他实在不愿意承认抗日有错。因此，在宋的面前也缄口不语。宋见冯如此，索性不理睬他，凡事只和秦德纯商议。

宋哲元抵平前的七月十六日，日方再次向宋提出新的条件，规定：宋哲元亲自道歉；罢免冯治安；处罚责任者；撤退八宝山附近的驻军；等等。并规定最后限期为七月十九日。如中方接受上述条款，必须由宋哲元亲自签字生效。

宋哲元为了表示和平诚意，一面向日方表示须向中央请示，一面采取了顺应日方要求的措施，命令冯治安师和赵登禹师换防。七月二十日上午，他又向报界发表公开谈话，声称："本人向往和平，凡事以国家为前提，此次卢沟桥事件之发生，绝非中日两大民族之所愿，盖可断言。甚至中日两大民族彼此互让，彼此信任，彼此推诚，促进东西之和平，造人类之福祉。哲元对此事之处理，要求合法合理之解决，请大家勿信谣言，勿受挑拨，国家大事，只有静候国家解决也。"

宋哲元又召开了二十九军高级将领会议，分析当前局势。冯治安及副军长佟麟阁立刻形成了主战派。宗旨是以攻为守。冯治安发言道："喜峰口战役中和日军较量过，即使我们装备可怜，一把大刀、几颗手榴弹，几乎是靠将士们的血肉之躯，就能将日军的坦克制住。现在，我们的装备比那时不知要好了多少倍，士气高昂，民众支持，完全有条件和日军拼个高低，早晚都是要打的，晚打不如早打。"佟麟阁虽然手中无兵，但他态度鲜明地支持冯治安。另一派不同意主动攻击，认为和谈之门尚未关死，不宜给敌人以口实，主张以退为守。两派争得面红耳赤。

宋哲元默默听着争论，最后他说："既不以攻为守，也不以退为守，我们还是以守为守吧！"

冯治安听完，心中极为不满，过去从未有过对长官的反省心态骤然而生。一味求和必酿大灾。他抬头看了看佟副军长和兄长张自忠。二人均低着头不言语。冯治安心里叹了一声，他知道，二十九军内部的任何人，都不敢和宋哲元争论。

果不出意料，日军不因宋哲元发出的"诚意"而收敛。七月二十日，他们再次用重炮轰击宛平城。吉星文团率军死守。子弹击中吉星文头部负伤。他坚决不肯退下火线，仍指挥抗敌。与此同时，长辛店等地也遭日军袭击，我守军早已愤怒在心，将士杀红了眼，英勇守卫，日寇均未能得逞。可所有城防部队都在执行宋哲元的命令，只能停留在被动防守的状态。

华北战云滚滚，风及全国。南京的蒋介石早就坐卧不安。各界请战信函雪片一样纷纷落在他宽大的办公桌上，要求抗战的呐喊声灌满了蒋介石的耳朵。他检讨自己过去要求前方"应战而不求战"的暧昧态度，于七月十九日，在庐山邀请了教育、文化、新闻等著名人士百余人聚会，发表了庐山讲话，首次以较强硬的口气表明了抵抗侵略的严正立场。他说："如果战端一开，就是地无分南北，人无分老幼，无论何人皆有夺土抗战之责任……若放弃尺寸之地与主权，便是中华民族的千古罪人。"

蒋介石的讲话，对全国是个极大的鼓舞，也引起了国际上普遍关注。但宋哲元并未因讲话而改变求和之初衷，仍然粘在谈判桌上，并命令部下拆除冯治安在北平的防御工事。蒋介石密电宋哲元不要拆除，但蒋委员长之令已成了马后炮。

日本内阁采取了欺骗国际舆论的做法，谈判桌上严肃认真，谈判桌下狰狞之面目早已撕下伪装，大举侵华的血幕事实上早已拉开。

七月二十五日，一列日本军车开进廊坊火车站停下。随后，日军下车以检修电线为借口，蛮横占领了车站，我驻守廊坊二十九军三十八师的代表与之交涉，并告诫他们只许在站内活动，不许出站，日军根本不予理睬，还派出百余人出站构筑工事，态度极为骄横。中国士兵气急之中，一位叫王春山的士兵忍无可忍，推开守军长官，号令向走出站外的日兵开火。王春山的举动，立刻得到了士兵的拥护，五挺机枪在王春山的号令下立即开火。战斗瞬间打响，日寇毫无防备，他们怎能料到中国士兵竟敢向皇军开火。中国军队攻势凌厉，敌军伤亡累累，只好龟缩回列车车厢里负隅顽抗，等候援军。眼看着全歼日寇就在方寸之间，三十八师来令：不准主动攻击，听候调解，结果失去战机。

日军不等调解，二十六日凌晨，车站外千余名日军在飞机数十架助战下，向中国军队发起猛攻。国军虽英勇反击，但毕竟已失去有利条件，伤亡惨重，最后不得不放弃廊坊，撤至安次县。将士们气得捶胸，明摆着能打胜的战役，只因上峰的不出击政策，以中国士兵的鲜血代价，而换来了一次失败。

三十八师崔团长不服，一定要夺回廊坊。他趁敌骄恣之际，组织两个营兵力的敢死队，仍旧采取二十九军的传统战法，以夜战、近战制敌。

二十七日午夜，敢死队悄悄靠近廊坊。两营勇士分头包围站内站外日军营地，他们个个手持大刀片，随一声划破夜空的口哨声，猛虎下山一般冲入敌营。霎时，刀光闪烁，热血飞溅，杀声震天，哭声连片，睡梦中的日寇做了刀下鬼。敢死队利用熟悉地利之便，东进西退，专打日寇薄弱之环节，彻底压倒了日军之疯狂气焰，激战一小时，歼灭数百人。

廊坊之战是卢沟桥事变以来战果最辉煌的一战。蒋介石抗日决心日益坚定，他向华北派出四个增援师后，又派出参谋长熊斌秘密到达北平，亲向宋哲元授其抗战之布置，并补充给二十九军三百万发子弹。熊斌之来，打消了宋哲元对蒋介石的诸多疑虑，又见日军根本无诚意和谈，遂坚定起守土抗战的决心，对日态度骤然强硬起来。

七月二十七日，三十七师何基沣旅在冯治安的授意下，向丰台日军营发动猛攻。官兵们多日积郁的心头的怒火一下子倾泻而出。日军疏而不备，被打得收缩在大营南端的一隅，死守待援。北平人民得知丰台被中国军队收复，欣喜若狂，市民纷纷涌向街头燃放爆竹。鞭炮的轰鸣声与激烈的枪声交织成一片，全城俨然成了一个千军万马的战场，惊得日本侨民不敢出屋。

天津日本驻屯军司令部接到丰台求援电报，立即组织增派援军，乘火车直奔北平。由于宋哲元没有组织采取阻断铁路的措施，日军居然一路顺畅开抵丰台。日军下车后，发起对中国守军的攻击，龟缩南侧的日军也发起反攻，何基沣旅在伤亡重大且十分疲惫的情况下，经不住前后夹击，不得不撤出丰台而前功尽弃。

七月二十七日，日军又五百余人乘汽车开抵广安门，谎称是驻华使馆卫队演习归来，企图强行进城，中国守军识破日军奸计，关门拒纳。日军立刻就摆出了攻城架势。守军连长见状恐怕吃亏，故施一计，便慢慢开启城门放日军进城。日军不知道是诱敌深入之策，便汹涌而入，当他们卡在城门口窄处时，连长居高临下命令士兵突然开火，日军拥挤又无法仰面射击，立马就被飞来的子弹打倒在地，死伤甚重，余者仓皇退去。

宋哲元发表了守土抗敌的通电。日本驻屯军司令部也随即向二十九军发出最后通牒，限即日撤出北平，否则"决不宽恕"。此时，日军的整个战略部署已按计划完成，而二十九军几乎没有任何准备，等决心拿定时又为时已晚，结果在自己的地盘上让日寇占尽了地利。

日军开始进攻，先后攻占了通县、团河后，向二十九军原军部营地南苑展开猛攻。南苑虽是咽喉，但无重兵防守，冯治安三十七师悍兵都已被换防。只有工、交、后勤、医院及少量骑兵、炮兵、特务兵种组成。总兵力共七千余众，难于形成强大的战斗力。南苑还有一个学生军训团，是刚由平、津及河北等地招收的中学生及爱国青年组成的，由副军长佟麟阁出任团长，张寿龄任教育长。这些热血青年满怀铁血报国之志，在军训团中接受训练，准备好他日喋血沙场。然而，这些学生既无实战经验，又无应付大规模战争的战略战术准备，加之南苑地势平坦、无险可凭，营区未修筑防御工事，情况十分危险。

七月二十八日黎明，日寇四十架飞机突然向南苑阵地狂轰滥炸。临时搭建的战壕、掩体即刻烟尘翻滚，营房起火，烈焰升腾。南苑各部的联系骤然中断。而日军在飞机的掩护下，以优势兵力发起猛攻，中国军队战士英勇还击，无数新兵倒在血泊之中而无人放弃阵地。

冯治安得悉南苑遭受攻击，知道佟麟阁手中无兵，即向宋哲元请示道："南苑难守，为避免学生兵们无谓牺牲，应从南苑撤回北平城里。"宋哲元同意，但因通信已被切断，命令没能及时传达到佟麟阁、赵登禹指挥部。冯治安立派通信兵骑马疾驰到南苑。待佟麟阁、赵登禹接到撤退命令时，为时已晚，日军已形成对南苑的钳形包围之势，官兵在塌陷的工事间作战，有的完全裸露在敌人面前。两千多名学员，这些刚刚迈出校门的青年学生，稚气未脱、一腔热血、万丈豪情，不料未及毕业就遭遇此恶战。青年们个个奋勇，却毫无实战经验，结果死伤累累，牺牲者达千人以上。

佟麟阁、赵登禹也被隔断，无法组织有效突围撤退。佟麟阁命令自己的卫队将分散的官兵集结在大红门一带，然后进入玉米地的青纱帐中向北平摸索前行。途中与敌军遭遇，佟麟阁率众反击，无奈敌众我寡，激战中佟副军长腿部中弹，包扎中又被空中飞来的敌机轰炸，佟麟阁将军再次中弹壮烈牺牲，终年四十五岁。

佟麟阁，河北保定高阳县人，幼年曾读私塾，后投笔从戎，参加冯玉祥部队，一九三三年，参加抗日同盟军，壮志未酬一度隐居。后接受冯治安等联名相邀，到二十九军任副军长职，其为人诚笃严谨，受到全军敬重。

几乎与佟麟阁牺牲的同时，一三二师师长赵登禹指挥南苑官兵撤退至大红门玉带桥，突遇日寇伏击，左臂中弹仍带伤指挥突围，激战中又多处中弹而壮烈殉国，时年三十九岁。

赵登禹，山东菏泽人，十五岁投入冯玉祥部，长期担当警卫职务，因其英武矫健、武功甚好，有"打虎将"雅号。二十九军建立后，出任一三二师师长。赵登禹多年与冯治安共事，冯治安既是兄长，又是上峰，二人交情深厚。其为人坦荡忠直、胸襟磊落，甚为宋哲元、冯治安器重。

南苑惨败，佟麟阁、赵登禹牺牲，对宋哲元打击极大。噩耗传来，宋掩面流泪，而冯治安再也掩盖不住内心的极大悲痛，失声大哭起来，冯治安的哭声招惹了军部所有将士悲歌而起。南京蒋介石立即追任佟、赵为上将衔。北平市特将二龙路南段命为"佟麟阁路"，崇元观至太平桥一段命名为"赵登禹路"。

一九三七年七月二十八日夜，二十九军的全体首脑人物在宋哲元私宅举行了最后一次会议。会议决定大部队立即撤出北平，只留少数保安部队"维持治安"，留下张自忠与日方周旋。张自忠此时已预感到他将面临一个极为沉重而艰险的局面，不觉悲从中来。会后，他紧握着冯治安的手，声泪俱下地说："你同宋先生成了民族英雄，我怕成了汉奸了。"说罢挥泪离去。冯治安心中悲凄，他望着兄长远去的背影也潸然泪下。

当晚，遵照宋哲元的指示，冯治安临撤退前没有回家，也没有派人给家中送信，跟着宋哲元、秦德纯乘汽车悄悄出西门向保定出发。

当汽车驶出西直门，冯治安不禁拉开车窗，探身回望沉寂中的宛平城，满脸苍凉。他不知道留恋这座给自己命运带来诸多变化的古城，还是惦念着睡梦中的妻儿老小？他一声长叹后关闭车窗。坐在一旁的宋哲元以阴鸷的目光瞪着冯治安一语不发。显然，军长此刻的心情绝不会和冯治安一样。宋经营多年的窝，就这样轻而易举地失掉。但悲伤是共同的。汽车抵达长辛店时，日寇驻军忽然开炮轰击。宋命闭灯前进。过了站台才登上火车。冯治安不知是为打破一路上的沉闷还是故意解嘲道："鬼子鸣枪送行哩！"宋哲元又狠瞪了他一眼。火车直到保定，大家都缄口无语，各想心事。

二十九军前脚刚走，日军即接踵而至。北平百姓第二天醒来时，都大吃一惊，北平的大街上已满是日本国旗了。一队队气势汹汹的日本军人得意地穿行于街巷。

张自忠初以为日军进城后会来找他这位留守将军，不料日军进城便缴了保安部队的枪械，对张自忠根本不予理睬，大汉奸们此时干脆扯下了虚假面具，公开为日军效劳，更没人到张自忠的衙署。张此时方知确实"为人所愚"。他深感安全受到威胁，便偷偷跑到一家德国医院藏匿起来。九月三日，空气稍有平缓，张自忠化装一番才逃出北平到天津，然后登上轮船南下寻找宋哲元。

船上，张自忠深为自己的行为所懊恼，自己受宋哲元委派率团去日本"观光"，此团并未经中央批准，蒋介石曾严斥他擅权僭行。这违背中国"大夫无私交"的政治伦理，遭到国内舆论攻击。"七七事变"爆发后，自己在宋哲元的影响下，又力主和谈，更遭到全国非议。二十九军撤出北平后又单留自己，唉！现在是谤满天下，国人异口同声骂我是汉奸？想到这里，张自忠走到甲板上，却遭到一群爱国青年围攻。原来他秘密登船的消息不胫而走。张自忠道："你们认错人了。"船抵南京，他到二十九军驻宁办事处，发现一批群众正围在门口叫嚷，声言要打死汉奸张自忠，就连他的三十八师官兵也指责他，并愤怒地将张自忠的大照片撕毁。

张自忠是个性情极为刚烈之人。他本质是一位爱国军人，怎会当汉奸呢？但在卢沟桥事变中确实犯了糊涂，受汉奸愚弄，干下一些令他自己痛心万分的蠢事。舆论的诛伐，使张自忠深受刺激。他一腔积怨只能和小他五岁的老弟冯治安诉说："仰之，自忠终有一天以死报国，痛杀日寇，来洗刷卢沟桥那段灰色的历史！"

就在二十九军决定撤出北平的第二天，通州的伪冀东保安队在张庆余、张砚田的领导下，举行了英勇的反正起义。

早在卢沟桥事变初期，张庆余就派心腹刘春台到北平与冯治安联系，冯嘱来人转告张庆余："日前全面战争能否打起来尚未定局，如一旦打响，希望张等组织起义。"张庆余获悉后，心里亢奋，做好起义之准备。七月二十九日夜，张庆余见时机成熟，瞒过日军特务机关长细木，以迅雷不及掩耳之势发动攻击。日军全无准备，慌乱中被歼灭五百余名，并抓获了大汉奸殷汝耕，取得了卢沟桥事变后的一次大捷。张庆余兴奋地押着殷逆赶到北平与二十九军会合时，才知二十九军已撤走。慌乱中与日寇相遇，混战里日寇劫走了殷汝耕。张庆余率队绕道西部时，枪械又遭孙殿英的游击队劫持，只落得赤手逃到了保定。

张庆余一见冯治安便抱头痛哭，诉说经过。冯治安除慰勉张外，对自己未能联络上张庆余深表愧意，更佩服张的抗日决心。

这正是：为民族英雄名垂青史
唯私利北平败走麦城

第二十八回
败退中二十九军消亡
艰难中七十七军建立

二十九军军部安顿在保定后，宋哲元为自己选择了保定南关曹家花园的静观堂驻防，秦德纯等幕僚陪侍。唯独让冯治安往绒线胡同的省政府招待所，冯不便违命。在招待所小住了两天后，宋哲元在秦德纯的劝说下，也不愿和冯的关系搞僵，这才勉强同意冯治安搬到了曹家花园。

宋哲元搬出北平后更是忧心如焚，这绝不仅仅意味着失去虎踞之地，更严重的是他将面临蒋介石对卢沟桥事变的认识，蒋宋之间出现了一种艰危莫测的新关系。以前，宋哲元靠冀察特殊地位造成了"蒋、宋、日"共处的平衡关系被粉碎了。他仍旧幻想张自忠能在北平稳住局面，使冀察格局以新的形式恢复起来。宋哲元到保定的第二天，便与北平的杨兆庚通了电话，杨告诉他："北平虽无战事，但日军已源源不断进城了。张自忠出走……"宋哲元不等杨说完，就搁下电话，满脸的沮丧和忧虑。

冯治安和宋哲元的裂痕随着局势变化已经很难弥补了。但宋又深知，冯治安在二十九军人脉极广，口碑极高，这么大一堆的军务又非冯治安莫属。宋也只好仍让冯全面负责部署部队，筹措粮食以及与友军联络等工作。冯治安仍旧夙夜执勤，尽量不在宋的身边。宋也高兴，凡事只和秦德纯等幕僚们研究对策。

宋哲元接受秦德纯建议，七月三十日，向蒋介石发去一封试探性电报，大意是自己有负重托，痛失天津，请求处分。并推荐冯治安代理二十九军军长，自己"俾得暂卸得肩"云云。

蒋介石很快就复电宋哲元，不但没有斥责，反而慰勉宋一番，并同意由冯治安暂代二十九军军长职。宋哲元松了一口气，紧接着南京又来电：命令二十九军将平汉线防务交给孙连仲、万福麟接替，全军急赴津浦线唐官屯、马厂一带集结，与由天津撤出的三十八师会合在津浦线阻敌。冯治安虽暂代军长，一切仍由宋指挥，并命令冯治安率先头部队前行。

　　是年暴雨连绵，华北尽成泽国。冯治安先头部队出保定行不久，就被眼前一片汪洋隔断，难觅路径。冯见状只好征用白洋淀所有船手水行，至高阳始弃舟登岸，择路而行。经两日水旱行军抵河间，宋哲元的总部亦尾随来到。

　　河间原为赵登禹一三二师的旧驻之地，其兵营尚存。冯治安部安顿下来。连日的大雨如注，房屋泥土早已疏松阴湿。冯治安不等卫队收拾好卫生，便在墙上挂好地图仔细研究战局。忽然，房梁发出咔咔声响。他抬头一看，顶棚开始歪斜，墙壁抖动。冯治安大喊一声："赶快出去，房子要塌！"屋内军官一齐拥向房门。冯治安身手矫捷，跃上窗台撞开窗户跳出屋去。参谋们从门逃出后，便是一声轰响，指挥部轰然倒塌。冯治安躲过一劫。

　　部队到位，宋哲元又接蒋介石来电，要他到南京一晤。宋极感惶恐不安。秦德纯见状锐身自任，愿代宋哲元前往。宋大喜，许秦全权处置之权。秦德纯遂兼程前往南京去了。

　　宋哲元正为二十九军的前途忐忑不安之际，萧振瀛忽然像幽灵一样从南京来到河间。这位善于煽风点火的政客到来，冯治安等诸将心中立刻蒙上一层阴影，不知是福还是祸。宋哲元拒见，经幕僚劝说才勉强出迎。萧振瀛一见诸旧友，便哭了一鼻子后说："没想到离开大家不久，就出了这么大的乱子，我怎么能在外国待得下去呢？"弦外之音自然是若我萧某在，何至如此？冯治安听他话里有话，抽身离去。宋哲元虽然也对他厌恶，但因萧莫测高深，又不知此来何意，不便斥逐，只是冷淡敷衍。萧在前线四处访旧，十分活跃。几天后，这个幽灵突然返回南京去了。

　　为了执行中央津浦线集结的命令，宋哲元命令全军开拔，由河间折向东北，直向静海、唐官屯一带进发，全军在淫雨泥泞中艰难行进，征用了民间大量骡马车辆。当百姓得知是抗日的二十九军，都踊跃出人出力，宋哲元被感动，下令一律付给重酬。

冯治安是前敌总指挥，奉命在前锋督师。他和保安旅旅长高树勋同坐在一辆马车上。二人都很诙谐且私交颇厚，高树勋知车夫不知道冯治安是何人，便故意问车夫："车老板啊，知道河北省主席是哪位呀？"车夫答道："河北老乡冯治安呀！"车夫一脸的自豪。高又问："听说这位冯主席是个贪官爱刮地皮哟？"车夫回过头来，脸阴沉下来，不悦地看了高树勋一眼道："冯治安那是抗日名将，这百姓全都知道。听说回老家故城，打了四口甜水井，俺们都称他是清官哩！"说罢，使劲甩了一个响鞭。冯治安听了心中喜悦，顺势给了高树勋一拳头，两人相视大笑。

当三十七师、一三二师开抵静海、唐官屯一带时，由天津撤出的三十八师已先期到达。这时，宋哲元的总部仍在河间未动。冯治安为代军长，暂住唐官屯，他将三十七师的二十五旅布置在静海防守，其余沿铁路西布防。三十八师则沿铁路东布防。

日军在津塘站住脚后，派一个联队进犯静海县城。当地百姓及时将日军数量、装备情况报给中国军队。一三二师遂派出一个加强营，用绕敌后方的方法强袭。时值盛夏，一马平川的大平原上长满了玉米高粱，中国军队在青纱帐中隐蔽摸进。六五七团首先破坏了静海北的铁路线，使日寇的装甲车无法肆虐。敌我双方多次小规模接触，日军进攻屡遭挫折。这期间大雨连绵，子牙河、运河涨水泛滥，满目浊流一片汪洋。日寇亦不得南进。中国军队则于淫雨中驻守阵地，双方相持半月之久。

日寇待洪水稍退，即组织优势兵力，强攻静海，六五七团奋勇抵抗。由于平地水深数尺，日寇不易展开陆上进攻，便沿铁路线进攻。中国军队设在铁道路基上的工事因裸露在天，俱被敌重炮及飞机摧毁。敌我双方激战五昼夜，静海县城四次"拉抽屉"，由于火力悬殊，我六五七团千余名官兵伤亡惨重，情况更为危急。

正当北线血战方酣，秦德纯从南京带回了令宋哲元诸将欣欣鼓舞的消息。

秦德纯代宋哲元赴南京时，咸以为凶多吉少，不料蒋介石竟慰恤有加，反赞扬宋哲元几年来的忍辱负重，为政府赢得了全面抗日的军事准备。秦大喜进言：二十九军在冀察期间为对付日寇而扩充了兵额，已有八十个团，请求调整建制，以利抗日。蒋介石立即应允，准将二十九军扩编为第一集团军。原三十七师改为七十七军，冯治安任军长；原三十八师改为五十九军，军长由宋哲元兼；石友三的保安旅改为一八一师；郑大章的骑六师改为第三骑兵军。当秦将此消息传到河间时，宋哲元如释重负，自己荣任第一集团军总司令兼六十八军军长，其余水涨船高，他多日阴沉的面孔露出了笑容。冯治安更是私下庆幸，因为他深知：自己没有铁肩膀，假如宋哲元遭贬谪而离开，张自忠前程未卜，面对二十九军这样一个烂摊子，他是无力挽狂澜于既倒的。

最让冯治安高兴的是，不知是蒋委员长有意安排，还是上天有眼，或者说就是一种偶然，七十七军的含义就是"七七"，如果说俺冯治安是"七七事变"的当事者，那七十七军的番号再适合俺不过了。

第一集团军所辖的三个军，即七十七、六十八、五十九，除冯治安的七十七军直喻"七七"之外，其余六十八军、五十九军的前后数字借位的话，也都是"七七"之义。这并非偶然的巧合，南京确实下了功夫。部队立即就面临着扩编，带来了大量的人事工作。宋哲元召冯治安等将领在河间集合，商讨各将校的职务安排，前方战争竟也顾不上了。

偏偏此时蒋介石来电，令宋哲元去南京一晤。宋接命令后不敢怠慢了，因为他心中踏实了。他将人事问题粗粗搞了一个轮廓，即将指挥大权交给冯治安暂代，自己与秦德纯于八月十一日到南京去了。

守卫静海的六五七团团长王维贤，因所部损伤过重，连电上级求援。但电话找遍了旅、师、军等都找不到长官。无奈直拨总部，冯治安搁下电话立即派部队火速增援时，静海县城已被敌军占领。冯治安组织兵力复夺静海时，马厂亦被敌矶谷师团夺占，首尾俱失。一个人事变化，军官们人心惶惶，都在考虑自己的位置而忽视了战局，这让冯治安十分痛心。他只得下令全军后撤，总部也从河间移至沧州。

宋哲元到达南京后，蒋介石竟然大加慰勉，把宋在冀察时所做的一切，均说成是秉承中央指示，例由中央负责。宋趁机恳请将在冀察时用掉的一大笔款项，包括截用的关、盐、统税及铁路收入，请予核销。蒋慨然允诺，立即让宋开了个单子批销了。宋哲元十分高兴，又连续拜访了军政部、参谋本部，所到之处一片春风，十分顺遂，宋秦满怀喜悦赶回前线。

此刻，日军在平汉线频频得手，正准备以大部兵力向晋北推进，对平蒲线暂取守势。宋哲元面对日寇战略调整。对面之敌比较薄弱，冯治安建议趁机向北反击尚有可为。但宋哲元心思未定，全军斗志处于争权抢位之际，根本无意谋取进攻。而敌人凶焰方炽，不顾自己兵力单薄，倚仗优势兵力装备，竟大举进犯。中国守军只有边战边退，步步后撤。

九月十一日，南京传来军令：划津浦线为第六战区。任命冯玉祥以国民政府军委会副委员长身份兼任六战区司令长官。消息传来，宋哲元又陷入心事重重的状态之中。正在此时，萧振瀛突现前线。他是以冯玉祥的总参议身份来到第一集团军。

其实，冯玉祥因长期被置于闲散，久思奋飞。无奈蒋介石绝不委用。"八一三"淞沪抗战时，冯就急切请缨，蒋故作大度，委任冯玉祥为第三战区司令官。但因冯手下无兵，各将领都故意不理睬他，有事只向蒋亲报。冯玉祥壮志难酬，唯扼腕叹息而已。此次冯再次膺重任，原宋哲元、冯治安、庞炳勋、韩复榘等都是其旧部，大敌当前，众人定会同仇敌忾，共同拥戴自己这个长官的。孰不知时过境迁，人随势异，冯玉祥这种一厢情愿的抗日热情，很快被萧振瀛搅成一盆糨糊。

萧振瀛名为冯玉祥的总参议，实为蒋介石的特派员，他的双重身份宋哲元及其幕僚属俱一清二楚，但每个人与萧的恩怨不同，也便各怀心思。

萧振瀛重返前线后，立即鼓动如簧之舌，根据不同对象，展开不同攻势，竟然达到明目张胆的程度。他在一次饭局上公然说道："你们知道冯先生（玉祥）到华北干什么吗？就是先换你们再抗日，以鹿钟麟接你（指宋），以孙良诚接冯治安，以石敬亭接三十八师，以张维玺接王长海，以刘郁芬接张樾亭，除刘汝明外其余都撤。"宋哲元闻声立即变色离去。

萧振瀛又提出"四句口号"，即"倒宋、拥冯（治安）、拒冯（玉祥）排张（自忠）"，从蒋介石的立场看，做到这四条，无疑是最优选择。

萧振瀛在二十九军这支西北军余脉中，与大冯、小冯、宋、张的恩怨由来已久。冯玉祥早就把萧看成内奸；张自忠曾与萧拳头相见；宋哲元拿掉萧的天津市长肥缺，更使他耿耿于怀。唯有冯治安，不但与他睚眦之怨也没有，而冯平素宽厚待人，不为己甚，在诸多金兰兄弟中，一直与萧保持温和关系。所以"拥小冯"也是萧乐观其成的。

宋哲元非常反感萧振瀛在军中的"排宋"活动。但是，他完全明白：自己已非昔日威势赫赫。不然，他容不得萧的狂妄。过去自己与蒋介石周旋，靠的是手中的十万雄兵，靠的是充当蒋与日之间缓冲势力的这张王牌。如今随着撤出北平后连遭败绩，手中几乎无牌可打。因此，对萧的狙獗表现，不能采取断然措施。同时，他对所谓"拥小冯"之说又不得不信。

冯治安十分坦然，自己一直是中间色彩极浓的人。他和任何人包括蒋介石在内，从无私人龃龉可言，对宋哲元更是一贯勤谨恭肃。虽然卢沟桥事变后与宋在打与不打上有了分歧，但并未构成冲突。自撤出北平后，宋整日面如铁板，而冯治安仍坚持克制自己，在宋面前比以往执礼更恭，把内心的委屈深深埋藏。听到"华北第一吹"论调，冯治安理所当然地动了心思。但自己何处去？这支部队何处去？思来想去，除了抗战，除了顺从蒋介石绝无出路。他面对宋哲元也已失宠，对萧振瀛这位来头甚大的金兰契友的信息自然听信。

从天津撤出的原三十八师，是二十九军的一支骄兵，自恃战斗力强，与原三十七师暗中较力，因主将张自忠不在，新编后的五十九军代军长由原副师长李文田主持军务。他对冯治安在军需物资分配及战斗指挥上都认为受到歧视。在津浦北线战斗中，原三十八师独立二十六旅官兵曾奉命据守马厂减河以防止敌军南侵。静海县城失陷后，日军企图由烧盆窑村大桥抢渡，旅长李志远组织了百余名敢死队员，每人带大砍刀及手榴弹四枚，将脸抹成大红色，乘敌刚踏上桥头无备之际，突然从芦苇丛中冲上大桥和日军展开肉搏，日军为威势所慑，一时晕头转向，被突来的大刀片砍得血肉横飞、狼狈溃逃。日军定神后，立刻组织反攻，均被击退，其夺桥渡河的目的未得逞。最后，由于原三十七师据守的唐官屯失陷，才不能不将大桥烧毁后撤。

李文田、程希贤抓住此事便狂傲地向冯治安大发怨言。程希贤电话里指责说："我们这次撤退时让左翼部队（三十七师）给挂下来的。"冯治安斥道："你们为什么不沉着应战把侧翼部队给挂上去呢？"程居然赌气把电话一摔走了。从此，原三十八师的部队公开不听冯治安指挥，甚至避而不接受冯的命令，争先向后撤退。冯治安一时无法节制，又考虑和张自忠兄弟之谊，不便军法处置，十分头痛。

宋哲元不在军中，将领们各怀心事。加之编制变更，连遭败绩，尤其令冯治安痛心的是，屡屡发生军官失踪，连程希贤也不辞而别。冯治安立派人查其原因，此人已逃至天津，堕落成汉奸。

面对艰难处境，原二十九军尤其三十七师不愧是一支充满爱国热忱的部队。连日的大雨如注，士兵们日夜在泥水中与日寇周旋，有时水没腰腹，许多将士两腿肿胀，裆部溃烂，瘟病发作，医疗救护杯水车薪，死亡累累。惶急中无法加以掩埋，尸体竟浮在水面，惨不忍睹。但士兵很少发生逃亡。部队边战边退与敌拼杀，唐官屯曾四出四进，激烈的白刃战血肉横飞。冯治安顶着千斤重压，极力支撑着危局，内心的焦灼与日俱增。不在其位却谋其政，这是何等之罪受？

九月初，宋哲元由南京返回沧州总部。面对前线战事之严峻，宋哲元的心情因蒋介石的鼓励、慰勉而轻松了许多。冯治安见宋平安归来，仍一如既往侍从左右。但由于萧振瀛仍在军中上蹿下跳，第一集团军总部的空气仍显混浊。

一九三七年九月中旬，第一集团军在沧州北与日寇苦战之际，忽接后方电告：冯玉祥作为战区司令长官亲临前线指挥。消息传来，宋哲元、冯治安以及诸高级将领都从心底泛起层层涟漪。

冯玉祥是宋哲元、冯治安的旧主，感提携之恩，教诲之德都应是发自肺腑的。在抗日的问题上，大家同仇敌忾，老主归来重聚定当形成坚强力量。士兵们额手称庆，可现在不是从前了，时过境迁，复杂的政治因素早已否定了陈旧的历史渊源，相反，西北军那段历史，反而使宋哲元对冯玉祥的态度与关系平添了几多尴尬。这一点，冯玉祥是估计不足的。

宋哲元刚从南京回程。如何以实际行动兑现对蒋的忠诚，以赎前愆？宋知道冯玉祥在蒋介石心中的位置，何况当年组建抗日同盟军时，宋公开掣肘，冀察时期他对冯也屡有不恭。此时若和冯玉祥搅在一起，必会引起蒋的怀疑。如勉强合作也难以弥合过往的裂痕。因此，宋哲元决计以回避作为挡驾的手段。

冯治安与宋哲元不同，他是冯玉祥的"冯家小孩"，多年充当冯的卫队官。冯玉祥一直把冯治安当作晚辈。小冯是大冯的"大马弁"，情感笃实。如今，冯治安是宋哲元的下属，他心里十分清楚，自己必须与宋哲元采取步调一致。此时萧振瀛这位"华北第一吹"，究竟代表谁的利益？他也向冯治安施加影响，促使"冯家小孩"下决心冷淡冯玉祥。

冯玉祥北来的第一站是济南。韩复榘劈头就给了冯玉祥一个不小的软钉子：韩借口山东防务紧张，拒绝抽调部队北上支援。九月十六日，冯玉祥刚达连镇，宋哲元从沧州赶来，登上冯的专车后，略将情况汇报一通后，即表明：自己因旧病复发难以支持，已蒙中央批准到泰山疗养，军务交冯治安代理。冯玉祥闻言冷水浇头半晌无语。最后沉痛地向宋表白道："吾此来除一心和大家并肩抗战外，绝无其他目的，是为了多年同生死共患难的弟兄啊！"但此类纯情之话宋难于听耳。匆匆一晤，冯玉祥明知手中无兵，亲兄弟都会分离。他满怀抑郁返回桑园。宋哲元更是匆匆离军去了泰山。

宋哲元离去后，冯治安为避嫌更不敢主动与冯玉祥接触。冯玉祥知其难处，便主动打电话邀他前去一晤。冯治安思来想去，他是真想和先生倾诉心中多年的思念和郁闷。冯治安知道宋虽离去，但对自己的一行一动仍能了如指掌，便以军务缠身为借口推脱，派张俊声代表前往。冯玉祥见状，往事浮于眼前，如今西北军的心爱将领竟都躲而远之，不禁失声痛哭，他对张道："宋哲元他们为什么要轻信萧振瀛的谣言，耽误抗日救国大计？"他让张俊声转告冯治安南撤时不要走山南，以防韩复榘下毒手。张俊声回到连镇后向冯治安汇报谒见冯玉祥的经过，冯治安不禁泪流满面。与先生近在咫尺却不能相见，他心痛呀！不知先生能否谅解。他问张："先生还说什么？"张说："先生问萧振瀛还在这儿不在？"我说："在。"冯治安听后沉吟不语。

这时敌机又结群轰炸。冯治安部只有少数高炮而缺乏理想炮位，泥水中难觅一块硬地。忽报泊镇北击落日军飞机一架。那飞机冒着黑烟一头栽了下来，飞行员跳伞不及，连人带机扎进泥塘之中。阵地上一片欢呼。冯治安命人将敌机残骸挖出，送往南京报功并重赏了炮手。

这次随机缴获了一张沧州、盐山一带军用地图，其测绘之详尽严密，比中国军队所用万分之一的地图要精确很多。冯治安对此深有感触，特别对敌人何时用何方式绘成如此详备的地图更感吃惊，这必有内鬼。

冯治安泊镇军部驻于当地巨富葛家。此时葛氏全家已南逃。军机关首脑几将空宅占满。日寇派在天津的汉奸特务乘机潜入泊镇，秘密设布各种信号标志。冯治安撤离泊镇的翌日清晨，敌机将葛宅炸成一片瓦砾，有一副官因贪睡不知部队已开拔而葬身火海。冯治安对汉奸不惜卖命资敌深痛道："中国人里的这些败类，比日本人更可恶！"

宋哲元临走时有规定，但凡冯治安每有决策，都要拟成电稿发往泰山向宋哲元报告，这些电稿又都经萧振瀛之手，结果萧都偷偷销毁不发。冯治安一直蒙在鼓里。而宋哲元在泰山也惦念军中，多日不见一封电文，他既纳闷又愤懑，以为冯治安故意怠慢不报。这时，宋哲元的肝疾已相当严重，加之心中郁结不舒，性情变得更加暴戾。

冯玉祥对萧振瀛在前线拨云弄雨恨之入骨，决心用先斩后奏的手段剪除之。冯治安得信后，便向这位金兰萧透了风，萧振瀛大惊，连夜以金蝉脱壳计秘密溜走。当冯玉祥派遣的执行官葛云龙在桑园站登上萧的专车搜查时，早已是人去车空了。冯治安一直躲着和冯玉祥见面，但自己既然到桑园而不去拜见，内心实在过意不去，外界也会对他多有说辞。冯治安硬着头皮去专车上拜见冯玉祥。以前，冯玉祥对冯治安总是直呼其名，现在面对的是七十七军军长、第一集团军代理总管，冯玉祥改口称当年的冯家小孩为"仰之啊，老弟呀"。二人相见，都心有隔膜，少了当年的亲情，气氛总也热不起来。寒暄数语，冯治安放下给先生带来的吉林长白山野参，便告辞下车。

冯玉祥握着那两根野山参，眼神是那样的疑虑。他望着冯治安健壮的背影，立刻就想起当年入伍的那位瘦弱少年。"驹光如驶呀！"好端端的一个人，在政治面前都会变得如此之冷漠吗？冯玉祥再看看自己，大半生戎马生涯，落得如今空有虚名。连自己最亲近的手下战将均如此，那些"五虎上将"都哪里去了？

冯玉祥自知无能为力了，提前悒悒返回后方。

这正是：大浪淘沙随波去
　　　　君子重情仕途空

第二十九回

败退入鲁韩复榘坚阻
火烧冯宅日寇灭祖坟

一九三七年十月初，冯治安率军退到冀鲁交界重镇德州，这离冯家乡故城仅四十余里，冯治安心情十分悲痛。为何这仗越打越败？这退的是越退越远？二十九军这支雄兵变成了第一集团军后，竟落得了如此地步，一言难尽呀！冯治安忘了冯玉祥的忠告，决定由德州进入山东，好让这支疲惫之师得以休整。有韩复榘的数万雄兵接替抵挡日军，冯治安心中满怀希望。韩复榘盘踞山东多年，俨然一位山东王，统治着这片沃土。他在中央政府和日寇侵华的背景下，还能巩固自己的军阀地位，靠的是他在日本和蒋介石之间，从事深为得计的两面游戏。卢沟桥战起，韩复榘出于军阀本性，竟采取所谓"保境安民"的"中立"立场。面对冯治安大军兵临德州城下，韩复榘悍然下令不许原二十九军入境。冯治安见状，只好带上幕僚来到德州城下，要求入城。驻德州的部队是韩部八十一师师长展书堂。他居然紧闭城门，不迎冯治安入城。冯治安气急败坏隔城大骂后返回军中。展书堂接韩复榘令，亲带手枪连出城到陈庄与冯治安会面，并以冷漠之态度严拒客军过境。冯治安无奈，向韩复榘连发两封电报，说明运河西岸河北地带洪水泛滥难以行军，自请允许借道山东。韩复榘概不置理。此时日寇大军从后追杀不舍。

冯治安没有办法，决定绕开德州，仍沿山东境内运河大堤向东南方向转进。

冯治安的总部刚离德州，日军骑兵追击部队已尾随而至，冯治安大部队行进在运河大堤之上，不宜掉头，便令手枪营二连担任阻击。手枪连的勇士都是全军选拔的精壮之士，装备精良，平素只担任警戒任务、不上火线，为此遭到普通士兵的妒忌和讽刺。冯治安是手枪连长出身，他知道养兵千日用兵一时，便亲自做了简短之动员。手枪连得此独立担当战斗任务，个个激愤，人人争光。他们利用河堤作天然工事，在德州的西白菜洼一带向敌骑兵展开猛烈的进攻。日军几次冲锋均被打退，使得日军追击部队迟滞一天，大部队安全转移，手枪连胜利完成阻击任务，未损一兵。

日军并未接受韩复榘"保境安民"之举，开始攻进山东，后续部队仍沿铁路涌来，直接向德州城展开轰炸和炮击。德州驻军二四三旅运其昌部奋力抵抗，伤亡惨重。日军留少数部队摆开佯攻架势，大部队则绕城德州，南取禹城，禹城很快失陷，德州成为孤城，韩军自料终难据守，便弃城逃往乐陵一带，德州于十月十五日陷于敌手。

冯治安沿着运河堤南撤，他不时隔河遥望生养他的这块土地，心情极为沉重，屡屡勒马痴望。他苦笑着对手枪旅长李贵解嘲道："俺这也算是过家门而不入了。"李贵说："军长，其实过河到家只有三十五华里了，只可惜呀，故城县昨日也被日寇占领，咱们是有家不能回呀！"冯治安的轿车因无法在河堤上行驶，被搁置在木船上顺流而下，敌机发现后跟踪投弹，均未命中。冯治安苦笑道："是水中龙王保佑呀！"

是夜宿营，李贵发现西南方的天际一片火红，他唤冯治安登高眺望。那正是故城方向，冯治安心头一紧，预感东辛庄一定发生了不测。他速派侦察兵化装过河，到故城县一探究竟。

故城县东辛庄冯治安父亲冯元玺的大宅院，早已人走院空。抗战爆发后，冯治安怕父亲遭日寇暗算，就将老父亲及继母所生下的两个弟弟，迁置到西安附近的蔡家坡居住。那还是当年西北军时留下的几处民房。大哥冯兰台全家随往，三弟冯玉楷全家从哈尔滨也逃难到了此处，冯治安的兄弟姐妹及父母均在大后方西安住下，免了他的后顾之忧。外室沈随之一直随他转战南北。东辛庄冯家宅院由二叔冯元直看护。二叔见侄子冯治安撤出北平，退进山东，便知故城早晚也要失陷，他趁夜半更深时刻，将冯元玺宅中值钱之物埋藏起来。儿子冯福台从北平回家，劝父亲锁上大门，跟儿子出去躲上一阵子，可老爷子不听，他不能将哥哥元玺托付的院落丢下不管。冯元直对儿子说："福台，你赶紧回北平吧，俺誓与冯宅共存亡。"

冯福台无奈，连夜赶回北平。

日军占领故城后，便派一小队日兵在故城县汉奸的带领下，气势汹汹直奔冯治安的家乡东辛庄而来。华北驻屯军田代皖一郎有命令，要严惩"反日元凶"冯治安，面对冯治安家乡的那一片深宅大院，日军小队长下令焚烧，以解日军心头之恨，报卢沟桥之仇。

日本兵将汽车上事先准备好的汽油桶卸下，将汽油泼倒在青砖瓦舍之上，日本兵狂叫着，将东辛庄的村民集中在冯宅大门前的晒粮场上。这时，看院的冯元直已经发疯了，眼见着这么大的一个宅院就要被烧毁，他扑向日本小队长大叫道："你们这帮畜生，俺冯元直不活了，拼了这条老命！"日军小队长狰狞地狂笑道："那好，将这老头子泼上汽油，让他和冯治安的宅院一起去吧！"

乡亲们敢怒不敢言，眼睁睁地看着冯元直被推进大院，日寇将门锁上。霎时，冯家大院燃起了熊熊大火，火苗蹿起几丈高。接着就是浓烟滚滚，火舌灼人。可怜冯元直老人连一声叫喊都没有，便葬身火海之中。

大火整整烧了两天两夜，气派富贵的宅院被夷为平地，从此，冯治安在东辛庄再也没有了家，没有了落身之地。

没有人性的日寇烧了冯治安的宅院仍不解气，他们又到了村北的冯家祖坟，砸断了冯治安生母袁氏的墓碑，挖掘了冯治安爷爷的尸骨。

日本鬼子贴出告示，这就是"反日元凶"的下场。

冯治安听到消息后，竟没有了一滴眼泪，国仇家恨，让他五脏俱焚，他立即跌倒在河堤之下。冯治安被抬在担架上，继续指挥这支部队。

韩复榘虽丢德州，但却向全省发出"防匪"的命令，其实"匪"就是指冯治安的队伍。冯治安率部继续在运河两岸大堤行军。这里是山东省辖地，部属担心会遭到拦截，吴锡祺建议："军座，我们已进入临清，这里的专员陈仁泉曾在南苑当过连长，也算军座的部下，可派人前去叙叙旧，凭老关系提供一些方便。"冯治安说："你太天真了，这个时候还讲什么旧关系，只有枪杆子是好朋友，明天让手枪团打前锋，谁要敢拦挡，咱们就不客气！"队伍到达临清后，由于部队声势浩大未遭遇阻截，冯治安下令暂住休整。

冯治安面对部队番号变更，纪律不暇整饬的局面，决定利用这短暂休整时间，总结两个多月来各部的表现，调整各部编制。经查实：原三十七师营长俞琢如在青县战斗中，首先擅自撤出阵地，使两翼同时溃决。冯治安下决心将俞枪决，行刑队执行时不知是失误还是故意，俞琢如竟中弹未死，被本营士兵偷偷藏起后又转送离军。后来此人改投其他部队。一日，冯治安接信一封，是俞琢如的一封长信，为自己万般辩解，颇有怨怼之词。当年负责行刑的军官闻之大为吃惊，这厮竟能逃脱枪下之鬼的命运，奇迹呀！行刑官以为必遭冯治安追查严处，没想到军座像什么事没有发生过一样，未予置理。

追随冯治安数十年的张明诚和李贵说："咱军座冯治安这么多年来就杀过这么一个军官，结果还没杀死。"李贵道："俺大哥仁善，感动天庭，免他杀生之罪呀！当然，日本鬼子除外，因为他们不是人，是鬼呀！"

日寇因战备需要，将主要兵力集结于晋北，意在夺取山西。日军占领大同后，立即挥师南下，直指太原。晋军为保实力，不战而弃守了许多城池及长城隘口。蒋介石不想山西有失，忙调集重兵，以总兵力十六个师与日寇会战于忻口一带。八路军派部成功破坏了阳明堡敌机场，击毁敌机数十架，将机场设施予以毁灭性破坏，有力地配合了这场战役。可惜国民党军序列紊乱，指挥失灵，将士虽用鲜血与生命抗敌，终于抵挡不住日寇猛烈的攻势。十万官兵抛尸于群山万壑之中。第九军军长郝梦玲，五十四师副师长刘家麒壮烈牺牲于战场。二十一师师长李仙洲弹贯前胸，幸免丧生。而日军仅损失三万余人。

忻口之战的同时，日军在平汉线频频得手，十月十日攻陷石家庄后，又挥戈西向，攻破娘子关进入晋东。太原告急。军情让忻口之战的中国军队陷于惶恐，导致会战失败。

冯治安部自离开津浦线后，没有与敌军正面接触，但他作为临时指挥官暂无外患，却有内忧。原二十九军的三十七师、三十八师固有的畛域之见，由于宋哲元离军，三十八师主帅张自忠不归而更恶性发展。李文田作为五十九军代军长，暂领原三十八师旧部进入山东后，便沿着津浦两侧行军。在长清县境渡过黄河时驻扎，其一切动作均不报冯治安。李心田出于个人恩怨，颇思改换门庭，便频频与韩复榘秘密接触，韩复榘也想吞并这几万人马，二人一拍即合。但五十九军的黄维纲、刘振三两个师长坚决反对，并向在泰山的宋哲元及时报告，宋分别电复黄维纲和刘振三，要他们严防破坏团体的一切阴谋，并告诉黄、刘二人，现正与南京商谈，设法争取让张自忠归队，不日即可实现，终于避免了五十九军脱离第一集团军的危险。

刘汝明的六十八军撤出察哈尔后，辗转经山西也来到冀南。该军在平绥路作战时一度归第七集团军建制，刘汝明被委任副总司令。此时又回归第一集团军。三个军均又回笼到集团军旗下。

第六战区司令官冯玉祥，在津浦北段遭遇挫折后，内心如焚如裂，每思寻求机会大展鸿图。此刻，他见宋哲元离军，冯治安力不能控制全局，六十八军李文田难以服众，而刘汝明是西北军时代自己最驯顺的旧将，便欲乘此机会依靠刘汝明的五十九军，抓住群龙无首的六十八军，而冯治安的七十七军便自然归顺，到那时，直接指挥第一集团军，继续与日寇作战。显然，冯玉祥这种估计是相当切实的。当大策方定，和刘汝明谈得十分融洽时，忽然晴天霹雳，南京电令：撤销第六战区，免去冯玉祥职务，第一集团军改归第一战区司令长官程潜节制。浩叹之余已功亏一篑无力回天。冯玉祥郁郁南归。

宋哲元在泰山得知冯玉祥离去，如释重负，急向南京电请销假回军，南京明准，宋乃"无病一身轻"来到第一集团军驻地大名。

宋哲元过去对冯治安产生猜忌仅仅靠的是奸人的传言，而这次回军，冯治安长时期不向他请示，这种"独断专行"的表演，让那一切传言都印证为事实，因此对冯治安的厌恶之情溢于言表。而冯治安由于根本不知道自己的汇报电文俱被萧振瀛扣压，对宋哲元的归来显露出一种解脱的喜悦，宋对冯的表现觉得是一种矫揉造作，更增反感。

萧振瀛见宋归来，料定自己已无市场，便思溜走，但一时又找不到借口。当敌机轰炸大名时，宋哲元正召集诸将开会，爆炸声围着指挥部响作一团，宋岿然如山，诸将也都气息平稳，唯萧振瀛惶恐万状坐立不稳。宋哲元平素寡言凝重，从不与人打笑。这一次竟然一反常态，幽默挖苦道："扔两颗炸弹有什么了不起的，你们看萧仙阁那个样子。嚯，像艘轮船似的。"说着仿效萧坐立不安、摇摇晃晃的样子，引得全场哗然大笑。萧振瀛平素里言辞敏捷，口角生风，哪能吃嘴上功夫之亏，此刻却红涨面皮一语不发，第二天便顺坡下驴悄然回南京去了。

忻口会战开始，日军将石家庄一带的部队调进娘子关，以策应忻口之役。宋哲元见河北腹地空虚，又新领第一集团军司令之职急于表现，便召集会议，提出攻邢台取石家庄的战略意图。全军为之振奋，终于看到退守变为主动进攻了。宋电请蒋介石批复，蒋即照准。宋立刻调遣部署，命石友三的一八一师接替大名南线的七十七军防务，留七十七军一七九师何基沣部担任大名城防，派刘汝明六十八军为前锋，绕开邯郸向邢台挺进，郑大章骑兵师为之匡助。五十九军因张自忠暂不能归队，仍由代军长李文田、黄维纲、刘振三部负责守大名北、西附近各县，宋哲元、冯治安亲率七十七军主力随刘汝明部之后居中指挥。冯治安仔细分析敌情：其一，中国军队虽有杀敌之决心，但经屡屡败退，气势大弱。其二，敌人拥有绝对制空权，不仅轰炸扫射不堪其扰，且敌能掌控监视我方动向，而我却对敌情一无所知。这种我明敌暗的格局，使中国军队明显处于劣势。冯几次想谏言，均又无语。

宋哲元召集营以上军官发表誓师训话，他信心十足地说："五天拿下顺德府，八天拿下石家庄，然后抄小鬼子后路，以配合忻口之战。"

第一集团军刚一运动，日寇飞机就已侦察到宋哲元意图。奸狡多谋的土肥原待我各部展开之后，就大胆采取"围魏救赵"的中国兵法，派出他精锐的二十七旅团，由少将馆余惣率领，从邯郸出发直扑成安、魏县，意在乘虚夺取大名。

刘汝明部进展顺利，攻克邢台后，又连克十余个县城，前锋抵内江、隆尧一带，刘汝明启行前，留一营外加一个骑兵连驻守成安县城。营长姚子寿抗敌热情极高，成安县长李熙章也是一位明大义、重气节的饱学之士。县中百姓更对日寇恨之入骨。许多青壮不待召唤便纷纷自动挺身而出，以简陋之长矛、铡刀和士兵并肩坚守。十二月二十二日夜至翌日午，日寇连续攻城俱被击退，遗尸数百，丢弃枪支弹药无数。百姓自动担当后勤供给，激战之中，就已做好白面大饼、热汤，冒弹雨送到士兵手中。

日寇绝未料到这弹丸小城竟给皇军如此沉重打击，急调集重炮精兵，再度向成安县扑来。虽经军民拼死抵抗，终因武器太差，被日寇轰开西门突入，我守军被迫撤出。日寇为报前仇，见男人就杀，青年妇女遭强暴其状至惨。

撤出城的中国守军得悉成安百姓遭屠，气愤填膺，一再向上峰要求反攻成安，当时七十七军在魏县驻有部队，冯治安接报后，立即派出两个团的兵力，会同姚子寿及民众武装重夺成安。国军工兵连夜挖出一条地道直达城里，士兵悄悄进城后，以大砍刀与敌展开肉搏。敌人万没有想到中国军队突然降临，惶急中惨遭失败后狼狈退出。土肥原闻讯大怒，立派安阳坦克重炮在飞机掩护下又一次扑向成安。中国守军失利被迫放弃，留守的四十名敢死队员肉搏后只剩一人幸存。

日军再次进城后，个个如暴怒的野兽一般见人便杀，对那些老弱妇孺也不放过，就连天主教堂里充当苦力的十几个男人也被集中杀害。一时成安城内哭声连片、血流成河。日寇杀人手段极端残忍，枪挑、砍头、火焚、用枪托砸头无所不用其极。青年妇女被三五成群赶到大街上，灭绝人性的日本鬼子竟集体轮奸后枪杀。成安县里狗犬成群抢吃死尸。它们肥得浑身掉毛，犹如一群凶兽。狗也疯了，见了活人便咬。深夜，成安漆黑一片，血腥气味冲天。野狗凄叫，日本鬼子狼嚎。成安城变成一座死城空城。在成安屠城的惨案中，直接被杀害的百姓达五千二百人。

驻守广平的五十九军黄维纲师（三十八师），利用村寨向沿邯郸至广平的公路，与来犯之敌展开英勇阻击。红家寨、新城、西孟固、冯营、军营等村庄，都发生了激烈战斗。中国军队仍发挥大砍刀夜战之传统，给日寇以沉重打击，自身也伤亡惨重。许多战士临死时仍手握沾满污血的大刀，怒目张口，显得神勇无比。有一位连长阵亡后背倚大树，尸体不倒。百姓纷纷跪下祭拜，称之为神将。

南小留的攻防战更为惨烈，堪称长城血战的小规模再现。

南小留距广平县十里，是县城东南的重要屏障，驻有国军二二三团。为防日军来袭，已筑好两道外墙及一道鹿寨。村内筑有各种工事。十一月九日，敌军开始攻击，先以骑兵闯阵，被中国守军迅速打退。敌军又调集炮火向我阵地猛轰，然后步兵则分成几个梯队向中国军队节节进逼。富有战斗经验的中国守军沉着反击，也梯队换打，一次次将日寇压了回去。战斗一直坚持到十一日。日军见屡攻无效，又从邯郸调来步骑炮联队的两千余人支援。日军兵分两路，一部攻南小留，一部攻广平县城。日寇的重炮、榴弹炮、山炮的炮弹，冰雹般在南小留开花。整片的民房被炸毁。中国军队隐蔽于弹坑和工事内，待步兵跟进时，呼喊着跳出战壕，以大刀与日寇展开肉搏。这时，广平西关我驻军朱春芳团也以大刀主动出击，配合了南小留的战斗。战至十三日，日军总伤亡两千余人，南小留仍岿然不动。正当中国军队斗志方炽，日寇袭大名成功。大名失守，战局急转直下，宋哲元急令各部撤出阵地。二二三团含泪撤离了被数百烈士和无数平民鲜血染红了的南小留。

日寇进入南小留后，把满腔怒火发泄在村民身上。日本兵端着枪见人就杀。然后将躲在残垣之中的百姓百余名，包括摆出酒食迎接皇军的富户们，统统驱赶到村外集体枪杀。全村只有一个叫杨书良的青年在混乱中侥幸逃脱。

大名的失守，彻底打碎了宋哲元雄心勃勃攻占石家庄的战略计划，也成为他个人命运的又一个转捩点。

十一月九日黄昏，防守大名的何基沣见汤传声、柴建瑞旅长率部而逃，便带残部百余人退到河北岸，原来的浮桥已被汤传声撤退后拆掉。何基沣令人找来一只小渡船，只能容长官乘坐，士兵及下级官佐或抓块木料或揪住马尾冒死抢渡，结果不少士兵淹死在河中，其中还有一七九师副官长。

平明，何基沣来到南乐县城，立刻向总部拍电，报告汤、柴二人不听指挥擅离前线，因而大名失守之经过，但他却收到先汤、柴二旅长缒城而去的总部留守官总参议张维藩的来电，这位率先逃脱的总参议竟责问何基沣为何退出大名？若宋总司令追究谁来负责？何基沣悲愤交加又百口莫辩，面对险恶的处境心急如焚。其实，鹿钟麟刚刚改任军法总监，南乐县城就驻有其直属的执法队，何料定凶多吉少，恐遭不测，又感进退失据从去无择，便给鹿钟麟写了一封绝命书道："……职无才无德，失守名城，罪不容死……"之语，然后拔枪自戕。副师长曾国佐见状扑了过去，砰的一声枪响。何基沣指对头部的手枪被曾拉下，枪弹未中头部却贯胸而过，何师长倒在血泊中未致殒命。

何基沣清醒过来时，已躺在濮阳县城简陋的军医所中。原来柴建瑞军早已到这里，何基沣恨呀！天理何在？

大名失陷时，冯治安正驻广宗，其先头部队已略取南宫空城。宋哲元志得意满，认为拿下石家庄指日可待。正在这时，传来大名失陷消息，宋方大惊，急令撤退。部队折回头到达威县时，南面广平、魏县已陷入敌手。为避免接触，宋、冯率部由南馆陶渡过运河，经冠县、南乐、清丰辗转到达濮阳。

冯治安途经清丰时，总部门外小贩骤然增加。冯治安警惕，便在临时的集市上闲察。忽然发现一小贩神色恐慌，冯故意与之攀谈，发现小贩口音与当地人有异，便令稽查队带回审问。小贩立刻跪地痛哭，承认自己是日寇派来的密探并表白说："长官，俺是本分的庄稼人，是日本鬼子以俺全家人的性命为质，强逼俺前来的呀！"冯治安看此人手掌粗糙、言语质朴，又能将敌人情况据实供出，便令将此人开释。许多部下窃窃私语，这要是宋哲元必杀无疑，咸谓冯"妇人之仁"。

十一月下旬，宋哲元、冯治安来到濮阳。冯治安倾听了何基沣的参谋长王橄鳌汇报大名失守经过，他抬头看了一眼宋哲元之后，便低头沉吟良久。宋哲元见状亦未再追究，批准何基沣离军去开封疗养。所遣一七九师长一职，竟由逃脱前线的柴建瑞升任。其余军校出身的参谋长王橄鳌、参谋处处长王连岗均被撤换离军。冯治安对七十七军的人事变动，竟未事先得一音信，难免气藏于胸。宋哲元心想，撤换你冯治安的爱将也理所当然。

宋哲元经此惨败，心情又极懊丧，他的病情也每况愈下。舌僵语塞现象时有发生。

南京军委会在郑州召开了北方军事会议，召宋哲元、冯治安参加。会上宋做胜不骄败不馁的姿态，侃侃而谈。冯治安则缄口不语。

由郑州返回后，冯治安表面如旧，其内心肝火盛旺，腮腺炎脸肿如斗。他见正是离宋的好机会，便趁机向宋请病假到开封治疗。宋立即允诺。第二天，冯治安率领幕僚张俊声及随从副官张明诚等人南行至东明县北埧渡口，乘民间小船过黄河。时值初冬，黄河尚未冰封，河面朔风怒号，小渡船颠簸甚烈。张俊声半开玩笑说："今日龙王爷看你主席面上，多保佑吧！"一句话暴露了冯治安的身份。下船后，冯治安在沙鱼窝村小憩，忽然一伙人拥来嚷道："龙王接主席了！"原来该村香火会首已得知冯治安到来，故意摆弄玄虚在村龙王庙内神灵附体传话，让民众去接省主席。冯治安知其用意后，嘱随从不予理睬。张俊声却悄悄派人去龙王庙上炷香，并多撂下几个香火钱。此时，河务局官员也赶到河边拜见，并向冯治安大讲龙王爷显灵的桩桩逸事。冯治安深为感慨，自我解嘲地说："龙王爷既然这么灵验，咋不把小日本全给淹死！偏要照应我这个落魄的省主席干什么？"说得大伙笑了。

东明县时属河北省，为省最南端县份。黎明时，冯治安由东明县启程不久，汽车到达冀豫交界处。冯治安命停车，他走下汽车眺望家乡，到处是白雾茫茫寒气凛冽。老天知俺心境，真是雪上加霜呀！这战火笼罩下的河北大地已是满目疮痍，一时百感交集。国家的命运、个人的前程都和这弥漫于前路上的浓雾一般，迷茫而沉重。但有一点冯治安是十分清楚的，那就是自己与宋哲元长达七年的依附关系，已经结束了，在他昏暗的脑海之中，算是泛起了一丝光亮。

　　这正是：离合岂乃天意
　　　　　　性情才是因果

第三十回
兄台张自忠战死沙场
父亲冯元玺病故西安

冯治安在开封的教会医院里一住就是两个月，其实他的病早已痊愈了。

腮腺炎或口腔发炎这类疾病，老百姓俗称为"上火"，根本算不上什么大病，完全没有必要千里迢迢去开封住院治疗，吃点败火的中药或消炎之类的西药即可，更何况是烽火连天的时候，冯治安之所以去开封"小病大治"，他是采用躲避方略。其实在冯的戎马半生的岁月里，托病而退是破天荒的头一次。他躲避宋哲元，是在寻求一次新的人生选择。

冯治安离军后，部队士气极低，丧失主动攻击能力，而日军咄咄进逼紧追不舍。宋哲元无奈，率军越太行进入山西。晋军对宋向有猜忌，粮秣上不予支持。宋又无奈，率军渡黄河进入河南。昔日的威重雄师，竟落得四处奔突，惶惶不可终日。宋哲元仰天长叹，深感自己是四面楚歌了。张自忠孤身在南京待罪；刘汝明率本部六十八军在鲁西南独立作战，且已划归程潜指挥，事实上已离开本军；赵登禹战死；自己的"赵子龙"冯治安又"托病"离去。宋亦痛感独木难支，便在众人的劝说下，给冯治安发电报催他回军。冯治安自忖"开弓没有回头箭"，故回电续假，继续"托疾"不归，老实人认准的事，你就是八匹马也拉不回去了。

冯治安其实无心养病，内心里矛盾重重。这时忽接电报，得到韩复榘被蒋介石处死的消息。冯治安十分沉痛。

冯治安又接好友秦德纯电报：一九三八年一月十一日，蒋在开封召开军事会议。用调虎离山之计将韩复榘诱至开封逮捕。旋押往武汉受审，仅十余日后便将韩枪决并将其罪案公诸全国。秦告冯安心养病。你冯治安自"卢沟桥事变"起，已被国内舆论塑造成"抗日名将"，蒋介石一定会对你另有任用。冯治安复电感激。

开封军事会议期间，许多与冯治安有着旧谊的将领到医院探望冯治安。大家均不知他与宋哲元的关系，冯治安也不露一语。

真正使冯治安担心的是战局每况愈下，医院中得悉首都南京沦陷，中国军队伤亡达五万余人。而日寇灭绝人性，对南京军民开始了大屠杀。被害者为三十万之众。国人震惊，世界震惊。冯治安泣不成声，在医院摆上供案烧香拜祭。此时蒋介石已令迁都重庆。

一九三八年三月，宋哲元率残军在河南刚一站稳，蒋介石就乘机对宋军进行大拆大改式的重组。宣布撤销第一集团军的番号，将冯治安的七十七军和石友三的六十九军并为第十九军团，冯治安任主帅。任务是在黄河北岸开展游击战，以牵制日军。在李宗仁等将领的劝说下，蒋介石准予张自忠重返前线，仍任其为五十九军军长，任务是北援山东。宋哲元则"晋升"为第一战区副司令长官。实际上已无兵权，置于闲散之地。宋哲元满腔气愤，接连不断的打击让他病情急剧恶化，但也只能告假离军去南方疗养。他先去桂林，后移至四川灌县、成都，最后来到绵阳。辗转中病势愈益沉重。一九四〇年四月五日，在绵阳抱憾逝世。弥留之际犹作呓语曰："战死真难！战死真难！"终年五十六岁。

冯治安对此任命颇为兴奋，立即赶赴新安，上任初始，即对七十七军上层人事做了调整，刘自珍、陆春荣各领原职。不久，石友三的六十九军奉命北上迎击山东之敌，后又深入河北南部打游击，脱离了冯治安的控制，冯治安的军团司令，手中只有七十七军可调用。

一九三八年三月初，冯治安部由郑州渡河北上，直捣新乡，顺利拿下这座豫北名城，并将总部设于此地。当时，战争主要在鲁南进行。先是日军集中优势兵力进攻滕县，守城部队为川军一二二师王铭章部。王部刚由晋北战场仓促调来，兵员残缺，武器窳败，总数仅千人。但川军守城将士斗志极高，日军强攻三日不下。最后集中三万精兵，七十余大炮，五十辆战车，在飞机的配合下疯狂攻入城内，守军与敌军开展巷战，逐屋争夺，战况极为惨烈。由于军力相差悬殊，滕县终被攻克。一二二师自师长王铭章以下官兵壮烈牺牲，战死者总数达五千人。

滕县失守，临沂告急，李宗仁命令张自忠率五十九军驰援临沂。临沂守将为庞炳勋，与张自忠素有前嫌的冤家对头，张自忠不计个人恩怨，率领全军一昼夜急行一百八十里抵达临沂。为了避免被动，张自忠又建议本军在城外设防阻击敌人，将最危险的担子压在自己身上。庞炳勋大为感动。

张自忠到达临沂后，立即向日军主动展开攻击，以洗在天津之辱。

五十九军辖两个师约三万之众，在张自忠军长烈火般忠勇的精神感召下，全军充溢着必死的壮烈气氛。而对面之敌，是一支被"武士道精神"培育成的日寇顶尖部队。两支这样的队伍碰撞在一起，其惨烈程度不言而喻。经过十余天反复争夺，日军付出数千伤亡后溃退。五十九军由于装备落后，全靠白刃拼杀，伤亡更重。三十八师原有一万五千人，战役结束后只余三千多人，整团整营的官兵壮烈殉国。张自忠面对剩下的不足九千人，他欲哭无泪啊！两万多名烈士的鲜血洒在鲁南苦难的大地上。可惜呀！国人无法都记住他们的名字。

台儿庄战役就此拉开了序幕。板垣师团、矶谷师团在临沂受阻损兵折将，未能按预定时间到达台儿庄。矶谷师团冒险孤军深入到达台儿庄，立即遭遇我孙连仲兵团的迎头痛击。

孙连仲兵团辖下两个军，也是从晋北战场上匆匆撤回的。总兵力只剩二万四千人，而日寇却有四万之众。装备对比更是天渊之差。敌人飞机、坦克、大炮一应俱全。而孙部连步枪子弹都不充裕。苦战三昼夜，日军终于冲进台儿庄，占领了三分之二的城区。

台儿庄是个平原小市镇，无坚固城池，更没有永久性防御工事，经日军狂轰滥炸之后，早已成为一片焦土。中国军队依靠断壁残垣为屏障与突进来的日寇展开激烈的巷战。白刃肉搏成为拼杀的主要形式。敌众我寡，孙连仲部被日军切割成许多零星小块，根本无法统一指挥。中国军人各自为战，他们对日寇的无比仇恨，激发出的民族大义升华为无坚不摧的巨大力量。前面的倒下，后面的跟上，无一动摇。巷巷流血成溪，尸骨堆积如山。

孙连仲集团军在"十损七八"的严重危难之中，仍然有效地组织敢死队奇袭敌军，夺回了近二分之一的阵地。此时，各路中国援军已抵达台儿庄，一起向陷入镇内的日寇展开猛攻。日军本已疲惫不堪且伤亡惨重，哪里禁得住中国军队排山倒海般的攻势。大日本"皇军"的威风顿时崩溃，东逃西窜狼狈不堪。台儿庄战役最后以中国军队的辉煌胜利而告终，日军被歼一万二千人。这是整个抗日战争中最伟大的一次胜利。捷报传出，举国欢欣，笼罩全国的悲观气氛为之一扫。全国各界、海外华侨乃至世界同情我抗日人士，纷纷致电祝贺，前来采访的中外记者络绎不绝，一时成为世界性重大新闻。

张自忠五十九军的临沂之战，创造了台儿庄大捷的先决胜利，功不可没。临沂、台儿庄两个战役的主将，都是由"西北军"冯玉祥培养训练的骨干。作为杂牌军，他们一直被列在"副册"之中。装备供给都无法望"中央军"项背。但西北军血脉里的高昂气势和崇高爱国精神，又是"中央军"无法相比的。

台儿庄战役进行时，冯治安的七十七军仍在新乡一带，扼守平汉路，准备迎击日寇南犯。由于山西战事尚在进行，日寇不敢贸然抽身南下，冯治安部也不敢擅离，因此，李宗仁没有将七十七军投入到台儿庄战场。李知道冯的部队是一支虎狼之师，应把七十七军作为台儿庄战役的外围部队，随时准备应援。冯治安十分惋惜没能参加这一战。

蒋介石在台儿庄大捷的鼓舞下，计划在徐州打一次战役。蒋从各路调集了六十万大军，在徐州周围部署待战。日军也从北方的平、津、晋调集部队南下，加上南方北犯之军，共约四十万人，也准备决战徐州。徐州会战已成为必有之局。

冯治安的七十七军奉调到安徽省淮河北岸的宿县一带，监视由南京北上之敌。与七十七军并肩作战的是于学忠的五十一军。冯治安明白，自己所扼守的位置至关重要，一旦战斗打响，七十七军就处于徐州会战的南部前哨。他十分兴奋和激动。自从军以来，第一次独立行使真正的指挥权力，一定要让日本鬼子再尝尝俺冯家刀法。冯治安令抓紧修筑工事，准备打一场硬战、恶战。

万事俱备只欠军令，可冯治安盼来的却是放弃徐州会战的指令。原来李宗仁向蒋介石直陈，建议不能硬拼，徐州会战虽我人数占优，但装备极差，对付拥有上百架飞机和上千辆坦克的日军，若打必败。蒋介石默许了李宗仁的建议。

一九三八年五月初，日军约四万人由蚌埠强渡淮河向宿县进击。

不久，宿县西翼的蒙城被敌攻陷。宿县十分危急，七十七军军部设在陈庄，冯治安冒敌机轰炸巡视阵地。一颗炸弹在冯附近落下，警卫兵扑到冯治安身上，爆炸冲击波将冯手中的电话炸飞，警卫兵身负重伤，冯治安险遭不测。

李宗仁放弃徐州的命令已下达，冯治安不敢违抗，便率军撤出阵地，由东撤向皖、苏二省交界处暂避锋锐。敌军主力北进后，冯又奉命向东南急进，穿越皖北进入河南，到达潢川休整。

大名失守拔枪自戕被部属阻拦而胸部负伤的何基沣，离军养伤，伤愈后去了延安，受到周恩来的接见。中共领袖超凡的风采，延安蓬蓬勃勃的气象，使何基沣耳目一新。他把国民党的军队和共产党的军队进行了比较。那绝不是人数和装备的劣优，而是共产党的军人知道在为谁打仗，这斗志连西北军也无法相比，短短数月，何基沣眼前一片光明，他决心留下来，参加共产党。

一九三八年三月，何基沣听从中共领导同志的劝说，带着使命回到了冯治安的身边。并如实向冯治安汇报了去延安的经过，叙述了延安见闻。冯治安一向不以共产党为敌，并未和共产党的军队交过手。尤其对共产党的土改政策，冯治安这位贫苦农民出身的将军心里还是赞赏的。现在正是国共合作抗日，因此对何基沣私自去延安绝无反感。

不久，何基沣被正式批准为秘密党员，加入了中共，何基沣这次复归，人还是旧人，心却换了一颗红心。冯治安和何基沣是拜把兄弟，关系十分亲密。他俩名为部属，暗为股肱，冯对何深信不疑。何基沣表面上维持着"亲密"的兄弟关系，嘴里更甜蜜地喊着"大哥！"暗地里，利用冯治安委以的军训团重任，吸收了一批左派人士，其中还接纳了从延安派来的共产党员。很快，何基沣又与豫、皖的中共部队取得了联系，直接在共产党的领导之下，有序地开展了地下秘密策反工作。

冯治安当然不会明白，何基沣的复归，自己的金兰兄弟，将改变他后半生的命运。

一九三八年六月九日，国民党军方为遏制日寇攻势，竟然不顾百姓死活，在花园口将黄河大堤炸开，滔滔黄河之水淹没了十余县广袤的土地，造成了灾难深重的"黄泛区"。由于事先不敢向人民宣布，广大群众猝不及防，生命财产损失惨重。事后，军方故意发布决口是日本飞机轰炸造成的消息。日本方面当然出来驳斥，一时沸沸扬扬成为重大丑闻。

黄河决口对战局确实也起到了重大影响。日军因受洪水之阻，放弃西进的计划，抢占平汉路的图谋也暂时搁置。因此，已摆上棋枰的徐州战役并未全面铺开。按照李宗仁的决策，中国军队悄悄将徐州及周围之兵力撤出。日军随即开进徐州，打通津浦路的计划终告得逞。

转瞬到了七月份，国民参政会第一次大会在汉口召开，国民政府之前明令：定每年七月七日为"抗战建国纪念日"，参政会选在七月六日开幕。会议特邀冯治安去武汉，在"七七"周年之际，在参政会上发表演讲，报告卢沟桥抗战经过。冯治安接此通知，心中万分激动，他对这一殊荣极为看重。事先做了充分的准备，宗旨要突出二十九军，尤其是三十七师将士之英勇，个人作用微不足道。冯治安朴实无华的语言，推功揽过的人品，受到全场的热烈欢迎，掌声波连，泪洒衣襟。演讲取得了空前成功。各主要报纸都做了报道。冯治安至此明白了一个道理，只要你为了这个民族的尊严而战，只要你为了中国百姓的安危而战，历史将会永远铭记。

冯治安欣喜之际，又接到了兄台张自忠的贺电。贺电中说："……自忠定会为民族自尊与日寇血战到底，不惜吾生命……"

徐州会战中途搁浅，中日双方都瞄准了下一个目标，自古兵家必争的大都市武汉。日寇妄图攻占武汉后，控制平汉路，继而南下打通粤汉路，为侵略印度支那半岛开出一条陆上通道。

蒋介石面对严峻的形势，决心打一场武汉保卫战。为此，他重新调整了军事布局。冯治安的十九军团调到鄂北，拱卫武汉北大门，以迎击由津浦线西犯之敌。调张自忠的二十七军团与冯治安部并肩同行，共同执行这一任务。

一九三八年七月，冯治安与张自忠两军在潢川一带会合，准备迎击日寇的北犯先头部队。潢川是偏僻的小城，地瘠民贫，豫境多年战祸频频，百姓苦难深重。冯治安驻军的粮秣筹措十分困难，但是，部队的训练更为紧迫，严整军纪是胜利的保证。部队长期拼杀消耗，整体素质越来越低，冯治安面对部队这种现状，忧心忡忡，却无可奈何。

战时汽车供应紧张，冯治安的汽车一般不准动用，把汽油节省下来供战时急需。巡察部队均以骑代步。一次在山路乘马急行，雨后山路湿滑，战马突失前蹄，将冯治安重重摔下马来，结果左腿严重摔伤，冯坚持用随军医生治疗，不愿去后方医治，结果伤口很快感染化脓，不能行走。冯无奈遂向第五战区打报告，要求暂离军去郑州治疗，上边很快批复："随军治疗"。冯治安只好遵从上命。此时到各部巡查便成了问题。李贵忽然想起宋哲元在泰山疗养时曾购买一顶山轿，四个轿夫。宋离军后，轿子和轿夫都未带走，李道："司令，咱们何不一用？"冯治安听完大喜，这军情一天不明，寝食都难安。他便坐上轿子下部队赴前线。冯治安不习惯耀武扬威，坐在轿里感觉很不自在。当地百姓也觉得奇怪：常言道"文官坐轿，武将乘马"，怎么一身戎装的冯司令竟坐轿出巡呢？

第五战区很快派员前来"慰问"，实际是担心冯治安"托病"离去。来人主要是察冯治安病伤的真假。来人是冯治安的故交，私下将上边"关怀"的真意告诉了冯，冯也感慨万千。

日寇为攻武汉，先行扫清外围中国军队。九月十六日，向潢川冯治安、张自忠部发起攻击。五战区长官李宗仁命令冯、张二部迅速甩掉敌人，向鄂西北挺进，以大别山为依托进可攻、退可守，同时对进攻武汉之敌可起牵制作用。冯治安奉命后，于九月十九日放弃潢川，先东行经固始、商城，一路边打边走地进入湖北省界。张自忠的二十七军团也并肩进入了湖北。

部队刚到麻城，冯治安接好友秦德纯从南京拍来的电报："第十九军团与二十三军团合并为第三十三集团军，原军团番号撤销。冯治安或张自忠出任总司令和副总司令，征求冯治安意见。"冯治安立刻回电秦德纯："总司令一职由张自忠荣任。张长冯五岁，勇猛善战，冯治安任副总司令为好。"不日，命令即到。张自忠任总司令，兼五十九军军长；冯治安为副总司令，兼任七十七军军长。

对这一任命，张自忠颇感惊愕。自己一直多在冯治安下属而感不解。冯治安十分欣慰，并未告张缘由。他与张自忠同事数十年，又是金兰兄弟，是一对最相知的朋友，张比他年长，学识也较他高，临沂大捷张自忠也已名噪全国。冯治安衷心钦佩。

张自忠对冯治安这位副司令也十分尊重，从历史渊源说，他与冯治安从青年时就并肩而行。多数时间是平级，偶尔冯还高他半头。张自忠性格刚烈磊落有英雄气。而冯治安性格随和宽厚。两人一刚一柔相辅相成。多年来关系十分融洽。如今又编在一起，张自忠觉得仰之弟是再理想不过的伙伴。

冯治安深知军界的"规则"，副职就是副职，尽管与张自忠感情深厚，但他仍然恪守副职的本分，对老哥的权威十分尊重和维护。冯将主要精力带好七十七军。三十三集团军的大事，则悉听张自忠安排。私下里，二人一直维持着"袍泽"的情谊，始终不渝。

三十三集团军组建时，武汉保卫战已经打响，敌强我弱，中国军队屡战屡败极为被动。

张自忠的五十九军在临沂战役中伤亡大半，到河南后匆匆补充整训，元气一时难以恢复。进入湖北后，冯治安主动要求他们七十七军为前锋。日军对张自忠、冯治安两位抗日名将威名不敢小视。调动精锐前堵后追、紧紧咬住不放。大别山进入秋节，细雨连绵，加之地理生疏和北军不惯山路，三十三集团军行进、打仗都非常困难。

部队由麻城东行，在孝感北越平汉路，七十七军装有军衣、汽油等军用物资的车辆，停靠一小火车站时被日军飞机发现。日军飞机疯狂轰炸，汽油车起火又引燃了服装车，车队顿时变成了一片火海。宝贵的过冬棉衣全部烧毁。冯治安大怒，行前他千叮咛万嘱咐军需官刘月亭，要他无论何时何地行进或停靠，一定要将汽油车和被服车隔离开，刘月亭玩忽职守成大祸，自知难逃干系，即使冯长官不要他的命，那位张总司令肯定要了他的命。刘月亭竟畏罪连夜逃窜不知去向。这年冬天，七十七军为冬衣备受煎熬。

部队刚到孝感北花园站，武汉陷落的消息传来，全军受到了严重的精神打击。部队愈往西行山路愈险。行至三山寺，前面山路被毁，车辆无法通行，张自忠与冯治安决定，将带来的数十辆汽车及长官的专车全部焚毁。为轻装前进，张自忠还命令军官家属将所携之家当，除细软外一律烧掉。

三十三集团军边战边西行，于十月中旬抵达荆门，便驻扎下来。鄂北山区抗战由此迈开了七年的艰难步伐。

一九三九年四月，日寇为巩固武汉外围，组织十余万精锐部队，向第五战区展开扫荡。重点是随县、枣阳一带。李宗仁急调本部人马迎敌。三十三集团军被布置在右翼作战。张自忠将自己的五十九军推上了第一线，而将冯治安的七十七军放在了第二线。

三十三集团军打得勇猛顽强，一八〇师在长寿店一役中伤亡累累仍英勇拼杀，终将敌精锐的松井部队击溃。第五战区特别对三十三集团军给予嘉奖，发放奖金十万元。然而，随县、枣阳虽失而复得，也未改变第五战区被动局面。

一九四〇年五月，日寇再次调集十个师团的兵力，分别从鄂南、鄂中、豫南三路向随县、枣阳一带进犯。第二次随枣会战拉开序幕，李宗仁下令将襄河右侧各军组为右翼兵团，委张自忠为司令官，统辖指挥。此刻，正值日寇乘武汉会战节节胜利、凶焰万丈之际。中国军队屡遭挫折，士气低落，全国悲观气氛浓重。在这种背景下，张自忠指挥疲弱之师与强敌对抗，内心也是忧心万分。他对副参谋长刘家鸾说："责任加重，兵员减少，械弹不整，战力薄弱，这战非丢人不可！"

张自忠部署分配了兵力，仍将自己的五十九军各师放在最前线，而将冯治安的七十七军放在襄河以东做后备队。开战不久，北路友军迅速溃败，枣阳形势危殆，五十九军奉命向北截击敌军，日寇攻势凌厉，装备先进，五十九军损失极重。前线连续向张自忠告急，要人要弹药。张自忠为挽危局，决计亲自渡襄河去前线督战。行前召开了动员会。会前他与冯治安先行研讨，张、冯二人在荆门快活铺集团军司令部对坐，一灯荧荧，气氛沉重。冯治安认为：以右翼兵团总司令之尊，不应轻履阵地，劝张自忠不要渡河，并提议由冯代张前往执行督战。张自忠执意不肯，他认为前线十分危急，右翼兵团系临时拼合，自己是右翼总司令，尚可行指挥之权，而冯治安无此职分前去指挥会困难重重，去了也是白去。倘若连自己也不渡河，前线溃败则势所难免，其后果不堪设想。冯治安对张自忠判断虽然同意，但眼看老兄冒偌大风险去深践战阵，必是凶多吉少。张自忠此刻已心如铁块。两人默默对坐，俱各无言。国家如此，战局如此，作为军人又别无选择……直到深夜，张自忠才站起来沉痛地对冯治安说："军人到了死的时候了！"然后，两人拥抱互道珍重而别。

第二天，张自忠在总部召集高级将领会议，宣布自己要在明天过河督战，各将领都以总司令不宜履险，劝张不去。张自忠不顾劝阻，执意前往。并嘱咐总部人员：他去后一切大事要同冯副总司令商量。当晚，人静夜深时刻，张自忠在昏暗马灯之下，铺纸写了几封遗书，以表明以死报国之决心。他给冯治安的信是：

仰之吾弟如晤：

因为战区全面战事之关系本身之责任，均须过渡与敌一拼。现已决定于今晚往襄河东岸进发。到河东后，如能与三十八师、一七九师取得联系，即率该两师与马师，不顾一切向北之敌死拼，设若与一七九师、三十八师取不上联络，即带马之三个团，奔着我们最终之目标（死）往北迈进。无论做好坏，一定求良心得到安慰。以公以私均请我弟负责。由现在起，以后或暂别，或永离不得而知，专此布达。

兄张自忠手启 5.6 于快活铺

留给诸将的信中说：

……国家到了如此地步，除我军为其死，毫无其他办法，更相信只要我军能本此决心，我们的国家及我五千年历史之民族，决不致亡于区区三岛倭奴之手。为国家民族死亡之决心，海不清，石不烂，决不半点改变，愿与诸弟共勉之。

第二天，即一九四〇年五月七日，张自忠将军仅率总部直属特务营及七十四师的两个团，由宜城官庄渡过襄河。过河后便投入战斗猛插猛打，很快与三十八师等取得了联系。紧接便挥师北攻，将襄河南下的近万名敌军部队截断。国军将士闻总司令亲临前线，群情振奋，山呼冲杀，日寇骄横气焰为之一扫。梅东高庙一役，中国军队冒雨截击，歼敌数千，自身亦伤亡极重。敌酋侦知张自忠亲率少数兵力在此指挥，便立即调万余精兵向张自忠的总部阵地逼来。张命所属三十八师向总部靠拢，以造成反围之势。三十八师离总部四十里，闻命边打边向总部靠过来，眼看歼敌之机就成熟，不料五战区长官突然电告张自忠：敌大军正由钟祥方面渡河西进，命令张自忠立即放弃当前之敌，向钟祥敌后攻击。张自忠明知这是一道错误的命令，但自己是一个模范军人，对上峰命令从不犹豫，他不顾忽然撤退会造成军心涣散，自己的指挥部随时都有被日军追击的危险，率领只有三千人的部队，边打边向南进。士兵们看到张将军威风凛然而士气大振，又与日寇拼杀了三天。五月十六日，总部到达宣城县南瓜店，遭日军猛烈攻击，飞机投弹扫射，地面炮火如雨，敌我数量悬殊，中国军队陷于苦战之中。随员们劝张自忠到山脚暂避，张自忠执意不听反而站在山顶上指挥。近午，前面的小山头被敌攻占，前方守军全部牺牲，敌人蜂拥而来，机枪子弹如狂风横扫，张自忠周围只剩数百人，犹坚持不退。直至下午四时，张自忠部全军覆没，张自忠战死。

张自忠将军，山东临清人，书香门第出身。青年从军一生戎马，最后牺牲于抗日战场。他是整个第二次世界大战中，在前线阵亡的级别最高的中国将领，也是死得最壮烈的将军。

冯治安接到张自忠殉国的消息后，泪如雨下，即令三十八师师长黄维纲率部杀至南瓜店，将遗体运回荆门快活铺总部。冯治安掀开张自忠身上覆盖的军旗，他见到数十年朝夕与共的兄长与战友，见到那被鲜血浸透的遗体，再也忍不住撕心裂肺的哀痛，扑到张自忠身上痛哭失声。在场官兵都悲痛欲绝并鸣枪致礼。

张自忠将军遇难的消息传出后，举国震撼。万千军民感其壮烈，痛其长逝，无不涕泪交流。冯治安强抑悲恸，亲自为兄自忠烈士装殓，在军中设灵堂公祭三天。国民政府追赠张自忠为上将，嘱冯治安将遗体护送至重庆安葬。冯治安欲亲送，未获战区批准，还要以战事为重。冯治安特命顾问徐惟烈，参军李致远护送灵柩，由荆门启程，沿途各城镇百姓均自设路祭，有的地方因祭奠群众过多，只好稍事停留。到宜昌后，各界云集接灵，在东山公园公祭三天，第四天登船。市民要求不用汽车，让百姓抬棺到江边。公园至码头约七里，沿途摆满祭桌，挽幛如林。日军飞机监空盘旋被山城气氛所慑，竟未敢投弹。此时，警报如山鸣海啸，鞭炮声、饮泣声交织成一曲英雄颂歌。人山人海的百姓在飞机的凄厉轰鸣中，竟无人离去。

灵船由宜昌溯江而上，沿江两岸都有百姓遥祭，有的长跪岸边等船过去后方才起身。船至万县停靠，万县各界登船祭奠，哭声震天。

灵柩来到重庆朝天门码头。蒋介石亲率军政大员登上轮船，委员长围绕张自忠将军遗体缓行三周后，将灵柩送至北碚，设灵公祭。山城人民几乎倾城而出，万人空巷，各界送的挽幛、花圈璀璨如银海波澜，中共领导人也送来挽联。出殡时，蒋介石又亲率大队军政要员在灵车后步行相送，将忠骸安葬于北碚梅花山。张自忠在天之灵无憾安息。

张自忠逝后，冯治安立即被任命为三十三集团军总司令。他主持在荆门县刘候集建起了张公祠，在南瓜店建起张自忠上将衣冠冢。三十三集团军移师南漳后，又在南漳县武镇伏虎山下建一张公祠，同附建衣冠冢，供全军凭吊。冯治安还在豫南邓县创办了"自忠中学"以接纳军中子弟和沦陷区的学生。这个学校因战事曾迁至湖北竹山、河南临颍、商丘，最后仍回到邓县，冯治安一直大力支持和资助这所与自己心血相连的自忠中学。

张自忠殉国后，三十三集团军两走观音寺、雾渡河，又折向北经南漳县渡过襄河至河南邓县才稳定下来。在邓县休整约五个月后，又重返鄂北，选定南漳县沐浴村作为总部驻地。华中战场因美英宣战，第二次世界大战全面铺开，而出现了长期对峙的局面。大别山根据地竟变成敌后的世外桃源，比大后方还要安定。冯治安居然过了一段相对平静的时光。

一九四三年，冯治安又被加授第六战区副司令长官的职衔。为了实现个人理想的人事结构，他重新调整了人事安排。并将自己直接兼任的七十七军军长一职，让给他最信任的拜把兄弟中共党员何基沣。至此，三十三集团军的两个军长一为"金兰契友"何基沣，另一个则是河北故城县老乡刘振三。副司令长官张克侠，参谋长陈继淹也都是二十九军的旧部。在冯治安看来，这样的"团体"可谓固若金汤了。冯治安尚不知张克侠、何基沣共产党员的真实身份，但对二人的行为却睁一眼闭一眼。张克侠甚至可以在军官大会讲话时，公开赞扬八路军，批驳重庆蒋介石攻击八路军不抗日的谬论。军内还订有中共报纸《新华日报》供公开阅览，冯治安对此并不干涉。而何基沣与中共武装联系密切，资助枪械弹药也眼开眼闭。

一九四四年冬，陕西省蔡家坡薛家村，三十三集团军办事处传来了噩耗，电报是冯治安原配解夫人拍的，父亲冯元玺因脑溢血病故，逝于家中，享年七十三岁。冯治安悲痛至极，立即收拾行装赶赴西安。大哥冯兰台、三弟冯玉阶及继母两个仅十岁、六岁的弟弟都在蔡家坡镇上迎接这位声名显赫，时年四十八岁的亲人冯治安。

冯治安经历了百战，战友兄弟成千上万倒在血泊中，急迫中没有坟茔，甚至连块木牌都没有留下。抗战已看到了曙光，父亲和他们一样，却没能看到胜利的那一天。母亲袁氏孤魂漂游在河北故城老家。房宅已毁，祖坟被掘，而父亲却在这陕西蔡家坡的大山中落土，各守一方。冯治安收住泪水与兄弟们商议，此刻国破家难之际，父亲的丧事决不铺张。先入土为安，待抗战胜利后，再运回河北老家与生母并骨。众兄弟姐妹无异议。

第二天清晨，冯治安和三弟冯玉阶冒着寒风，在薛家坡的四周踏察墓地，冯治安对三弟道："我意将父亲的坟茔建在薛家村后向阳的山坡上，我从军在外无力看护，就拜托三弟照料。"冯玉阶说："二哥就请放心，兄弟几个你我同一父母，待战乱平息，我们回老家重整祖坟。"兄弟二人找了一处三面环山的向阳坡地，风水极好，前有照后有靠。哥俩商定好，一不通知军政地方要人，二不搭灵棚祭奠，一切从简。

冯治安为防父亲冯元玺的坟墓遭日本人或汉奸破坏。坟茔和去逝的普通百姓没有什么两样，黄土堆前留下一块不足一米高的青石碑。立碑人也没有刻上冯治安的名字。就这样三天后的一个清晨，薛家村后荒凉的山坡上，不知不觉地多了一座新坟。

冯治安军务在身，不便在家久留，他告别继母及兄弟家人，便返回了部队。

一九四五年抗战胜利了。冯治安在蔡家坡的继母及两个弟弟，在原配夫人解梅陪同下，携大哥一家都又搬回了北平西四砖瓦胡同。三弟冯玉阶的子女亲友都已在西安工作，他们全家就搬到了西安城内的火药局巷。待安顿停当，冯玉阶又去了一趟蔡家坡，他遵二哥冯治安示，将父亲冯元玺的尸骨迁回故城。

冯玉阶在子女的陪同下来到了薛家村，他们万万没想到，山坡上父亲冯元玺的坟茔不见了，墓碑也不知被搬到了何处。坟茔处被掘开了一个大坑，棺墓及尸骨均了无踪影。冯玉阶坐在黄土地里痛哭流涕。孩子们报了警。一说是日本人所为；又说是盗墓者探到这座坟茔是国民党三十三集团军总司令冯治安父亲之墓，里面一定有很多的金银财宝陪葬。挖开之后，冯元玺除一身较为贵重的殡服之外，没有一件值钱之物。盗墓贼失望之余，怒气顿生，将老太爷尸骨散去。可怜呀！抗日名将冯治安的生身父母，在那战乱的年代里，竟落如此下场。

这正是：国破山河在

家难父母亡

　　一九四八年十一月八日，何基沣、张克侠顺利地在贾汪通电起义，一枪未发，就将第三绥靖区的二万三千余人安全带到解放区。没有参加起义的只剩下一个师多一点的兵力，事实上已溃不成军。淮海战役是蒋介石集团最后的命运之战，他调集数十万精兵，作孤注一掷。孰料大战序幕竟是不战而被共产党拉走两万余人马。开局受挫，国民党军上下都为之沮丧，更重要的是其政治意义远远大于军事上的作用。

　　冯治安怀揣从没有过的失落，灰溜溜回到南京。蒋介石对冯治安十分厌恨。李弥、孙元良狂叫杀掉冯治安以谢天下。蒋介石为维系军心，又考虑冯治安抗战名将的社会影响，没有处分冯治安。但愤怒之余，还是打了他一记耳光。随后，撤销第三绥靖区番号，残余人马由李九思带领，编入孙元良兵团。

　　蒋介石给冯治安一个"京沪警备副司令"的空头衔，让他去上海闲居，这年他五十二岁。

　　冯治安十六岁入伍，堪称身经百战，至此，以这种尴尬的方式结束了戎马生涯。

　　一九四九年四月二十一日，人民解放军百万雄师强渡长江。

　　二十三日南京解放，上海已岌岌可危。蒋介石明令在沪闲居的部分高级军政要员直接撤往台湾。冯治安本来打定主意留在大陆，他认为自己不在共产党开列的战犯名单上，手上没有一滴共产党人的鲜血，共产党不会惩处他。所以冯治安一再表示听天由命吧。后来，冯治安最亲密的同僚好友，时任国防部副部长的秦德纯赶来劝驾，要他无论如何离开大陆。冯治安思前想后，百般无奈才郁郁登上去台的飞机，同行的只有他从配夫人沈丽英及四个子女。其余原配解夫人、子女及兄弟妹妹们都留在了大陆。

冯治安到达台湾不久，大陆全境解放，蒋介石率领残兵败将、党政要员及其家属共二百余万人也拥到了台湾。

国民党军政界自栖台岛后，上上下下不期然而形成"反思"热潮。人们总结出贪污腐败、丧失民心、军无斗志、割据自保等失败原因。于是有人痛心疾首，有人怨天尤人，但终时过境迁，渐渐也就心平气和了，互相之间达成了谅解。

冯治安领了"中枢战略顾问"的空衔，自觉已是一个多余之人，索性远离军政，从台北市搬到市郊区的中和乡，自费盖了几间房舍，养鸡种菜，排遣余生。刘汝明与他对门而居，二人经常盘桓，过往甚密。

去台湾的国民党军政要员，很多人改行办企业，冯治安没有雄厚的私财，无力兴办实业，但衣食无忧。

一九五四年十二月六日，也正是冯治安五十八岁诞辰之日。晨起如厕，忽感不适，家人急将他扶上汽车，不料在去医院的途中猝然逝世，医生诊断为脑出血，和母亲袁氏病出一脉。这位轰轰烈烈、坎坷一生、战功显赫的老实人，竟没有留下一句遗言，黯然地离开了人间。

冯治安病逝后，蒋介石循例追赠为陆军二级上将，并亲自致祭宣悼词。那些都是留给活着的人看的。

冯治安死后没有印《哀荣录》。好友秦德纯的挽联为：

喜峰口论第一功，卢沟桥肇千秋业，北门锁钥，我亦沐荣，叨窃未先常自愧；

三十年敦同袍谊，九万里励据鞍心，大树飘零，君在何处，凄凉旅梓有余哀。

冯治安的儿女亲家，西北军旧将石敬亭的挽联是：

君疾未及知，君殁仍未及知，孰料噩耗传来，梦寐中竟成永诀；

余哭绝于怀，余恸更绝于怀，看他孀妻弱子，凄凉境倍觉伤心。

两幅挽联都使用了"凄凉"二字，恰切地道出了这位抗日将军的身后萧条。

冯治安是抗战中的普通一员。从他个人的人生轨迹里，挖掘出了中华民族之伟大，哪怕是一丝一厘。"每一块平凡的墓碑下，都埋葬着一部生动的故事。"我们有责任记录他们，让他们的精神，永远活在民族延续的史册中。

这正是：五千年长河回首一瞬
中国梦辉煌永筑安宁

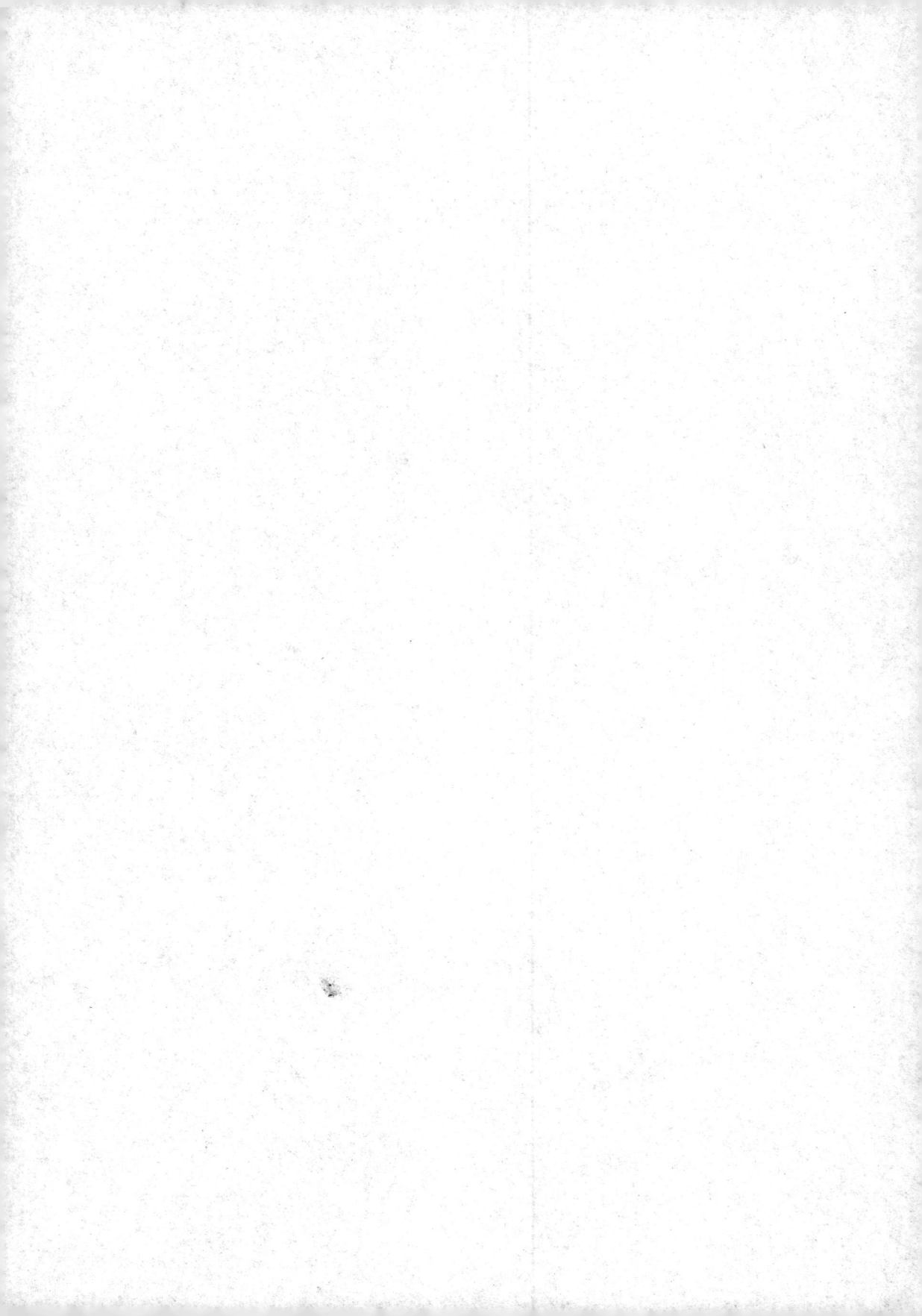